KB271769

覇君 패군

설봉 新무협 판타지 소설

FANTASTIC ORIENTAL HEROES

패군 20

설봉 新무협 판타지 소설

초판 1쇄 찍은 날 § 2011년 1월 14일
초판 1쇄 펴낸 날 § 2011년 1월 21일

지은이 § 설봉
펴낸이 § 서경석

편집팀장 § 서지현
편집 § 어정원

펴낸곳 § 도서출판 청어람
등록번호 § 제1081-1-89호
등록일자 § 1999. 5. 31
어람번호 § 제2-2034호

주소 § 경기도 부천시 원미구 심곡2동 163-2 서경B/D 3F (우) 420-822
전화 § 032-656-4452 팩스 § 032-656-4453
http://www.chungeoram.com
E-mail § chungeoram@chungeoram.com

ⓒ 설봉, 2009

ISBN 978-89-251-2410-0 04810
ISBN 978-89-251-1840-6 (세트)

覇月天

패군

20

시묘계(施妙計)

도서출판
청어람

目次

제134장 청세(淸洗)　　　　　　7

제135장 신녀(神女)　　　　　　51

제136장 첩가(疊加)　　　　　　97

제137장 초가(招架)　　　　　　141

제138장 무대책(無對策)　　　　185

제139장 내공전이(內功轉移)　　227

제140장 이산(離山)　　　　　　273

第百三十四章
청세(清洗)

십이마주가 기대에 가득한 눈동자로 그를 쳐다봤다.

다른 마인들도 마찬가지다. 정면으로 쳐다보지 못하고 힐끔거린다는 점이 다를 뿐, 눈동자에는 기대감이 가득하다.

구절마수는 그들이 무엇을 원하는지 안다.

"단차가 세공단의 비밀을 알고 있다."

"와아!"

"와아아!"

마인들이 일제히 쌍수를 들고 소리쳤다.

단차가 세공단의 비밀을 알고 있다고 해서 그들이 구원받는 건 아니다.

마인들은 그런 점은 신경 쓰지 않는다.

단차가 알고 있어? 그럼 그건 우리 거야!

그런 생각이 아주 당연하게 들었다.

"마존님, 그놈이 비밀을 토설하던가요?"

삼안음도가 당연히 알아오지 않았냐는 투로 물어왔다.

새벽안개를 밟으며 단차에게 걸어가는 것을 봤다.

육백여 명이 전력을 다해서 공격하고도 뚫지 못한 방어벽을 그는 단신으로 넘어갔다.

당연히 싸움이 일어났어야 한다.

싸움은 일어나지 않았다. 조용했다. 병장기 부딪치는 소리 같은 건 귀를 기울여도 들리지 않았다.

하나 안으로 들어간 것만은 확실하다.

그리고…… 소문이 진실이라는 사실을 확인해 왔다. 자신들이 살 수 있다는 확신을 가져왔다.

"내기를 했다."

모두들 귀를 쫑긋 세웠다.

"오늘 우리는 전력을 다해서 공격한다. 십이마주! 너희가 앞장서. 놈들의 방어막을 뚫으면 세공단은 우리 것이다. 세공단의 저주를 푸는 것이 아니라 세공단을 만들어 먹을 것이야. 지금보다 훨씬 강해지는 거지. 후후후! 두 배…… 아니, 세 배는 되어야겠지. 아주 강한 세공단을 만들 것이다."

구절마수는 계야부와 나누지 않은 말까지 했다.

마인들의 눈빛이 탐욕으로 이글거렸다.

'세공단' 하면 떠오르는 말이 '능력의 극대화' 다.

절곡에 있는 마인들에게는 세공단에 대해서 구구하게 말할 필요도 없다.

그들은 세공단의 영능을 몸소 체험하고 있다.

체험하지 못한 자들은 뇌옥에서 죽었다.

뇌옥을 벗어나 자유의 몸이 되었다는 것은 단전에 세공단의 기운이 깃들어 있다는 뜻이다.

처음에는 세공단의 기운이 미약했다.

잃어버린 내공을 살려주는 정도에 불과했는데, 그것만 해도 어디냐고 생각했다.

세공단의 진가는 세월이 말해주었다.

사나흘쯤 지나자 전에 없던 힘이 용솟음쳤다. 전에는 펼치기 힘들었던 절기가 술술 풀려 나왔다.

십여 일쯤 지난 후에는 내공이 급성장했다는 사실을 본인 스스로 감지하게 되었다.

자신이 한 일은 없다.

사실 내공을 회복한 후에는 운공조식조차 제대로 취해보지 않았다.

그동안 뇌옥에 갇혀 있느라 얼마나 몸이 근질거렸던지…… 술 마시고, 노략질하고, 살인하고, 여인을 취하고…… 할 것이 얼마나 많은데 운공조식 타령을 하겠는가.

그런데도 내공이 성장했다.

화초는 물을 주어야 자란다. 내공은 아무것도 하지 않고 잠만 자고 술만 마셔도 팽창한다.

이십여 일이 지날 무렵, 예전과는 비교도 할 수 없을 정도로 강해졌다.

지금은 아주 기분이 좋다. 몸 상태도 최고다. 산을 넘으라면 산을 넘고, 돌을 씹어 먹으라면 돌을 씹겠다. 무총주를 죽이라고 해도 할 수 있을 것 같다.

물론 그럴 수는 없다.

무총주는 고사하고 눈앞에 있는 단차의 수하들조차 죽이지 못하고 있다.

기분만 그렇다는 것이다.

이것이 세공단의 진짜 효능이다.

한 달이라는 시간 제한만 없다면 얼마나 좋을까?

세공단을 복용했어도 워낙 강한 놈들이 있으니 어차피 강자 밑에서 하수인 노릇이나 할 몸이다. 이럴 바에는 뇌옥을 부수고 자신들을 탈출시킨 놈들과 손을 잡고 싶은 마음도 있다.

그놈들이 세공단만 꾸준히 제공해 준다면 뭐든 시키는 대로 다 할 용의가 있다.

구절마수는 이런 마음을 건드렸다.

앞으로는 세공단을 공급받지 못할까 봐 전전긍긍할 필요가 없다.

내공이 강한 사람을 보고 나는 언제 저렇게 되어보나 하고 부러워할 필요도 없다.

세공단을 완전히 녹이는 데 이십여 일이 걸렸다.

앞으로 딱 그 정도의 시간만 더 흐르면 지금보다 두 배, 세

배는 강해진다.

거절하지 못할 엄청난 유혹이다.

단차의 수하들만 때려눕히면 된다.

어제는 자신들만 달려들었지만 오늘은 십이마주는 물론이고 마존까지 직접 가세한다.

어제보다는 한결 나은 싸움이 될 게다.

구절마수가 말했다.

"이제 세공단은 우리 것이다!"

"와아!"

함성이 종남산을 쩌렁 울렸다.

마인들은 신속하게 재편되었다.

십이마주 중에서 다섯 명이 이들을 이끈다.

마인들은 육십여 명씩 나뉘어서 마주의 지휘를 받아 전면 공격에 나선다.

뚫고 들어가려고 굳이 애쓸 필요는 없다.

피해를 최소화하면서 발만 붙들어놓으면 된다.

그동안 마존과 일곱 마주는 산정을 돌아 배후를 급습한다.

구절마수는 전략을 일사천리로 말해 나갔다.

"뒤에는 돌담집이 있다."

그가 손을 들어 먼 곳을 가리켰다.

커다란 절벽이 있고, 그 아래 움푹 들어간 공간이 보인다. 돌을 쌓아 올린 담 같은 것도 보인다.

그것이 집일 것이라는 생각은 전부터 하고 있었다.

"저곳에 단차가 있다."

"호위는 몇 명입니까?"

"없다."

"없어요?"

혈해광도가 믿기 어렵다는 듯 고개를 갸웃거렸다.

"놈에게는 그만한 여력이 없다. 모두 전장에 섰으니까."

단차의 전략은 한눈에 읽힌다.

걸왕이 가운데 서고 그 왼쪽에 금룡대가 섰다. 오른쪽으로는 시각랑이 만도를 늘어뜨리고 있다.

살림은 보이지 않지만 사이사이에 있을 것이다.

일자진!

깨기로 작심하면 한순간에 깨뜨릴 수 있는 아주 무식한 진이다.

저들의 숫자는 마인들에 비하면 일 할을 조금 넘길 뿐이다.

한 명당 열 명과 싸워야 한다.

하면 서로 등을 맞대고 똘똘 뭉치는 것이 당연하지 넓게 퍼지는 것이 당연한가.

소수로 다수와 싸우면서 정면 승부를 택하는 발상은 도대체 어느 머리에서 나온 것일까?

하지만 상대는 단차다.

어제도 시간 끌 일이 없을 것 같았는데 말도 안 되게 참패했다.

단차가 저런 진형을 구축한 데는 반드시 이유가 있다. 그것도 필승의 계책이 숨겨져 있으리라.

밀어붙이는 것도 좋지만 교착 상태만 유지하는 게 더 좋다.

그동안 배후를 친다.

놈에게 호위가 없다면…… 놈이 혼자라면…… 승산은 충분하다.

단차는 구절마수가 직접 상대한다.

아무리 단차가 혼자라고 해도 그를 무시할 수는 없다.

걸개를 비롯해서 지상 최고의 살수 집단이라는 살문이 그를 떠받드는 데는 이유가 있다.

그는 신만이 사용한다는 의살을 쓴다.

백 번…… 아니, 수백 번 주의를 기울여도 부족하지 않다.

마인들 중에서 의살을 상대할 만한 사람이라면 구절마수밖에 없다.

단차는 그에게 맡긴다.

그동안 나머지 칠 인은 놈의 수하들이 달려들지 못하도록 입구를 차단한다.

놈들은 정신없이 싸우느라 몸을 뺄 여력도 없겠지만, 그래도 만일의 경우까지 완전히 끊어놓는다.

단차를 죽이는 게 목적이라면 이렇게까지 할 필요가 없다.

마주 일곱 명이면, 그들의 무공이면 일 개 문파를 초토화시킨다. 전에도 그럴 정도였다. 하물며 세공단으로 내공이 급증한 지금은 말할 필요도 없다.

그만한 전력을 단지 사람의 접근을 막는 데 쓰는 건 최악의 용병술(用兵術)이다.

마주들은 공격에 힘을 쏟고 싶어 한다.

닥치는 대로 두들기고 부수는 게 훨씬 속 편하고 통쾌하다.

구절마수가 홀가분하게 싸우도록 만들어주는 데는 마주 두어 명이면 된다.

그들이 한두 초 정도 교환하는 동안이면 단차든 구절마수든 어느 한쪽은 끝장이 난다.

이게 죽고 사는 싸움이다.

단차를 생포하는 싸움은 조금 더 복잡해진다.

그런 싸움은 절대로 쉽게 끝나지 않는다. 한두 초로 끝나는 건 어림도 없다. 그런 건 애당초 바라서는 안 되는 거고, 아무리 적게 잡아도 백여 초는 훌쩍 넘길 게다.

시간이 오래 걸리니만치 경계를 서는 무인도 단단하게 막아서야 한다.

어떻게든 오늘 중으로 놈을 잡아야 한다. 그래서 세공단의 비밀을 알아내야 하지 않겠나.

십이마주 중 추려진 일곱 마주가 일제히 포권지례를 취하며 명을 받았다.

"존명(尊命)!"

*　　*　　*

‘음? 이렇게 되면 일이 틀어지는데?’

그는 마존과 마주 일곱 명이 떠나는 모습을 지켜봤다.

남은 삼백여 마인은 마두 다섯 명이 관리하는데…… 그들은 오합지졸에 불과하다.

남은 자들은 신경 쓸 필요가 없다.

‘마존을 따라가?’

그는 잠시 망설였다.

그럴 필요 없다. 마존은 산을 빙글 돌아 단차가 있는 돌담집으로 갈 것이다.

그들의 최종 목적지가 어디인지 아니 곧바로 질러가면 된다.

스으읏!

그는 은신한 곳에서 조용히 몸을 물렸다. 아니, 몸을 물리려다가 말고 우뚝 석상이 됐다.

엄청난 예기가 등을 파고든다.

움직일 수는 있다. 하나 상대의 예기를 피한다는 보장은 못한다. 상대는…… 살심을 품으면 자신 따위는 너무 쉽게 죽일 수 있다.

그런 건 놀랍지 않다.

무림에는 절대자란 말이 존재치 않는다.

무총주는 오랜 시간 동안 절대 권력을 틀어쥐고 있지만 그렇다고 그가 절대자란 뜻은 아니다.

지금 당장 그를 상대할 사람이 없다는 뜻일 뿐이다.

그러니 자신보다 강한 자가 나타났다고 해서 호들갑을 떨 필요는 없다.

뒤를 잡아챘다는 사실이 놀랍다.

무공이 강한 것과 숨어 있는 자를 찾아내어 뒤를 낚아채는 것은 전혀 다른 능력이다.

그는 뒤를 잡았다.

정당하게 싸워도 무리라고 생각되는 자가 뒤까지 잡고 있다.

'후우우웁!'

그는 가늘고 긴 숨을 들이쉬며 진기를 모았다.

"그러지 않는 게 좋겠어."

묵직하면서 정중한 음성이 들려왔다.

'이 음성은!'

그는 더욱 놀랐다. 직접 만난 적은 없지만 누구인지는 짐작되기 때문이다.

"그쪽도 단차에게 관심있나?"

"……."

그는 대답하지 못했다.

"모두들 와 있는 걸로 아는데…… 종남산에서 물러가는 게 어떤가. 그대들은 무혼과 싸우는 중일 텐데, 그 싸움이나 끝내고 오게. 야우를 피하기 위해 호랑이에게 안기는 건 좋지 않아."

말은 정중하게 했지만 완전한 협박이다.

그는 마음을 가라앉히며 말했다.

"선배님, 그 일은……."

"대답을 들으려는 게 아니네. 종남산에서 물러가라고……
허허허! 그래, 협박을 하고 있는 거네. 오늘 중으로 떠나지 않
으면 크게 다칠 게야."

그는 마른침을 꿀꺽 삼켰다.

할위막사, 그가 직접적으로 공격의 뜻을 밝혔다.

체면을 생각해서라도 입 밖으로 내뱉은 말은 반드시 지켜야
한다.

'물러가거나 싸우거나…… 둘 중 하나를 선택하라 이거군.'

그는 혀를 내밀어 마른 입술을 축이며 말했다.

"선배님, 그 일을 생각할 사람은 따로……."

"자넨 결정권이 없다는 말이군."

"그렇습니다."

"그럼 누가 결정권을 쥐고 있나?"

"……."

"동나인가?"

"그렇습니다."

"그래도 결과는 변함없네. 물러가거나 죽거나 선택만 남았
지. 그것도 시간을 오래 주지는 못하네. 내일이 되어도 떠나지
않고 있으면 나 같은 늙은이는 무시하는 걸로 알겠네."

"이건 선배님 방식이 아니잖습니까."

"……."

휘이잉!

등 뒤에서는 차디찬 바람 소리만 들렸다.

그는 기척을 찾아내지 못했다.

'갔어.'

할위막사는 할 말만 하고 사라졌다.

이번 경고는 무시하지 못한다. 무시해서도 안 된다.

현재 종남산에는 동정호의 오대고수가 모두 들어와 있다.

그들 중 한 명을 상대한다는 것은 여차하면 오대고수 전부를 상대해야 한다는 뜻도 담겨 있다.

오대고수는 공통된 목적하에서는 단결을 이뤄왔다.

무총주를 상대할 때, 그들은 하나가 되었다. 안선 대공을 상대할 때도 하나로 뭉쳤다.

뜻이 다르고 목적이 각기 다르면서도 공통된 목적만 나타나면 곧바로 하나가 된다.

그 점은 의심의 여지가 없다.

할위막사가 직접 다가와서 경고를 했다는 것은 두 가지로 해석할 수 있다.

하나는 그들이 십일영자를 해할 생각이 없다는 거다.

죽이고 싶으면 경고를 발할 필요도 없다. 지금 즉시 손을 썼으면 됐다.

다른 곳에 네 명이 은신해 있다.

그들에게 자신의 시신을 던져 주면 백 마디 말을 한 것보다 더 큰 효과가 나타난다.

한데 말로 해왔다.

'죽이고 싶지 않다. 하지만 단차와 합류하면 죽인다? 단차를 공격하면…… 죽인다? 모르겠군. 이 뜻은 동나가 파악하겠지.'

그는 몸을 일으켰다.

그러잖아도 물러가려던 참이었다. 할위막사 때문에 잠시 지체되었는데, 이제 그가 갔으니 미련없이 간다.

스읏!

그의 신형이 어둠 속에 묻혔다.

"단차를 건드리지 말라는 뜻이야."

동나는 간단하게 말했다.

"살기가 매우 짙었어."

류청지가 두 손을 깍지 끼며 말했다.

동나는 류청지를 힐끔 쳐다봤다.

류청지는 좀처럼 살기를 논하지 않는다. 웬만한 살기쯤은 살기라고 말하지도 않는다.

그런 그가 양손을 깍지 낄 만큼 경계한다.

할위막사에게서 아주 단단히 설명을 들은 것이다. 그의 경고가 허언이 아님을 온몸으로 느낀 게다.

"단차와 합류해서도 안 되고, 그를 공격해서도 안 돼. 멀찌감치 떨어져서 지켜보기만 하라는 거야."

"오늘 중으로 종남산을 떠나라고 했는데?"

“후후후!”

“웃지만 말고 말 좀 해봐! 할위막사가 직접 경고를 했다니까!”

“그 사람들에게는 수하가 없잖아.”

“뭐? 단지 그 이유 때문에…….”

“종남산을 떠나지 않아도 지켜보기만 하는 건 내버려 둘 거야. 아무래도 가만히 있을 것 같지 않으니까 떠나라고 경고한 거지. 후후후! 누가 맞나, 내기할까?”

“않느니 죽지.”

류청지가 팔을 머리 뒤에 대고 벌렁 드러누웠다.

동나는 아무도 모르게 눈살을 찌푸렸다. 지금 방금 그에게는 아주 심각한 고민이 생긴 것이다.

‘단차와 합류해야 하는데…….’

2

쒜엑! 쒜…… 엑!

그들은 바람처럼 질주했다.

마인들이 정면으로 치고 들어올 때, 그들은 반대편 산 정상에 있어야 한다. 작은 산을 두 개 넘고, 큰 산을 하나 더 넘어야 반대편에 이른다.

공격 개시는 정오로 잡혔다.

반나절 만에 난생처음 접해보는 종남산맥을 질주해야 한다.

작은 산 하나를 넘었다.

걸린 시간은 반 시진을 넘기고 있었다.

산은 높은 편이 아니었지만 길을 몰라서 고전했다.

"이대로는 안 되겠군."

구절마수가 걸음을 멈추고 산세를 둘러봤다.

지금까지 걸린 시간을 참고로 하면 남은 산을 넘는 데는 최소한 두 시진을 잡아야 한다.

정오를 훌쩍 넘기게 된다.

어쩌면 미시(未時)를 넘기고 신시(申時)쯤 되어야 도착할 가능성도 배제하지 못한다.

"지금부터는 내가 앞장선다. 달릴 수 있는 만큼 최대한으로 달릴 테니 부지런히 따라오도록."

"흐흐! 염려 마십시오."

마주들이 웃었다.

그들은 구절마수에게 일장의 원한을 가지고 있다.

그들도 나름대로는 천하가 좁다고 종횡하던 마인들이다. 자신의 무공이 최고라고 자부했었다.

그런데 느닷없이 구절마수를 수련했다며 휘하로 들어오란다.

생각해 보라. 쉽게 들어가겠나?

그들은 어디서 미친개가 짖느냐는 투로 대응했고, 결국 손속을 부딪치는 지경에까지 이르렀다.

열두 마주, 그들은 철저히 패했다.

어느 누구도 이 초를 받아내지 못했다. 단 일 초에…… 눈 깜짝할 사이에 다가와 심장을 때리고, 머리를 가격하고, 발을 걸어 넘어뜨리는 요상한 공격에 나가떨어졌다.

구절마수의 공격은 매우 단순하다.

초식이라고 표현할 수 없을 정도로 간단해서 쉽게 흉내 낼 수 있다. 또 실제로 흉내도 내어 보았다.

상수(上手)는 하수(下手)에게 어떤 공격이라도 할 수 있다.

이제 갓 무공에 입문한 자가 수련하는 기본공(基本功)마저도 상수가 전개하면 절초가 된다.

그가 전개한 것은 상수의 움직임에 지나지 않았다. 구절마수를 쓴 것이 아니라 상수의 빠름과 강함만 보여주었다. 마주 열둘을 제압하면서 자신의 무공을 전혀 보여주지 않은 것이다.

일장의 원한, 잊지 않는다. 잊을 수 없다.

마존이란 존재는 영원토록 받들어 모셔야 하는 대상이 아니다. 언젠가는 반드시 짓밟고 올라서야 하는 투쟁의 대상이다. 숭배를 할 자가 아니라 꺾어야 할 자다.

그러니 그의 진신무공을 알아보는 건 언제든지 환영한다.

최대한 빨리 달릴 테니 따라와라? 얼마든지!

스으읏!

구절마수의 전신에서 은은한 자광(紫光)이 뿜어져 나왔다.

내공을 절정으로 끌어올린 모습이다.

스으읏! 스으읏!

일곱 마주 역시 내공을 극한까지 끌어냈다.

작은 산 하나, 큰 산 하나를 넘어야 한다. 빨리 질주할 때보다도 시간을 배는 앞당겨야 한다.

숨이 턱에 닿을 정도로 괴롭게 질주해야 한다는 뜻이다.

이럴 줄 알았으면 공격 시간을 내일쯤으로 정하는 건데. 뭐가 그리 급하다고…… 아니, 아니다. 다른 일도 아니고 세공단을 취하는 일이지 않나.

구절마수는 단차로부터 내기까지 끌어냈다. 그만 제압하면 세공단의 비밀을 알려주기로 약조했다.

이 정도만 해도 아주 큰 성과다.

시간을 지체하다가 일이 다른 방향으로 틀어지거나 방해꾼이 등장하면 곤란하다.

밥은 따뜻할 때 먹어야 하는 법, 일이 성사된다 싶을 때 과실을 따야 한다.

급하게 서둔 것은 이해한다.

너무 단순하게 단차를 믿었나? 그럴 수도 있다. 일부 사람들은 그렇게 생각할 게다.

장난삼아서 말했을 수도 있다.

날 꺾어봐라. 그럼 세공단의 비밀을 알려줄게.

만약 그런 뜻으로 말한 거라면 단차는 세상에서 가장 불행한 인간이 될 것이다.

그는 비밀을 토설할 수밖에 없다.

마인들은…… 후후후! 그들이 알고 있는 고문 수법…… 굳이 고문 수법이라고 말할 필요도 없다. 그냥 사람을 괴롭히는 방법이라고 말하면 된다.

마인들이 알고 있는 사람을 괴롭히는 방법은 수천 가지가 넘는다. 그중에서 원하는 것은 다 줄 테니 제발 죽여만 달라고 애원하게끔 만드는 수법만 해도 수백 가지가 된다.

놈은 세공단의 비밀을 알고 있다고 말했다.

마인들에게 그 말은 세공단의 비밀을 알려주겠다고 말한 것으로 들린다. 그렇게 들었다.

가서 듣기만 하면 된다.

쒜에엑!

구절마수가 신형을 띄워 올렸다.

그 속도가 몹시 빠르다. 겨우 숨 한 번 들이켰을 뿐인데 벌써 오 장 밖을 벗어나고 있다.

"제길! 역시 빠르군. 도대체 구절마수는 어떻게 생겨먹은 거야!"

삼안음도가 중얼거렸다.

"흐흐흐! 너도 많이 늙었구나. 그렇게 복심(腹心)을 드러내도 되는 거야? 흐흐흐!"

혈해광도가 징그럽게 웃었다.

말만 하고 있을 시간이 없다. 벌써 일행은 저만큼 달려나가고 있다. 얼마든지 따라갈 테니 마음껏 달려보라고 말해놓고 뚝 뒤처져서 허덕인다면 무슨 망신인가.

그들은 부리나케 신형을 띄웠다.

쐐에엑!

귓불을 스치는 바람 소리가 매서웠다.

꾸르르릉…….

지진이 일어날 때처럼 미약한 진동이 감지된다.

'역시!'

구절마수는 쓴웃음을 지었다.

내공을 끌어올리면 올릴수록 단전에서 일어나는 진동도 강해진다.

정도인들은 그의 단전을 회생이 불가능할 정도로 산산이 부숴놓았다. 진기를 못 쓰는 정도가 아니라 힘을 전혀 쓸 수 없어서 물병조차 들기 힘들 정도로 만들어놓았다.

거기에 사지의 근맥(筋脈)마저 끊었다.

걸어가는 것보다 빌빌거리며 기어가는 게 편했다. 손으로 밥을 먹는 것보다 개처럼 엎드려서 입으로 먹는 게 훨씬 나았다.

그런 몸이 회복된 것이다.

멀쩡한 몸으로 돌아왔을 뿐만 아니라 예전보다 훨씬 강한 내공을 갖게 되었다.

이건 축복이 아니라 기적이다.

마인들은 자유를 얻었다고 기뻐서 날뛰지만 그들은 감격의 눈물을 흘려야만 했다.

잃었던 것을 되찾은 것이 아니다.

죽어서 저승에 갔다가 염라대왕의 호의로 되살아난 것이다.

그런 만큼 단전이 약간 불안정하다고 해서 이상할 것은 없다. 하다못해 칼에 베인 상처도 나으려면 시간이 걸리는 법이다. 하물며 파괴된 단전이 회생했는데 멀쩡할 수는 없다.

단전은 상처를 치료할 시간이 필요하다.

지금은 단전의 힘으로 버티는 것이 아니다. 세공단의 약력(藥力)에 의지하는 바가 크다.

자르르 울린다. 찌릿찌릿하다. 미미한 진동이 일어난다. 단단하게 고정되어 있지 않고 풀썩거린다. 부르르 떨린다.

이런 현상들은 어찌 보면 당연하다.

하지만 구절마수는 달리 봤다.

당연한 현상이 아니라 단전이 비명을 토하는 것으로 파악했다.

두 다리가 잘린 사람에게 의족(義足)을 붙여서 억지로 일으켜 세운 것과 같다.

의족은 잘 맞는다. 앉고, 일어서고, 걷는 데 전혀 지장이 없다.

일상생활을 영위함에 있어서 불편함을 느끼지 못할 정도로 아주 잘 만들었다.

문제는 뛸 때다.

내 것이 아닌 것에 무리한 힘을 가하면 부서지기 시작한다.

뼈가 부러지듯이 똑깍 부러지는 경우도 있고, 과자처럼 바스스 부서지기도 한다.

한두 번 뛸 때는 멀쩡할 수 있겠으나 달리는 것을 업(業)으로 삼은 사람처럼 수시로 뛰면 반드시 탈이 생긴다.

이것이 바로 자신들의 단전 상태다.

일곱 마주는 아직 거기까지는 파악하지 못하고 있다. 세공단의 약력을 흡수하면서 일어나는 기현상 정도로 생각한다.

한 번이라도 세공단을 복용해 봤다면 단번에 이상 징후를 발견해 냈을 게다. 그런 경험을 한 사람이 없기에 잘못이 일어나는데도 느끼지 못한다.

구절마수도 처음에는 느끼지 못했다. 아니, 단차를 만나기 전까지만 해도 전혀 감지하지 못했다.

그를 만나고 나서야 알았다, 단전에 이상이 있다는 것을.

어떻게 알았는지는 모른다. 그에게 무형기를 쏘아낸 후, 강력한 철벽에 가로막힌 후…… 단전이 울렸다. 부르르 떨었다. 말랑말랑한 공기 주머니가 터지기 직전처럼 부풀어 올랐다.

이거 잘못하면 터지겠는데!

문득 불안감이 들었다.

단차와 이야기를 주고받으면서도 그는 단전에서 일어나는 변화를 면밀하게 살폈다.

터지겠다는 생각이 맞았다.

단전은 완전치 않다. 잘 익어 입을 벌린 꽈리와 같은 모습이다. 꽈리처럼 쫙쫙 갈라져 있다. 다만 세공단이 갈라진 빈틈을 밀랍 형태로 감싸고 있어서 모를 뿐이다.

내공을 쓰면 쓸수록 이상이 생긴다.

혼신의 힘을 다해서 내공을 발산하면 폭죽 터지듯 꽝! 하고 터져 버린다.

뇌옥을 파괴한 자들은 자신들을 완전한 상태로 돌려놓지 않았다. 완전한 것처럼 보이게끔 기만했다. 약간…… 아주 약간만 정상적인 상태로 살게끔 했다.

'영구히'는 기대할 수도 없다.

보름이 돌아오면 그들이 다시 나타나 세공단을 줄 것이라고 기대하는 마인들이 많다.

그들은 나타나지 않는다.

그전에 마인들은 단차와 부딪칠 것이고, 모두 죽는다.

이것이 그들이 원하는 바다. 그리고 그렇게 일이 진행된다.

만약 그전에 단차와 부딪치지 않는다면…… 종남산에 들어서지 않은 무인들처럼 중원을 떠돌며 살생만 일삼는다면…… 그들은 볼 것도 없다. 앞으로 며칠 후면 정혈이 고갈되어 죽는다.

이래저래 마인들은 죽는다.

단차와 만나지 않았다면 그도 깊이 숨겨진 속내를 읽어내지 못했을 것이다.

자신의 단전이 절망적인 상태라는 것을 확인한 후에야 전후 사정을 읽을 수 있었다.

단차는 자신의 상태를 한눈에 알아냈다.

입으로 말하지는 않았다. 그럴 사이도 아니다. 하지만 그의 눈에서는 분명히 동정심이 일어났었다.

그가 도와주겠다고 한 말은 거짓이 아니다.

다른 자들은 도와줄 수 없다. 마인이기 때문이다.

마인들의 수장인 자신은 도와주겠다?

단차가 무림을 대표한다면…… 그가 도와주겠다고 한 말은 바로 면죄부가 된다.

구절마수는 마인이 아니라는 공식 선언과도 같다.

그가 수련한 구절마수가 마공이 아니며, 정당한 무공으로 인정받아야 한다는 선포다.

아니다. 구절마수는 분명히 마공이다.

한데 왜 그는 그런 판단을 한 것일까?

구절마수는 수련 과정에서 극심한 혼돈 상태를 경험한다.

열 명이 수련하면 열 명 모두 혼돈 상태를 이기지 못해서 정신이 돌아버린다.

이런 상태만 이겨내면 극강의 절학을 얻는다.

자신은 이겨냈다.

뇌옥에 갇혀 있는 동안에도 끊임없이 구절마수를 생각했다. 그것밖에 할 것이 없었으니까.

덕분에 혼돈 상태를 겪지 않고도 수련에 성공할 수 있는 방도를 찾아냈다.

아직 시험해 본 것은 아니다. 그럴 시간도, 여유도 없었다. 하지만 광인(狂人)이 될 위험은 절반 이하로 줄었다. 그것만은 자신있게 말할 수 있다.

단차는 그 점까지 읽어냈다. 그래서 자신을 도와주겠다고 말한 것이다.

물론 그가 그런 뜻에서 말했는지는 모른다. 그냥 빈말로 말했을 수도 있다. 아니면 마음을 흔들어 마인들을 배반하게 만들려는 이간질일 수도 있다.

어떤 뜻에서 그런 말을 했는지는 모른다.

구절마수 본인이 좋은 쪽으로 해석한 것뿐이지 그가 세세하게 설명한 것은 아니다.

하지만…… 자신의 생각이 맞을 것 같다.

단차는 분명히 모든 걸 읽었고, 파악했다.

단차를 만난 후에 격한 감정을 느낀 것도 그 때문이다.

말도 안 되지만, 그가 자신을 알아주었다는 느낌이 들었다. 한 명의 절대강자, 초절정고수로 인정해 주었다. 그리고 그에 상응해서 대우해 주었다.

그런 느낌을 받았다.

의살이 어떤 것인지는 모르지만, 그에게 특이한 능력이 있는 것만은 틀림없다.

단차란 자가 어떤 자인지 알 것 같다.

그가 어떻게 살아왔는지까지는 알 수 없다. 하지만 어떤 성격을 지녔는지는 짐작할 수 있다.

지금 그의 적이 뇌옥을 파괴하고 마인들을 탈출시켰다.

해괴한 소문으로 그들을 종남산에 모이게 하고 죽지 않으면 죽는 싸움으로 몰아넣었다.

단차와 그의 적이, 그들이 어떻게 싸우고 있는지 일목요

연(一目瞭然)하게 그려진다.

마인은 그들 사이에 낀 희생물이다.

고래 싸움에 새우 등 터진다고, 마인들이 딱 그 짝 났다.

괘씸하지 않나!

'멋대로 할 수는 없어!'

쒜에엑!

구절마수는 내공을 십성까지 끌어올렸다.

3

"큭!"

마음수가 제일 먼저 반응을 보였다.

그가 토해낸 단말마가 송곳처럼 고막을 후벼 팠다.

알 수 없지만 뭔가 불길한 예감이 든다. 자신도 모르게 몸이 부르르 떨린다.

마음수는 두 손으로 배를 감싸 쥔 채 나뒹굴었다.

구절마수는 혹독하게 몰아쳤다.

"낙오자는 쉬었다가 와라! 시간이 없다!"

쒜에엑!

구절마수는 계속 앞으로 질주했다.

마주들은 마음수를 쳐다봤다.

마음수가 괜찮다는 듯 먼저 가라고 손짓을 했다.

무공을 사용하지 않은 기간이 너무 길었다.

　십 년, 이십 년…… 길게는 오십 년이 넘게 범인(凡人)들보다 못한 생활을 해왔다.

　진기는 사용할 수 없고, 체력은 한계에 이르렀다.

　세공단이 천하에 다시없는 마단(魔丹)이라고 해도 거의 빈사 상태에 이른 몸을 완벽하게 다듬어놓지는 못한다.

　마음수는 초보자나 저지르는 실수를 저질렀다.

　진기가 뒤엉켜 버린 것이다.

　이것은 그의 실수라기보다는 자연 발생적으로 일어나는 육체적인 변화다.

　경맥이 과도한 진기 사용을 감당하지 못하고 뒤틀려 버렸다.

　폭풍처럼 질주하는 마차도 자갈길에서는 천천히 가야 한다. 바퀴가 빠지지 않도록 조심하면서 묵묵히 나아가야 한다. 무섭게 달릴 능력이 있어도 참아야 한다.

　진기 사용도 이와 같다.

　십 년, 이십 년 골방에서 썩은 육신은 발이 푹푹 빠지는 진흙탕과도 같다. 그런 몸에 벼락같은 기운을 관통시켰으니 탈이 안 날 수 없다.

　이럴 때는 무조건 쉬어야 한다.

　진기 사용을 자제하고 차분한 마음으로 추궁과혈(推宮過穴)을 시전한다. 도와주는 사람이 있으면 좋고, 없어도 혼자서 급하게 서둘지 말고 천천히 시도해 나간다.

　경직된 근육을 풀듯이 뭉쳐진 진기를 풀어준다.

다른 마주들은 마음수를 버려두고 신형을 날렸다.

"제길! 중요한 때인데……."

마음수는 바람을 피할 수 있는 장소부터 찾았다.

잠시 쉬었다가 돌아갈 생각이었다.

어차피 일행과 합류하기는 틀렸고, 그렇다고 이곳에 남을 수도 없으니 되돌아가는 수밖에 없지 않은가.

쒜에에엑!

구절마수와 여섯 마주의 모습이 점점 멀어져 갔다. 그때!

"큭!"

갑자기 날카로운 바늘이 복부를 쿡쿡 쑤셔왔다.

"으……!"

상태가 심상치 않다. 진기가 뭉친 것이라면 통증이 이렇게 심할 리 없다. 약간 뻐근하다거나 혹은 움직일 때마다 결려서 불편하다는 정도에서 그친다.

바늘로 찌르는 듯한 극통이라니!

'제길! 탈이 난 건가?

그는 큼지막한 바위를 향해 걸었다.

두어 걸음 걸었을까? 이번에는 바늘로 찌르는 정도가 아니라 비수를 꽂고 비틀어 버리는 듯한 통증이 치밀었다.

"크윽!"

그는 다시 복부를 움켜잡았다.

식은땀이 주르륵 쏟아진다. 마음수 같은 사람이 참기 힘들 정도로 아프다. 너무 아프다.

‘단단히 잘못됐는데……’

그는 혹시나 하는 심정에서 저 멀리 산등성이를 쳐다봤다.

마존이며 마주며 점이 되어 사라졌다.

그들에게 도움을 받기는 틀렸다. 죽이 되든 밥이 되든 혼자서 이 아픔을 견뎌내야 한다.

‘탈이 났는데…… 어디가 잘못된 거지?

그가 아는 한도에서는 탈이 날 만한 일이 없었다.

다소 과도하게 진기를 사용하기는 했지만 이토록 극통을 수반할 정도라는 건…… 이건 진기를 사용해서 아픈 게 아니라 몸에 이상이 생긴 것이다.

진기를 서서히 유도하여 전신 경맥을 더듬어본다. 그리하면 유독 약해진 부분이 보일 것이다. 진기가 약한 곳을 스쳐 지날 때, 극심한 아픔이 일어나리라.

스웃!

진기를 이끌었다. 순간!

“끄으으윽……!”

마음수는 뼈를 깎는 아픔에 배를 움켜잡고 땅바닥을 뒹굴었다.

너무 아파서 비명도 나오지 않는다. 하늘이 노랗게 변하더니 곧 캄캄해진다.

‘이런!’

그는 비로소 몸이 아픈 근원을 찾아냈다.

단전이 깨지기 시작했다!

그는 풋내기가 아니다. 무림 군웅들에게 잡혔을 때, 제일 먼저 단전부터 파괴당했을 만큼 잔혹한 마두였다.

그의 살인 낙인은 굉장히 독특하다.

그에게 걸린 자는 마혈부터 제압당한다. 아혈(啞穴)을 눌러서 소리를 내지 못하게 만든다. 사실은 혀를 깨물고 자진하는 것을 막기 위한 조처다.

그는 상대의 머리를 숙여 가슴을 보게 한다. 그리고 서서히 가슴을 갈라간다.

가슴을 가르는 동안 상대가 죽지 않도록 조심해서 칼을 쓴다.

상대는 가슴이 벌어지고, 피가 콸콸 쏟아지는 모습을 살아 있는 눈으로 지켜봐야 한다.

물론 극통은 말할 것도 없다. 하나 몸을 움직일 수도, 말을 할 수도 없다.

마음수는 예식이라도 치르듯 정성스럽게 심장을 꺼낸 후, 상대가 보는 앞에서 꽉 눌러 터뜨린다.

그는 그때의 경직감, 파르르 떨리는 듯한 긴장감을 즐겼다.

그런 만큼 그에게 돌아오는 처분도 간단하지 않았다. 단전을 부수고 경맥을 끊고, 신경을 잘라냈다. 그리고 그것도 모자라서 뇌옥에 벌레처럼 던져 버렸다.

무림 군웅들을 원망하지는 않는다.

자신은 강했기에 먹이를 잡을 수 있었다. 반대로 자신이 약해서 먹이가 되는 건 당연한 게다.

많은 세월을 절치부심(切齒腐心), 이를 부드득 갈며 살아온 그인데 단전의 상태 변화를 감지하지 못하겠는가.

못했다! 상태 변화를 전혀 감지하지 못했다!

몸이 제 기능을 발휘하지 못한 지 오래되었기 때문에 약간의 불편함은 감수해야 되는 줄 알았다.

단전은 진작 비명을 질러왔다. 한데 그 소리를 듣지 못했다.

"끄으으윽……!"

그는 괴로운 비명을 토해냈다.

단전이 파괴되는 것을 막을 수 없다.

무림 군웅들이 단전을 파괴시킬 때는 큰 고통을 느끼지 못했다. 뱃속에서 무엇인가 부욱! 찢어지는 것을 느끼는 순간에 혼절해 버렸으니까.

한데 지금은 찢어지는 과정이 생생하게 느껴진다.

회복하기 어려울 정도로 완전히 금이 갔다. 제방에 금이 갈 때처럼 조금씩 사이를 벌려간다. 이러다가 곧 와르르 무너지겠지. 예전처럼 산산조각 나겠지.

단전이 서서히 파괴되어 가는 모습을 손 놓고 지켜본다는 것은 무척 고통스러웠다.

진기는 벌써 흩어졌다.

'저놈들…… 저렇게 달려가면 모두 내 꼴…… 후후후! 다행이군. 나만 돼지면 얼마나 억울할 뻔했나. 후후후!'

단차를 만나기 전에 단전이 부서지지 않으면 정말 행운아다.

그놈은 향후 세세만년 축복을 누리면서 살 게다.

세공단을 마음대로 만들어내면서 천하를 오시하며 마음 내키는 대로 살아갈 것이다.

하나 단차를 만나기 전에 자신처럼 단전이 무너지면 끝장이다.

그때는 재수없지만 뒈지는 수밖에 없다.

몇 놈이나 뒈질까?

'전부 다 뒈졌으면 좋겠는데…… 끄윽!'

꽈꽈꽝……!

뱃속에서 폭발이 일어났다.

"큭!"

월영마군이 복부를 움켜잡고 떨어져 나갔다.

벌써 네 명째…….

마음수를 시작으로 팔황야차(八荒夜叉)와 옥안마심(玉顔魔心)이 떨어져 나가더니 이제는 월영마군까지 이탈해 버렸다.

'이건 뭐야?

삼혈신마는 눈동자를 데구루루 굴렸다.

구절신마에게 특별히 선택된 일곱 명은 마인들 중에서도 걸는 자 위의 나는 자들이다.

일곱 명은 서로를 안다.

얼굴은 처음 보는 사이일망정 이름은 들어봤다.

그만큼 그들의 악행은 널리 퍼져 있고, 소름 끼치는 손속은 마인들의 우상이다.

세간에는 그들의 살인 낙인을 흉내 내는 자들까지 있다.

마음수의 살인 낙인 같은 경우에는 따라 하는 사람이 모르는 사람이 없을 정도다.

또한 단전이 파괴되었었다는 공통점도 가지고 있다.

무림 군웅은 그들을 잡아놓고도 안심이 안 되어서 단전까지 파괴시켰다. 혈도를 제압하여 사지를 무력화시킨 후에도 한눈을 팔 수 없는 존재들이었다.

그들을 얕보면 안 된다.

삼안음도와 혈해광도의 눈빛에도 흉광이 번뜩였다.

일곱 명 중에 절반이 넘는 네 명이 배를 움켜잡고 이탈했다면 이건 결코 간과해서는 안 될 일이다.

한데 구절마수는 내처 치달리기만 한다.

"마존님, 잠깐!"

혈해광도와 삼안음도가 동시에 신형을 멈추며 구절마수를 불렀다. 그 순간!

쒜엑!

등을 보이며 앞서 나가던 구절마수가 느닷없이 뒤로 돌더니 육장을 뻗어왔다.

"홋!"

혈해광도는 경악성을 토해내며 급히 혈도를 뽑았다.

쒜엑! 쒜엑! 쒜에엑!

혈도는 다가오는 육장을 향해 일도를 전개했고, 연이어 몸과 다리를 노리며 혈광(血光)을 그렸다.

"애새끼! 뭔가 수작이 있는 줄 알았어!"

타악! 탁탁탁!

구절마수는 손등으로 혈도를 막아냈다.

손등으로 도배(刀背)를 밀어냄과 동시에 쑤욱 도권(刀圈) 안으로 들어섰다.

아무리 부지불식간에 기습을 받았다고는 하지만 혈해광도가 그만한 거리를 내줄 사람이 아닌데……

옆에서 보고도 믿지 못할 만큼 빨랐다.

"헛!"

혈해광도는 깜짝 놀라며 뒤로 물러섰다.

구절마수는 손만 뻗으면 닿을 거리로 들어섰다.

얼굴이 뚜렷하다. 그의 냄새가 진하게 풍긴다. 코로 들락거리는 공기가 느껴지는 것 같다.

도를 움직일 수 없을 만큼 거리가 좁혀졌다.

쒜엑! 퍼억!

미처 채 반 호흡도 끝나기 전에 구절마수의 육장이 허공을 갈랐다.

일수는 여지없이 혈해광도의 가슴을 찍었다.

접전이 벌어지고 단 두 초 만에 혈해광도가 가슴을 내어준 것이다.

"크윽!"

혈해광도가 입으로 핏물을 줄줄 흘리며 물러섰다.

누가 봐도 실력 차이가 현저하게 벌어졌다. 구절마수는 토끼처럼 빠른데 혈해광도는 굼벵이처럼 느렸다. 구절마수는 몸이 탄력있게 통통 튀고, 혈해광도는 몸속에 쇠막대기가 들어있는 듯 무겁고 둔중해 보인다.

혈해광도는 병기까지 뽑았지만 육장을 상대하지 못하고 무너졌다.

"크크크! 내 이럴 줄 알았지."

혈해광도가 줄줄 흘러내리는 핏물을 옷소매로 쓱 닦으며 잔소리를 터뜨렸다.

그는 아주 심각한 내상(內傷)을 입었다.

지금은 웃고 분노할 때가 아니라 잠시라도 시간을 내어서 운공조식을 취해야 할 때다.

그러나 상황이 녹록치 않았다.

친구라는 놈은 옆으로 물러서서 손가락만 까딱거리고 있다.

구절마수를 상대해야 할지 말아야 할지 판단하고 있는 것이다.

삼혈신마라는 놈은 아예 멀찌감치 떨어져서 지켜보고만 있다. 놈은 처음부터 대들 생각이 없었다.

'삼안음도, 삼혈신마! 삼(三) 자를 가진 놈들은 믿을 게 못 돼!'

혈해광도는 혈도를 들어 올리며 진기를 끌어올렸다.

츠으으웃!

그 순간, 그의 얼굴이 새파랗게 질렸다.

“끄으으으…… 끄으으으윽…….”

처음에는 가느다란 비명이, 그러나 점점 커져서 입 밖으로 줄줄 새어나오는 비명이 절곡을 울렸다.

“끄으으! 끄으으으……!”

그는 비명을 지르면서도 혈도를 내리지 못했다.

눈에 핏발이 곤두섰다. 이마에 붉은 혈관이 쭉쭉 뻗쳤다.

코로, 입으로, 귀로…… 눈에서까지 가느다란 핏줄기가 주르륵 흘러내리기 시작했다.

“끄으으! 아아!”

마침내 혈해광도는 혈도를 내리며 하늘을 쳐다봤다.

절망의 순간이다. 자신의 한계를 느끼고 모든 걸 포기하는 사람들이 보여주는 행동이다.

“크크크! 네놈들은 오래 살 것 같으냐!”

그는 혈도를 들어 삼혈신마와 삼안음도를 가리키더니 방향을 툭 꺾어 자신의 목을 쳤다.

혈도에 잘린 머리가 둥실 떠올랐다.

“충성을 맹세하겠습니다.”

삼혈신마가 오체투지하며 절규하듯 말했다.

“추, 충성을! 절대! 절대 배반 같은 건 꿈도 꾸지 않겠습니다! 버, 버리지 말아주십시오!”

삼안음도 역시 머리를 조아렸다.

마주 네 명이 중도에서 떨어져 나갔다.

처음에는 잠시 진기만 조절하면 될 것이라고 생각했다.

시간만 있으면 며칠 푹 쉬는 것만으로도 한결 가뿐해질 것이다.

한데 지금은 생각이 다르다.

그들은 죽었다. 복부를 움켜잡고 떨어져 나가는 순간 이미 죽음이 결정되었다.

혈해광도가 싸우려고 도를 들다가 절망을 느끼고 오히려 자진해 버린 것은 구절마수의 고절한 무학 때문이 아니다.

그것 때문이라면 싸웠다.

혈해광도의 모습에서는 투지가 이글이글 타오르고 있었다.

그는 내부에서 일어나는 몸의 변화를 감지했다. 다른 네 명처럼 쥐어뜯는 것 같은 복부 통증이 일어났다. 이를 악물고 참았지만 결국은 신음까지 토하게 만든, 그리고 싸우겠다는 의지까지도 꺾어버린 지독한 통증에 시달렸다.

그는 자신이 죽을 수밖에 없다는 사실을 인식했다.

구절마수에게 죽는 게 아니다. 복부 통증이 죽음을 의식하게 만들었다.

복부 통증은 무엇 때문에 일어나는가. 그리고 혈해광도 같은 고수가 기껏 통증 하나 이겨내지 못하고 죽음을 느끼는가.

이것 하나만은 분명하다.

구절마수는 원인을 안다. 그리고 지금처럼 계속 달려가면 자신들 역시 똑같은 방법으로 죽는다.

"일어나라."

"주, 죽여주십시오!"

삼안음도가 땅에 머리를 쾅쾅 찧었다.

"혈해광도는 너의 벗이 아니더냐."

"저깟 놈이 무슨 벗입니까! 그냥 심심풀이로 말벗이나 되어주었을 뿐입니다."

"일어나라. 반항이나 해보고 죽어라."

"제, 제발! 제발 어르신!"

"일어나지 않으면 머리를 밟아버리겠다."

구절마수가 발을 들어 올렸다.

삼안음도는 고개를 돌려 구절마수를 힐끔 쳐다보았다.

죽이겠다는 의지가 단호하다. 아니, 밟혀 죽는다!

일어나서 싸울까? 아니면 발에 밟혀 죽을까?

삼안음도는 잠시 망설였지만 이내 머리를 조아렸다.

"바, 밟아 죽이신다면 어쩔 수 없지만……."

퍼억!

바위처럼 떨어진 발길이 조잘거리고 있는 삼안음도의 뒷머리를 강타했다.

삼안음도의 머리는 잘 익은 수박처럼 터져 버렸다. 부서진 머리뼈 사이로 누런 뇌수가 터져 나왔다.

"일어나라."

"……."

삼혈신마는 넙죽 엎드려 오체투지한 채 묵묵히 침묵만 지켰다.

삼안음도가 부르르 떤다.

이미 죽은 시신인데 삶에 대한 미련이 어지간히 강한지 이제야 몸서리를 친다.

육신이 죽음을 깨달은 건가?

그 공포는 곧 자신에게도 떨어지리라.

삼안음도가 일으켰던 갈등은 그도 느낀다.

일어나서 싸워야 하나, 아니면 이대로 밟혀 죽어야 하나.

어찌 보면 일어나서 싸우는 게 그나마 덜 억울할 것 같다.

죽을 때 죽더라도 반항이나 해보는 게 낫지 않을까? 그러다가 살 기회가 생길 수도 있고, 최소한 무공은 펼쳐 보았으니 여한은 없지 않나. 사람 일을 누가 알겠냐 말이다.

아니다. 구절마수에 대항하는 길에는 답이 없다.

일어나서 싸우든 이대로 머리를 밟혀 죽든 마존이 아량을 베풀어야 한다.

어떤 길을 택하든 아량이 없으면 죽음뿐이다.

목숨 가지고 장난하면 안 된다. 오직 아량만이 사는 길이라면 어떻게든 그것을 얻어내야 한다.

동정이 아니다. 아량이다.

"일어나라!"

구절마수가 발을 치켜들었다.

신발에 뇌수와 머리뼈가 묻어 있다.

삼혈신마는 오체투지한 채로 기어가서 발밑에 머리를 들이밀었다.

"이대로 죽겠다는 것이냐!"

"충성을 맹세합니다."

삼혈신마의 음성에는 감정의 기복이 담겨 있지 않았다. 무심했고, 차분했다.

"충성 따위는 필요없다."

"그럼 제게 남은 건 죽음뿐이겠군요."

"그렇다."

"제가 감히…… 수하 된 자의 도리(道理)를 안다고 말씀드려도 안 되겠습니까?"

"하면 명하겠다. 자진해라!"

승부!

삼혈신마는 본능적으로 승부를 예감했다.

여기서 머뭇거리면 안 된다. 자신의 손으로 자진을 결행해야 한다. 그가 말리지 않으면 멍청하게 자신이 자신을 죽이는 꼴이 되겠지만…… 어차피 아량을 베풀어주어야 사는 목숨이 아니던가.

"그럼 감히 검을 뽑겠습니다."

그는 부복(俯伏)을 풀지 않고 손만 움직여서 검을 뽑았다. 그리고 망설임없이, 일 검에 진기를 집중시켜서…… 가장 빠른 쾌검으로 목을 그었다.

쒜엑! 쉭!

검이 목을 꿰뚫으려는 찰나, 구절마수의 발길이 떨어져 검 배를 꽉 눌렀다.

'이겼어!'

삼혈신마의 등줄기로 싸한 전율이 스쳐 갔다.

구절마수의 움직임을 봤다.

그는 전설의 마존답게 자신 따위는 감히 따라갈 수 없는 경지의 무공을 선보였다.

혈해광도가 굼벵이처럼 보였다.

그 말은 다시 말해서 자신이 가장 빠른 속도로 검을 쳐내도 구절마수의 눈에는 굼벵이처럼 보인다는 뜻이다.

그가 말릴 생각이 있다면 얼마든지 말릴 수 있다. 하니 이쪽도 최선을 다한다는 점을 보여준다. 일어나서 구절마수에게 대항할 때처럼 이를 악물고 검을 쳐낸다.

꽉!

검이 나아가지 않고 땅에 짓눌릴 때, 그는 승리감을 느꼈고 전신을 바르르 떨었다.

"살려주마!"

'격동하면 안 돼!'

"감사합니다. 목숨을 바치겠습니다."

구절마수가 등을 보이며 돌아섰다.

이때가 중요하다. 자신도 이런 적이 있다. 등을 보여주면서 바스락거리는 쥐새끼들의 동정을 즐기는 게다.

그는 일어서지 않았다.

"일어나라!"
"존명!"
그는 그때에서야 일어났다.

第百三十五章
신녀(神女)

목숨을 걸 필요는 없다! 치는 척만 하라!

다섯 마주는 서둘지 않았다. 마인들도 적당한 선에서 위협 되지 않을 정도로만 병기를 들이밀었다.

"뭐 하자는 거야?"

"싸우자는 거야, 뭐야?"

오히려 걸왕들이 눈살을 찌푸렸다.

"그냥 적당히 해. 이 짓거리 하고 싶어서 하는 것 아니잖아. 적당하게 싸우는 척만 하자고."

마인 중에 한 명이 노골적으로 말해왔다.

그는 말만 그렇게 한 게 아니다. 장창을 들이미는데 진기라 고는 전혀 깃들어 있지 않았다.

“허!”

걸왕은 어처구니없었다.

그러나 치열하게 싸우는 것은 그들 역시 원하지 않는다.

많은 사람들이 죽어가는 모습을 냉정하게 지켜본다는 건 사람 할 일이 아니다.

“그럼 그러자고. 간다!”

쒜엑! 타앙! 쒜엑! 타악!

바람 소리가 허공을 갈랐다.

타구봉이 짐짓 매섭게 바람을 갈랐지만 마인의 병기와 마주칠 즈음에는 힘이 쏙 빠져 있었다.

타악! 따아악!

그들은 마지못해 수련할 때처럼 심드렁하니 싸움을 지속했다.

쒜에엑! 쒜에엑!

시각랑은 거침없이 쳐갔다.

마인들은 세공단으로 내공을 보강했다.

이들 정도의 내공이라면 무공을 전혀 모르는 평범한 농부라도 무인으로 변화시킬 수 있다. 낫을 버리고 칼을 들어도 워낙 내공이 강하기 때문에 맞상대를 하기 힘들다.

물론 무공이 내공만으로 이루어지는 것은 아니다. 하나 힘이 강하면 철추를 장난감처럼 휘두를 수 있다. 그것이 싸움에서는 약간의 검초를 수련한 것보다 더 큰 효과를 본다.

특히 부사영은 세공단의 효과를 잘 알고 있다.

그들이 막 무림에 나왔을 때, 계야부는 육교사가 건네준 세공단을 복용했다. 그리고 한순간에 그가 알고 있던 계야부인가 싶을 만큼 막강한 고수가 되었다.

그때의 계야부에게는 검산 제일의 검초라는 일촌사조차도 상대가 안 될 것 같았다.

이것이 세공단의 힘이다.

"약간의 틈이라도 보이면 죽는다!"

어제에 이어 오늘도 같은 말을 했다.

어제는 뜻하지 않게 대승을 거뒀지만 오늘도 그러라는 법은 없다. 더군다나 오늘은 병법이 얕은 그가 봐도 정말 말이 안 되는 진형이 펼쳐졌다.

일자진이라니!

한순간 계약부가 뭔가 착각하지 않았나 싶기도 했다.

그를 믿기에 따르지만 마음으로는 아직도 승복하지 않은 상태다. 바다에서 몰아치는 성난 해일을 얇은 창호지로 막겠다는 발상이나 다름없다.

그러니 오늘은 더욱 최선을 다해야 한다.

"죽엿!"

"끼끼끼! 죽어봐!"

시각랑들은 걸왕과 보조를 맞추며 일제히 달려들었다.

한데…… 더욱 강력한 힘으로 몰아쳐야 마땅할 마인들이 뒤로 쭉 빠진다.

“히히! 서둘지 말라고.”

“그래, 그래, 오늘은 쉬어가는 날이라니까. 그냥 심심풀이로 왔으니까 장난이나 치자고.”

마인들이 장난삼아 툭툭 검초를 던졌다.

“뭔 짓이래?”

“허!”

추위걸은 어처구니가 없어서 만도를 축 늘어뜨렸다.

마인 앞에서 온몸을 무방비 상태로 내놓았다.

목숨을 빼앗기에는 아주 좋은 기회다. 서너 명이, 넉넉잡아 네다섯 명이 우르르 달려들면 단숨에 목숨을 취할 수 있다.

마인들은 달려들지 않았다.

“에이, 아무리 그래도 만도는 들어야지.”

쒜엑!

약간만 신경 쓰면 막을 수 있는 검초가 뻗어왔다.

만도를 들고 싸우는 척이나 하자는 뜻이다.

담위민이 일부러 진기를 크게 돋웠다.

장난치지 않겠다. 목숨을 내놓거나 빼앗아가라.

그의 의중이 만도에 절절이 심어져 나왔다.

그러자 마인들이 뒤로 쑥 빠졌다.

역시 그들은 만만치 않다. 세공단에 힘입은 바가 있어서 무공이 일취월장(日就月將)했다.

‘정면에서 부딪치면 상당히 피곤할 터……’

더군다나 오늘은 일자진이다.

방어벽이 약하니 마구 짓쳐 나갈 수가 없다. 어제처럼 똘똘 뭉쳐 있기만 해도 어느 한구석이 쑥 튀어 나갈 수 있지만 오늘 그렇게 했다가는 당장 둘로 쪼개지고 만다.

할 수 없다. 서로 좋은 게 좋다고 적당한 선에서 타협하는 수밖에 없다.

"좋아, 그럼! 장난이나 치지 뭐."

탁! 탁!

시각랑, 생전 처음으로 두 눈 감고 만도를 휘둘러 봤다.

"이것도 예상한 거예요?"

악소화가 놀란 눈으로 계야부를 쳐다봤다.

마인들이 전력을 다해 쏟아져 들어왔다면 단숨에 뚫릴 일자진이다.

이제 곧 그런 일이 닥칠 것이라며 전전긍긍했다. 물론 계야부가 이런 진형을 지시할 때는 그만한 이유가 있겠지만 병법상으로는 말도 안 되는 진형인지라 고민하지 않을 수 없었다.

마인들은 일자진을 깰 듯이 다가왔다.

한데 깨지 않는다. 거센 파도처럼 물밀듯이 다가와서는 장난질만 치고 있다.

이게 싸움인가? 토닥토닥…… 어린아이 골목 싸움인가? 아니, 골목 싸움도 이보다는 거칠 것이다.

악소화가 할 일이 없다.

절체절명의 급박한 싸움이 벌어져야 죽일 자를 골라내고 죽일 방법을 모색하는데, 서로 죽일 생각이 없으니 그녀도 자연히 뒤로 물러나 구경만 한다.

"이러다가 우르르 밀려드는 거예요?"

"아니. 오늘은 그러지 않을 거야."

"왜요?"

"저들 중에 구절마수가 없으니까."

"그걸 어떻게 알아요?"

"알아."

"네에, 그러세요! 그러시겠죠."

악소화가 입술을 뾰족 내밀며 비꼬듯 말했다.

계야부가 그녀의 심정을 읽고 피식 웃으며 말했다.

"구절마수 같은 자는 흔하지 않아. 아주 독특한 기운을 내뿜는데…… 저 속에서는 그런 기운이 느껴지지 않아."

"그럼 정말 없는 거네요?"

"그렇지."

"그걸 알고 일자진을 편 거예요?"

"아니, 그냥 이래야 할 것 같아서."

"뭐예요? 이래야 할 것 같아서……. 그래서 병법에 맞지도 않는 일자진을 편 거예요? 느낌 때문에요? 맙소사! 사부님은 알수록 위험한 분이라니까."

계야부는 그녀의 말을 들으며 쓴웃음을 흘렸다.

일목은 정확하다. 틀린 적이 없다.

대자연의 변함없는 진리만을 보여주기 때문에 틀릴 리가

없다.

아침이 되면 태양이 뜬다.

이 사실은 변하지 않는다. 천 년 전에도 그랬고, 앞으로 천 년 후에도 그럴 것이다.

하지만 아침에 뜨는 태양을 모두가 볼 수 있는 건 아니다.

흐린 날이나 비 오는 날에는 보지 못한다. 장님도 보지 못한다. 그들은 날이 밝은 것을 보고 태양이 떴다는 사실을 인지한 것이지, 태양이 뜨는 모습을 본 건 아니다.

그래도 태양이 떴다는 사실을 의심하는 사람은 없다.

한데 이와 똑같은 사실이 정신의 문제로 옮아가면 말이 달라진다.

정신은 올바른 대자연의 진리를 보여준다.

무엇이든 할 수 있다. 너에게는 무한한 가능성이 있다. 네가 하고자 하는 일은 무엇이든 할 수 있으며, 네가 원하는 것은 모두 가질 수 있으리라.

이것이 일목이 보여주는 것이다.

한데 이번에는 태양의 사례와는 다르게 믿는 사람이 드물다. 아니, 거의 없다.

'내가 어떻게…….'

'말도 안 되는 소리 하고 자빠졌네.'

인간은 정신이 하는 소리를 믿지 않는다. 믿음 대신 경멸과 조롱만 토해낸다.

구름이 끼었을 때처럼, 비가 올 때처럼 인간의 마음은 속세의 때로 얼룩져 있다. 그래서 일목이 떠오르는 태양을 말해줘도 보지 못하는 것이다.

보지 못한다?

그렇다. 인간은 자신이 무엇을 할 수 있는지 보지 못한다.

이제 갓 검을 든 자에게 상승고수를 죽일 수 있다고 하면 비웃음부터 흘린다.

말도 안 되는 말을 하기 때문이다.

말도 안 되는 말……. 이것은 속세의 말이다. 정신의 말이다. 구름이 잔뜩 끼어 있기 때문에 태양이 떠오르는 장쾌한 모습을 보지 못하고 있다.

하면 보지 못한다고 믿지도 못하는 것인가?

인간은 비 오는 날에도 태양은 떠오른다고 믿는다. 믿기에 '오늘은 해가 안 떴어' 하는 우매한 말을 하지 않는다.

그렇다! 일목이 가리키는 것을 제대로 보지 못하는 이유는 눈에 안 보여서가 아니라 마음으로 믿지 않기 때문이다.

하면 언제부터 이런 제약을 몸에 달기 시작했나.

태어나면서부터다.

어미 뱃속에서 나온 인간은 모두 평등하다. 엉덩이를 탁 때려 으앙! 하고 울음을 토해내는 순간에는 모든 아이가 무한한 가능성을 똑같이 품고 있다.

그들에게는 모든 것이 열려 있다.

만약 아이에게 칼을 쥐어주면서 고수를 찌르라고 하면 어떤 행동을 할까?

‘제가 어떻게 찔러요’ 같은 말은 하지 않을 게다.

아이는 찌른다. 무지하기에, 알지 못하기에 찌른다. 자신의 행동이 어떤 결과를 가져올지 모르기 때문에 무작정 시키는 대로 행동에 옮겨본다.

이런 무지…… 순백의 영혼 속에 무한한 가능성이 열려 있다.

인간은 이런 영혼을 세상에 맞춰 조립해 나간다.

너희 신분은 천민이다.

순백의 영혼에 천민이라는 도장 하나가 찍힌다.

이로써 그는 천민이 된다. 왕후장상(王侯將相)은 영원히 넘볼 수 없는 하층민으로 평생을 살아간다.

이런 식으로 순백의 영혼은 세상이 원하는 사람으로 조형된다.

어떤 이는 대장장이로, 또 어떤 이는 살인자로…….

기후처럼 주변 환경이 낙인을 찍는 경우도 있고, 자신 스스로 한계를 짓는 경우도 있다.

어찌 되었든 낙인찍힌 인간은 그 범주를 넘어서지 못한다.

억울하지 않은가!

그럴 것이다. 누군 천민이 되고 싶어서 되었는가. 나도 왕후장상이 되고 싶다. 아무것도 모르는 꼬마에게 낙인을 찍어놓고 마음대로 좌지우지한다는 게 말이 되는가!

그래서 세상은 자신에게 찍힌 낙인을 지우고 그가 원하는 낙인을 찍을 수 있도록 만들어놓았다.

방법은 간단하다.

자신에게 찍힌 낙인을 지워 버리면 된다. 밀랍에 찍힌 낙인을 지울 때 어떻게 하나? 다시 불에 녹인다. 아무것도 찍히지 않은 원형을 만들어낸 다음에 다시 도장을 찍는다.

인간도 그리하면 된다.

하면 인간이 밀랍도 아닌데 어떻게 불에 녹이나.

인간은 밀랍보다도 더 간단한 방법이 있다.

버린다. 모든 걸 버리고 공(空)의 상태에 들어서면 된다.

그래서 예부터 선사들은 늘 '버림'을 강조해 왔다.

인간에게 찍힌 낙인은 밀랍처럼 고형 물질에 꾹 눌러 찍은 것이 아니라 단지 마음에 새겨 넣은 것일 뿐이다.

그런 것은 하찮다.

입고 있는 옷처럼 의식 한 겹만 벗겨내면 다시 태초의 상태로 돌아간다.

버려라. 공이 되어라. 무심(無心)을 유지하라. 일체유심조(一切唯心造), 모든 건 마음먹기에 달렸다 등등…….

모두들 각기 다른 표현으로 같은 말을 해왔다.

선사들은 완벽하게 무지해야만 볼 수 있는 진리의 상태로 들어가서 나오지 않았다.

그것으로 만족한 것이다.

왕후장상도 상관없다. 무엇이든 자신이 원하기만 하면 된다. 새로운 낙인이 찍히면 세상이 알아서 그를 낙인대로 이끌어준다. 그런 일이 어떻게 가능한지 고민할 필요가 없다. 자연에 맡겨두면 알아서 만들어준다.

한데 그들은 그러지 않았다.

새로운 낙인을 찍을 필요가 없다고 생각한 것이다.

이런 것을 일일이 말로 설명할 수는 없다.

코끼리를 본 적이 없는 장님에게 코끼리의 모든 것을 설명해 준다는 것은 불가능하다.

경험해 본 사람만이 안다.

그래서 늘 선각자들이 하는 말은 어렵다.

그들이 보고 들은 것을 정확하게 설명해 주기에는 인간의 언어에 한계가 있기 때문이다.

부처는 신의 영역으로 들어설 수 있는 길을 최대한 쉽게 풀어서 설파했다.

그것이 고(苦), 집(集), 멸(滅), 도(道)의 사성제(四聖諦)다.

한데 인간은 이것도 어렵다고 한다.

조금 더 쉽게 풀어서 말해달라고 한다. 버리기만 하면 되는데 버릴 생각은 하지 않고 버리는 방법을 알려달라고 한다.

계야부도 그런 상태를 본다.

다만 그는 선사들이 체험했던 것처럼 완벽한 상태로 보지 못할 뿐이다. 대문 앞에서 안으로 들어서지 못하고 문틈으로 보이는 신의 세계를 흘깃거리는 정도다.

그래서 그에게는 '개발'이라는 과정이 필요하다.

끊임없이 새로운 능력이 창출되고 표현되는 것을 지켜봐야 한다.

일자진이 왜 필요한지는 그도 알지 못했다.

구절마수와 만난 후, 다음 싸움에서는 넓게 포진해야 한다는 생각을 했다. 명정(明淨) 상태로 들어가 도움을 구하자 일자진 형태의 진형이 떠올랐다.

이것도 능력의 일부분인가?

어쨌든 명정은 그에게 마인을 대적할 수 있는 방도를 일러 주었다.

츠으으읏!

마기가 크게 일어나지 않는다.

본래의 마기는 여전한데 살기가 가미되어 있지 않다.

마인들은 싸울 준비를 하지 않은 채 달려왔다. 병기를 맞대고 있는 지금도 싸울 의사가 전혀 없다.

그 정도는 악소화도 읽는다.

"오늘은 별일 없을 것 같네요."

"음."

"말이 나왔으니 말인데, 무공은 언제부터 전수해 주실래요?"

"……?"

"잊었어요? 우리 사제 간이잖아요."

"흠!"

"얼렁뚱땅 넘어갈 생각 마세요. 저, 구배지례까지 올렸다고요."

"알아."

"시작한 김에 지금 한 수 가르쳐 주시면 안 돼요?"

"그럴까?"

"정말요?"

악소화가 기대하지 않은 대답을 들은 듯 눈을 동그랗게 떴다. 하나 그 눈빛은 곧 기쁨으로 일렁거렸다.

2

계야부는 악소화를 데리고 돌담집으로 들어갔다.

밖에서 병장기 부딪치는 소리가 요란하게 들려온다. 고함과 함성도 우렁차다.

양쪽 모두 살기만 죽였다 뿐이지 싸움 모습은 치열하다.

두 사람은 가부좌를 틀고 마주 앉았다.

"준비됐어요."

악소화는 심기를 한데 모았다.

계야부가 구결을 일러줄 것 같은데…… 그럼 한 자도 놓치지 않을 생각이다.

계야부는 눈을 감은 채 침묵했다.

악소화가 기다렸다. 무슨 말인가 나올 것이라고 생각하며 차분히 기다렸다.

일다경, 이다경…….

시간이 제법 지났는데도 계야부는 침묵만 유지했다.

'뭐지?'

그녀는 자신이 깨닫지 못하는 부분이 있나 싶어서 심기를 다시 한 번 모았다. 두 귀를 쫑긋거리기도 했다. 계야부가 너무 작은 소리로 말해서 들리지 않는 게 아닌가 싶어서.

아무 말도 들려오지 않았다.

아무 느낌도 전달되지 않았다.

반 각 정도 지났을 때, 계야부가 눈을 떴다.

"됐다."

"예?"

"수련 열심히 하고."

"네?"

계야부가 씩 웃으며 일어섰다.

"자, 잠깐! 잠깐요! 잠깐만요!"

악소화는 지나가는 계야부의 다리를 붙잡았다.

쇳덩이처럼 단단한 사내의 다리가 만져졌다. 강인한 느낌이 두 손을 타고 심장까지 전달되었다.

쿵! 쿵!

심장이 거칠게 뛰기 시작했다.

그녀는 화들짝 놀라 손을 뗐다.

"죄, 죄송해요."

"……."

계야부가 할 말이 무엇이냐는 눈빛을 던져 왔다.

그녀는 아무 소리도 하지 못했다.

아무것도 전수받지 못했다. 아무 소리도 듣지 못했다. 손가락 하나 움직이는 것도 보지 못했다.

계야부는 침묵만 지키다가 나간다.

언뜻 의살로 무엇을 전수하지 않았나 싶어서 색다른 느낌을 찾아보기도 했다.

느낌 역시 없다.

그녀는 무엇을 전수했는지 묻고 싶었다. 한데 입이 딱 달라붙어서 떨어지지 않는다.

계야부가 그녀의 어깨를 툭 친 후 밖으로 나갔다.

쿵! 쿵!

심장이 다시 콩닥거렸다.

그녀는 반 시진 동안 침묵 속에서 생각을 거듭했다.

계야부는 빈말을 할 사람이 아니다. 무엇인가를 넘겨주었다고 말하면 틀림없이 전수했다. 그것도 전수자의 입장에서는 최대한 간략하게 풀어서 설명했을 게다.

그게 무엇인지 알지 못하는 것은 받아들이는 자신이 우둔하기 때문이다.

'찾아야 해!'

해변에 떨어진 바늘을 찾는 심정으로 몸 구석구석을 살폈다.

마음을 차분히 가라앉혔다. 그리고 머릿속에서 일어나는 생각을 관찰했다.

보이는 게 없다. 얻어지는 게 없다.

“휴우!”

한숨이 절로 새어나왔다.

불행하지만 이번에는 계야부만 괴롭혔다. 얻는 것도 없이 심기만 불편하게 했다.

계야부도 그렇지…… 남들처럼 평범하게 전수해 주면 어디가 덧나나? 꼭 이런 식으로 어렵게 전수해 줘야 하나? 아니, 전수해 주긴 한 건가?

그녀는 입술을 삐죽 내밀며 일어섰다.

무엇을 전수받았는지 알지 못하는데 뭘 어떻게 수련하랴.

‘저 사람들을 저렇게 쓰면 안 되는데…….’

집 밖으로 나오자 제일 먼저 살림 살수들이 눈에 들어왔다.

그들은 진정한 강자다. 아니, 강자라는 말로는 표현할 수 없다. 저들은 지옥에서 뛰쳐나온 저승사자다.

물론 무공은 걸왕들이 제일 강하다.

정면에서 걸왕들을 상대할 수 있는 사람은 살림 살수들 중에는 없다. 그럴 수 있는 사람은 딱 두 명뿐이다. 오직 금룡대주와 시각랑인 부사영만이 맞상대가 된다.

그 외에는 모두 무너진다.

하나 정말 죽고 죽이는 싸움이 되면…… 광야에 풀어놓고 마음껏 알아서 죽이라고 하면, 오직 승자 한 명만이 살아서 나올 수 있다고 하면…… 살아날 사람은 살림 살수들이다.

걸왕, 살림, 금룡대, 시각랑…… 이들은 똑같은 살수들이지만 살행 방법은 전혀 다르다. 굳이 편을 가르자면 걸왕과 살림이 비슷하고, 시각랑과 금룡대가 비슷하다.

하나 엄밀히 살피면 같은 편이라고 말할 수 없을 정도로 판이하게 다르다.

그들 중 최강은 단연 살림이다.

'걸왕, 시각랑, 금룡대를 전면에 내세우고 살림을 속에 숨긴다. 단순한 일자형이 아냐. 풋! 사부님도 참…… 좌우지간 평범 속에 비범을 숨기는 재간만은 뛰어나다니까.'

그녀는 전에는 보지 못했던 새로운 진형을 찾아냈다. 그 순간!

"아!"

그녀는 자신도 모르게 탄성을 토해냈다.

일자진은 진형을 변형하지 않았다. 그녀가 수련을 받기 전이나 받은 후나 똑같다.

그녀가 달라졌다.

일단 보는 눈이 변했다. 움직이는 모습만 보고도 무공을 짐작해 낼 수 있다. 그뿐만이 아니다. 무공의 성질까지도 읽힌다. 정명한 무공과 사악한 무공이 고스란히 보인다.

둘째로 그녀의 장기가 더욱 발전된 형태로 나타난다.

그녀는 얼굴만 보고도 어디가 아픈지 알아낼 정도로 예리한 안목을 지니고 있다.

그런 안목은 사람을 살피는 데까지 발전했다.

거짓을 말하는 자와 진실을 말하는 자가 느껴진다. 딱히 증거가 있는 것은 아니다. 막연하게 거짓과 진실이 구분된다.

이교사는 그녀의 이런 능력을 높이 샀다. 그래서 약종계의 계주까지 맡겼다.

한데 그 능력이 더욱 발전했다.

걸왕들의 두 마음이 읽힌다.

그들은 단차와 뜻을 같이하고 있지만 그가 어느 선을 넘게 되면 대번에 칼자루를 바꿔 쥘 것이다.

살림 살수들에게도 두 마음이 읽힌다.

그들은 걸왕들보다도 더 노골적으로 적개심을 드러낸다.

지금은 마인들에게서 한시도 눈을 뗄 수 없는 상황이다. 하나 그들은 두 귀를 계야부에게 열어놓았다.

모두가 어떤 마음인지 느낌으로 전해진다.

'각성!'

계야부가 전해준 것은 각성이다.

―머리를 맑게 하라. 어둠 속에 있다고 좌절하지 마라. 어떻게 수련해야 하느냐고 묻지 마라. 차분하게 가라앉은 마음으로 어둠 속에 있는 자신을 지켜봐라.

마음속 말이 들려왔다.

―빛은 신성하다. 세상이 온통 어둠으로 덮여 있을지라도 빛 한줄기가 스며들면 대번에 알아볼 수 있다. 그 빛이 어디서

왔는지, 어떻게 진행될 것인지 이성적으로 판단하지 마라. 두 눈을 똑바로 뜨고 빛만 쳐다봐라. 그러면 빛의 영역이 넓혀져 어둠이 물러날지니…… 빛과 어둠은 적이 아니다. 빛이 있는 곳에 어둠이 없고, 어둠이 있는 곳에 빛이 없을 뿐, 서로 밀쳐내기는 할망정 상잔(相殘)하지는 않는다. 빛의 영역을 넓혀라.

계야부가 한 것은 그녀의 머릿속에 빛 한줄기를 심어놓은 것에 불과했다.

아주 작은 빛줄기라서 잘 보이지도 않았다.

하나 그것만으로도 사람들을 읽을 수 있다. 지금보다 훨씬 더, 훨씬 강하게 사람들을 운용할 수 있다.

그녀의 빛은 그녀의 장기를 발전시킨다.

'여기서부터 천천히 영역을 넓혀가는 거야. 서둘 필요 없어. 내게는 사부님이……'

문득 그의 단단한 종아리가 생각났다.

철기둥을 만진 것처럼 딱딱했다. 두껍고 강했다.

"휴우!"

그녀는 뛰는 가슴을 진정시키기 위해 일부러 한숨을 내쉬었다.

관언찰색과 각성은 극과 극이다.

관언찰색은 눈으로 보고 분석하고 판단하는 작업이다. 몸에서 일어나는 행동 변화, 일그러지고 주름지는 표정 변화를 예민하게 관찰해야 한다.

그러자면 본인 스스로도 감각을 예민하게 다듬어놓아야 한다.

순간적으로 떠오른 변화가 판단을 좌우한다. 너무 빠른 순간에 스쳐 가는 변화조차도 잡아낼 수 있어야 비로소 관언찰색의 대가라는 말을 들을 수 있다.

사람이든 동물이든 나쁜 것은 숨기는 버릇이 있다.

병(病)도 마찬가지다.

동물은 장기가 썩어 들어가도 꼿꼿하게 서 있다. 결코 아픈 내색을 하지 않는다. 상처가 곪아서 결국 죽을 수밖에 없는 지경이 되어서야 몸을 눕힌다.

죽음을 맞이하는 것이다.

인간은 그보다는 낫다. 그래도 아프면 아픈 표정을 짓고, 의원을 찾아서 치료라도 한다.

그렇다고 해서 인간이 동물적인 습성을 완전히 버렸다고 볼 수는 없다.

인간도 동물들처럼 아픈 부분을 숨긴다.

치부(恥部)를 스스럼없이 드러내는 인간은 없다.

부끄러운 부분이나 살아오면서 잘못한 부분은 어떻게든 숨기고 싶어 한다.

그와 같은 식으로 질병도 치부로 생각하는 사람이 있다.

몸이 아픈 것은 잘못된 것이 아닌데도 괜히 잘못했다고 생각하는 사람이 이상한 부류이지만, 의외로 그런 사람들이 많다.

그들은 어디가 아프냐고 물으면 진짜 아픈 곳을 말하지 않는다.

본인이 말하지 않는 것이 아니다. 본인은 말하고자 하는데 본능이 감춰 버린다.

심장이 깨질 것 같은데, 가슴이 조금 두근거린다고 말한다. 눈이 튀어나올 것 같은데, 어제 조금 과로했는가 보다고 말한다.

그런 사람들이 많다.

관언찰색은 얼굴이나 살갗에 일어나는 변화뿐만이 아니라 깊은 곳에 숨겨져 있는 것까지 찾아내어야 한다.

그녀는 그렇게 훈련되어졌다.

헌데 각성은 전혀 다른 개념이다.

일단 그녀가 장기로 삼는 감각을 죽여야 한다. 그것도 완전히 버려야 한다.

눈으로 보는 것은 믿지 마라.

현실에서 일어나는 일은 중요치 않다. 그것은 얼마든지 바꿀 수 있다. 오직 마음에서 일어나는 일에만 집중하라. 마음의 열매를 현실에 심어라.

냉정한 이성으로는 도저히 받아들일 수 없다.

창! 차앙! 창!
밖에서 병장기 부딪치는 소리가 들린다.

현실은…… 현재 싸움 중이다.

마인들이 절곡으로 밀고 들어와서 일자진을 깨려고 한다.

이것이 현실이다.

그녀는 모든 것을 잊었다. 현실에서 벌어지는 일을 잊으라고 하니 망각하려고 애썼다.

사실 이 부분은 그리 어렵지 않다.

운공조식을 취하면 현실이 망각된다.

진기를 일주천(一週天)시킨다.

내관(內觀)으로 진기를 지켜보는 동안 정신은 무아지경(無我之境)이 된다.

나를 잊는 단계다.

계야부가 말한 몸이 허공으로 붕 떠오르는 상태가 되는 것이다.

사실 계야부가 말한 것과 무아지경은 크게 다르지 않다.

전신을 이완하라. 방송(放松)하라.

다를 게 전혀 없다.

계야부가 말한 것은 '운공조식을 취하라' 는 말과 다르지 않다.

계야부는 무인이다. 그는 많은 무공을 알고 있다. 운공조식이 무엇인지도 안다. 그걸 아는 사람에게 어떻게 말해야 쉽게 이해할 수 있는지도 안다.

일(一)을 아는 사람에게 굳이 일이 무엇인지 설명할 필요는 없다.

해가 동녘에서 떠오르는 이치를 아는 사람에게 굳이 태양의 흐름을 설명할 필요가 없는 것과 같다.

운기조식을 운기조식이라고 말하면 안 되는 것이었을까?

그렇다. 안 된다.

계야부가 말한 것은 운기조식과 같지만 운기조식이 아니다.

내관을 하면 안 된다. 진기의 흐름에 신경을 쓰면 안 된다. 그것 또한 육신의 일부이기 때문에 완전히 잊어야 한다.

'오로지 정신만!'

계야부가 강조한 것이 이것이다.

계야부가 그가 할 수 있는 말 중에 가장 쉬운 말로 설명해 주었다. 그것을 운기조식과 결부시킨 것은 자신이다. 운기조식과 다르기에 그리 말하지 않았는데, 자신이 다른 것과 결부시키고 있다.

그녀는 가부좌를 풀고 일어나 방 안을 왔다 갔다 산보했다.

마음을 가다듬는다. 아무 생각도 하지 않는다. 생각이 일어나면 일어나도록 내버려 두었다가 잊어버린다.

모든 것을 잊어야 한다.

그녀는 다시 가부좌를 틀고 앉았다.

산보도 너무 오래 하는 것은 좋지 않다. 적당하게 긴장을 풀 수 있을 정도만 한다.

그녀는 각성을 찾기 위해 자신 속으로 침잠해 들어갔다.

각성에는 현묘함이 없다.

갓 태어난 어린아이는 현묘함을 지니지 않는다. 아무것도 인상지어지지 않은 상태는 오직 순수함만 존재한다.

그런 상태가 되어야 한다.

현재의 자신을 잊고 아무것도 모르던 상태로 들어가야 한다.

'헉!'

그녀는 모든 것을 놓지 못했다.

자칫하면 관언찰색을 잃어버린다.

세상 사람들이 인정해 주는 가장 뛰어난 능력을 놓쳐 버릴 수 있다.

'이걸 가지고 가면 안 되나.'

손에 쥔 것을 놓지 못했다.

츠으으읏!

그녀의 정신은 맑고 깊은 상태를 유지했다.

몸이 날아갈 듯 가볍다. 심신이 상쾌하다. 봄바람에 전신을 내맡긴 듯 기분 좋은 느낌이 전신을 감싼다.

그것뿐이다. 그녀는 그 상태에서 더 깊이 들어가지 못했다.

계야부는 모든 것을 버리라고 했다. 그녀는 관언찰색을 버리지 못했다. 그것을 유지하면서 각성까지 얻고자 했다.

각성을 얻으면 관언찰색도 다시 얻는다는 것을 모르진 않는다.

관언찰색은 동전 한 닢일 뿐이다.

각성은 동전이 가득 든 전낭(錢囊)이다.

전낭을 얻으면 동전 걱정은 하지 않아도 된다. 자신이 땅바닥에 던져 버린 동전이 전낭 속에 가득 들어 있다.

하면 전낭을 열어 어떤 동전을 쓸까 하고 고민만 하면 된다.

이렇게 간단한 일인데 하지 못하고 있다.

이치는 머릿속에 다 담았으면서 그까짓 동전 한 닢이 무에 그리 소중하다고 꼭 쥐고 있다.

'휴우!'

한숨이 절로 쉬어졌다.

자신이 자신을 버리지 못하고 있다.

각성은 손만 뻗으면 닿을 것처럼 보인다. 그리 어렵지 않다. 모두, 누구든 할 수 있다.

사실이 그렇기도 하다.

헌데 막상 돌입해 보면 어느 것 하나 손에 잡히지 않는다.

계야부가 말한 부양(浮揚) 상태는 쉽게 경험한다.

운공조식을 알고 있는 사람이라면 육신이 사라지는 경험이 그리 어렵지 않다는 것을 알 것이다.

거기까지는 쉽게 들어가는데…….

창! 차앙! 차앙!

마인들과 지인들이 싱거운 싸움을 하고 있다.

계야부는 그들이 싸우는 모습을 조용히 지켜보고 있었다.

그는 무슨 생각을 하고 있을까? 의살을 펼치고 있을까? 아니면 모든 것을 버린 채 지켜보기만 하는 것일까?

그녀는 계야부에게 다가가 입술을 뿌루퉁하게 내밀었다.

"관언찰색을 버릴 수 없어요."

"버려?"

"네. 버리려고 하는데 안 버려져요."

"왜?"

"예?"

"왜 버리려고 하는데?"

"……?"

악소화는 기가 막혀서 눈을 동그랗게 떴다.

지금까지 관언찰색을 버리지 못해서 전전긍긍하다가 나왔는데 왜 버리려고 하냐니.

"버릴 필요 없어."

계야부가 심드렁하게 말했다.

"아무것도 없는 상태가 되라고 하지 않았어요?"

"내가? 내가 언제 그런 말을 했지?"

"뭐예요? 놀리시는 것도 아니고."

"……"

계야부는 아예 말문을 닫아버렸다.

악소화는 머쓱해졌다.

이건 뭔가? 알려줄 건 다 알려줬다는 모습인데, 왜 자신은 아무것도 듣지 못한 것일까?

그녀의 관언찰색은 계야부의 표정 변화를 놓치지 않았다.

계야부는 다 알려줬다는 표정을 지었다. 더불어서 잘하고 있다는 안도의 모습도 보였다.

자신이 올바른 길로 가고 있는 것이다.

하면 왜 관언찰색을 버릴 필요가 없다고 했지? 전에는 다 버려야 각성할 수 있다고 했으면서. 깨끗한 상태, 백지와 같은 모습, 아무것도 적히지 않은 상태…….

그녀도 계야부 곁에 서서 말없이 싸움 구경을 했다.

창! 창! 차앙!

병장기가 끊임없이 부딪친다.

살상은 없다. 시간 끌기에 불과한 공격이니 큰 위험도 없다. 어느 쪽이든 위험하다 싶으면 몸부터 빼내고 본다.

그렇다고 정말 위험한 상태에 직면하면 곤란하다.

마인 앞에서 방심하는 모습을 보이면 진짜 살검이 터진다.

문득, 심어(心語), 마음속 말이 터졌다.

―망(忘), 망, 망, 망, 망…….

딱 한 글자, 오직 '잊을 망' 자만 머릿속에서 회오리쳤다.

싸움 구경을 하고 있을 뿐인데, 그저 지켜보고 있을 뿐인데…… 이 순간, 자신은 없다. 자신이 무엇을 하고 있었나? 그저 보고 있었을 뿐이다.

그렇다. 이 순간, 그녀는 자신이 팔이 어떻게 움직였는지 알지 못했다. 두 다리로 서 있었는데, 다리에 인식을 주지 않았다. 다 잊었다. 팔도 다리도, 육신도 잊었다.

마음도 비웠다.

걱정이라던가 즐거움이라던가…… 어떠한 감정 변화도 일어나지 않았다.

그저 싸움을 지켜본다.

아무 생각 없이 여러 사람이 뒤엉켜 있는 모습만 지켜본다.

이 순간, 자신은 철저한 방관자였다.

스윽!

계야부가 고개를 돌려 그녀를 쳐다봤다.

그의 얼굴에 웃음기가 어려 있다.

'알았어?'

'알았어요.'

'버릴 필요 없다.'

'그래요. 잊기만 하면 되네요.'

'굳이 버리려고 하면 더욱 가깝게 다가올 거야. 놓아버려라, 아무 생각도 하지 말고.'

'해볼게요.'

그녀는 씩 웃었다.

계야부도 밝게, 태양처럼 환하게 웃었다.

3

마인들이 공격다운 공격을 하지 않고 있다.

여기에는 분명히 이유가 있다.

수백에 이르는 늑대들이 병아리 몇 마리를 에워싸고 있는 형국이다. 아니, 황소 떼가 돌진해 오는데 병아리 몇 마리가 한 줄로 늘어서서 막고 있는 모양새다.

마인들이 전력을 다하면 상당히 피곤한 싸움이 될 것이다.

시각랑, 걸왕, 금룡대에 살림 살수들을 최대한으로 이용해도 도저히 막을 수 없다는 판단이 나온다.

악소화, 그녀의 판단은 정확할 것이다.

살림, 걸왕, 시각랑, 금룡대를 판단하듯이 밀려오는 마인들의 무공도 정확하게 보인다.

계야부가 어제처럼 도와주지 않는 한은 힘든 싸움이다.

다행히도 오늘은 마인들이 공격 시늉만 내고 있으니…… 무공을 수련하기에는 아주 좋은 기회다.

계야부에게서 각성을 전수받았다.

그녀는 오랜 시간에 걸쳐서 전수받은 것 같은데, 사실 시간적으로 보면 반 시진도 되지 않는다.

각성은 정신무공이다.

정신무공은 깨닫는 순간, 터득된다.

그런 상태에 이르기까지 십 년이 걸릴 수도 있고, 백 년이 걸릴 수도 있다. 죽는 순간까지 깨닫지 못한 채 저세상으로 갈 수도 있다. 또 찰나 만에 깨우치기도 한다.

그녀는 자신이 깨달은 바를 시험해 보고 싶었다.

저벅! 저벅!

그녀는 걸왕들의 등 뒤로 걸어갔다.

"츠읏! 츠으읏!"

두 마디 기음을 터뜨렸다.

응답하는 행동은 없다. 하지만 보이지 않는 곳에서는 벌써 움직임이 일어나고 있었다.

키 작은 사내가 걸왕들 틈을 파고들었다.

뚱뚱한 사내는 시각랑의 배후로 바싹 다가섰고, 금룡대 쪽으로는 말라깽이 검사가 뒤를 받쳤다.

홍의여인은 그녀 곁에 섰다.

물론 살림 살수의 움직임은 눈으로 식별되지 않는다. 단지 옆에 서 있다는 느낌만 전해져 올 뿐이다.

그녀는 어디 있을까?

방금 전까지만 해도 옆에 없었던 바위, 바위처럼 생긴 거죽 더미가 그녀다.

"좟!"

또다시 기음을 터뜨렸다.

삼번과 사번 위치에 있던 걸왕 두 명이 반보 앞으로 나서며 타구봉을 휘둘렀다. 그와 동시에 일번과 이번에 있던 걸왕들이 전면과 오른쪽을 쳐냈다.

따앙!

이번 걸왕의 타구봉과 마인들의 도가 어울렸다. 일번 걸왕의 타구봉이 막 도를 휘두르려던 마인의 어깨를 강타했다. 삼,

사번 걸왕의 타구봉은 거센 경풍을 일으키며 마인들의 접근을 차단했다.

물론 일번 걸왕의 타구봉에는 진기가 실려 있지 않다. 마인들이 살심을 품지 않았기 때문에 그들도 진기 없이 타구봉만, 그것도 아프지 않도록 살짝 쳐냈다.

진기를 가미해서 이보다 훨씬 강하게 쳐냈다면 시간이 절반으로 줄어들었을 것이다. 또한 경기(勁氣)는 두 배로 강해져서 주위를 폭풍으로 휘감았으리라.

걸왕들의 눈에 놀란 빛이 어렸다.

악소화는 단순히 진형을 짜맞추는 단계를 벗어났다.

그들은 걸왕 네 명의 무공을 극대화시켰다.

그녀는 단순한 신호만을 전해왔다.

몇 번째에 있는 누가, 어느 방향으로 공격하라는 사전에 약정된 신호다.

걸왕들은 신호에 맞춰서 방향을 택했다.

반보 나아갈 사람은 나갔고, 그 자리에서 방향만 바꿀 사람은 몸을 돌렸다.

그리고 자신들이 어떤 공격을 해야 할지 판단했다.

판단은 쉬웠다. 삼, 사번은 광풍폭우처럼 휩쓸어야만 했다. 마인들이 우르르 달려드는 것을 어떻게든 저지해야 한다는 생각이 들었기 때문에 다른 공격을 생각할 틈이 없었다.

이번 위치에 있던 걸왕은 전면을 공격하라는 신호만 받았다.

그도 어떤 공격을 해야 하는지 곧 알아냈다.

마인들이 앞으로 나선 삼, 사번 걸왕을 노리고 측면 공격을 시도하고 있다. 자신이 타구봉을 쳐내지 않으면 삼번 걸왕의 옆구리가 찢어질 것이다.

생각할 게 없다. 마도를 막아야 한다.

그는 전력을 다해 타구봉을 전개했다.

일번 걸왕도 마찬가지다. 그는 옆으로 돌아서자마자 공격해야 할 상대를 찾아냈다.

그는 불행하게도 이제 막 도법을 전개하려는 중이었다.

쾌속하게 달려가 타구봉을 내려쳤다.

사개사색(四丐四色)이라고 해야 할까? 각기 다른 공격을 펼쳤지만 절묘하게 어우러졌다. 뿐만 아니라 네 명 모두가 전력을 다해서 공격을 펼쳐야만 했다.

예전에도 악소화의 신호에 맞춰서 진형을 짠 적이 있지만 지금처럼 강력하지는 않았다.

그때는 여유도 없었다.

급하게 공격한 다음에는 재빨리 제자리로 돌아와 다음 신호를 기다려야 했다.

지금은 여유도 넘치고 공격도 강해졌다.

"엇!"

"웃!"

그들은 제자리로 돌아온 다음에야 어째서 자신들이 강력한 무공을 펼칠 수 있었는지 이유를 찾아냈다.

살림 살수, 키 작은 노인이 그들의 뒤를 받쳐 주고 있었다.

그들이 전력을 다하는 동안 소름 끼치는 무형의 살기를 쏘아내고 있었다.

이것은 다른 걸왕들이 뒤를 받쳐 준 것과는 크게 다르다.

물론 다른 걸왕들도 키 작은 노인처럼 뒤를 받쳐 줄 수는 있다. 하지만 그들은 무공으로만 도움을 줄 수 있다. 키 작은 노인처럼 살기를 쏘아낼 수는 없다.

악소화는 걸왕들에게 가장 부족한 부분이 무형살기라고 봤다. 그래서 키 작은 노인을 걸왕 사이로 파고들게 했다.

걸왕들의 공격은 자신들도 의식하지 못하는 사이에 더욱더 강해져 있었던 것이다.

타구봉은 원래대로 전개되었다.

하나 공격을 받은 마인들은 살기까지 보태져서 훨씬 강한 압력을 받았다.

그런 일은 시각랑과 금룡대에게서도 일어났다.

시각랑은 살기가 부족하지 않다.

그들은 걸왕들처럼 공명정대한 무공을 수련한 게 아니다. 전장에서 사람을 죽이며 터득한 살기다. 하니 온몸이 살기로 똘똘 뭉쳐 있다고 해도 과언이 아니다.

한데 불행스럽게도 마인들 역시 그런 살기로 무장되어 있다.

이쪽에서 으르렁거리면 저쪽도 으르렁거린다. 이쪽이 어홍! 하면 저쪽도 어홍! 한다.

양쪽이 똑같다.

그 점이 나쁘다는 게 아니다. 다만 무인들 싸움에서 살기가 차지하는 부분은 아주 미미하다. 정작 중요한 것은 사람을 벨 수 있는 무공이지 살기가 아니다.

악소화는 그들에게 뚱뚱한 사내를 붙였다.

키 작은 노인처럼 한가운데에 넣지는 않았다. 시각랑의 뒤에서 지켜보게 만들었다.

"흐흐흐!"

뚱뚱한 사내는 경멸조로 웃는다.

시각랑과 마인들의 부딪침이 그의 눈에는 장난처럼 보일 것이다. 도대체가 사납기만 하지 진정한 죽음은 없지 않은가.

저런 칼질은 누구에게 보여주기 위한 것이다. 저런 칼질로는 진정한 주검을 만들지는 못한다. 사람을 죽이더라도 억울해서 승천하지 못하게 만든다.

죽는 사람이 어떻게 죽었는지도 모르게 손을 써야 한다. 그래야 문득 정신을 차려보니 염라대왕 앞에 와 있더라는 기가 막힌 말을 들을 수 있다.

살수가 만든 죽음은 그렇다.

그런 비웃음이 시각랑을 자극한다.

마인을 격동시키는 게 아니다. 같은 편인 시각랑을 건드린다. 그래서 꾹 눌려 있던 투지를 끌어낸다.

시각랑의 검은 대번에 사나워진다.

예전에 비해서 능히 두 배 이상은 사나워졌다고 해도 그렇게 틀린 말은 아니다.

차창! 차차창!

시각랑이 만도를 휘두르면 마인들이 썰물처럼 밀려 나간다.

금룡대도 부족한 부분이 있다.

그들은 극심한 변화를 겪어왔다. 북지단 무인이라는 정파인들의 우상에서 살수로 전락했다. 광명정대한 검에서 살기 어린 검으로 변화시켰다.

그들은 이것도 아니고 저것도 아니다.

그들에게 말라깽이 검사의 조용한 검을 붙였다.

말라깽이 검사의 차분한 검기는 금룡대에게 어떻게 검을 써야 하는지를 일깨워 준다.

금룡대는 자신들이 원하는 대로 검을 쓴다.

츠츠춧!

말라깽이 검사의 검기가 그들의 의식을 건드린다. 그와 동시에 그들의 검도 차분해진다.

계야부가 일목 상태에서 생각을 전달하듯, 이들은 자신의 기운을 전달하고 있다.

키 작은 노인은 마인들을 억누른다. 뚱뚱한 사내는 시각랑을 자극한다. 말라깽이 검사는 금룡대를 차분하게 다듬어놓는다.

단 세 명이 뒤에서 자신의 기운을 쏘아내고 있을 뿐인데, 전면에 펼쳐진 일자진은 두 배 이상 강해졌다.

한순간에 일어난 변화다.

원래 그들은 살기를 쏘아낼 뿐, 전하지는 못한다. 타인의 진기에 자신의 살기를 담는 행위 같은 것은 시도할 일도 없었고 해보려고 하지도 않았다.

그들은 자신들이 무엇을 한지 모른다.

악소화의 신호를 받고 명령한 자리에서 공격 준비만 했다.

하면 그들의 살기는 어떻게 쏘아진 것일까?

지금 이 순간에도 그들은 자신들이 무엇을 하고 있는지 모른다. 막연히 악소화가 시킨 대로 정해진 위치에서 공격 명령이 떨어질 때를 기다린다.

츠으으으읏!

그들의 기운은 어김없이 전면에 선 무인들에게 전해진다.

걸왕에게, 금룡대에게, 시각랑에게…… 어떤 기운이 밀려와 그들의 살기를 전달한다.

악소화 곁에 서 있던 홍의여인은 이런 변화를 한눈에 간파했다.

그녀가 바위 거죽을 뒤집어쓴 채 말했다.

"난 뭐야?"

"네?"

"내 역할은 뭐냐고?"

"아! 그거요. 제 호위요."

"뭐!"

"저들은 바보가 아니거든요."

악소화가 마인들을 쳐다봤다.

“일자진이 갑자기 강해졌는데 이유를 찾지 않겠어요? 저들은 지금쯤 일자진이 왜 이렇게 강해졌는지 이유를 알았을 거예요. 하면 저들이 할 수 있는 행동은 딱 한 가지!”

“너부터 죽이는 거군.”

“그래요.”

“한데 모순이 있어. 너를 죽이려면 일자진부터 뚫어야 해. 호법이 필요없다는 말이지.”

악소화가 고개를 내두르며 말했다.

“저거…… 뚫으려면 얼마든지 뚫려요.”

“……”

“그렇지 않아요?”

악소화가 대답을 재촉했다.

홍의여인은 대답하지 못했다.

자신에게 일자진을 뚫으라고 하면 눈썹도 까닥하지 않는다. 이 정도는 눈 감고도 뚫을 수 있다.

그만큼 일자진은 넓고 약하다.

사람이나 많으면 몰라도 겨우 이십여 명이 쭉 늘어선 정도로는 아무것도 막지 못한다.

“정말 싸움이 벌어지면 제가 제일 먼저 당해요. 제 목숨, 부탁드릴게요.”

“……”

“그리고 또 하나, 사부님에 대한 증오…… 너무 보여요.”

“건방진!”

"건방지다고 해도 할 수 없네요. 눈에 보이는 걸 어떻게 해요? 호호호! 제 눈에도 이렇게 보이는데 사부님 눈에 안 보이겠어요? 환히 보고 계실 거예요."

"그래서? 포기라도 하라는 게냐?"

"사부님이 도와줬죠?"

"……."

"전 느껴요. 사부님께서 뭔가 도와주셨을 거예요."

"건방진 소리 마라!"

"제게 도와달라고 찾아왔을 때와 지금은 많이 달라요. 뭐랄까…… 지금은 서둘지 않아요. 방향을 찾았나 봐요?"

"그런 말을 하는 이유가 뭐냐?"

"저도 도와드리려고요."

"……!"

"이상하게 생각하지 마세요. 이 정도 도와드려도…… 죄송해요. 당신들…… 사부님, 못 건드려요. 그분과는 층 차가 너무 벌어졌어요. 따라잡기 힘들 거예요."

"건방진!"

악소화는 그녀의 말을 듣지 않았다. 그녀의 입에서는 다른 신호가 새어나오고 있었다.

"쯧! 쯔즛! 쯔으윽!"

'이 여자!'

홍의여인은 눈을 부릅떴다.

악소화는 보물이다. 천하에 다시없는, 진귀한, 살아 있는, 억만금을 주고도 살 수 없는 보물 중의 보물이다.

그녀는 악소화의 진가를 깨닫고 깜짝 놀랐다.

악소화는 인간의 능력을 극대화시킨다.

한눈에 부족한 점을 알아챈다. 그리고 단숨에 보충시킨다.

지금 전면에 선 무인들과 살림 살수들이 공조하고 있는 형태가 바로 그렇다.

실제로 저들은 연수하지 않는다.

살림 살수들은 뒤에 빠져 있고, 전면에 선 무인들은 자신들의 무학을 펼치고 있다. 그런데…… 단지 뒤에 서 있다는 이유만으로 공격이 한층 정교해지고 강해졌다.

사실 이들 중에서 무공이 가장 고강한 집단은 걸왕들이라고 할 수 있다.

살림 살수들도 강하지만 정면 승부에서는 걸왕만 못하다.

내공 면에서도 많이 뒤진다.

걸왕들은 무공을 손에 잡은 순간부터 이 순간까지 개방의 정심한 무공을, 최상의 환경 속에서, 최고의 집중력으로 수련해 왔다.

그런 점은 부럽지 않다. 살림이 고수하는 독특한 수련 방법도 개방에 못지않는다고 자부한다.

단 한 가지, 걸왕들에게는 올바른 방향으로 인도해 줄 사문과 사부가 있었다.

그들은 걸왕들을 항시 지켜봤다. 지도했다. 고쳐 주었다.

혼자 가도 될 길을 옆에서 손을 잡고 같이 걸어주었다. 일정 수준에 도달할 때까지 그런 일이 꾸준히 이어졌다.

물론 걸왕들은 참혹한 환경 속에서 동문들을 척살하며 성장했다.

그들은 처참했다. 어둠 속에서 죽음을 만드는 살인자가 되기까지 필설로 다할 수 없는 참혹함을 겪었다.

하나 그런 점까지도 모두 인위적으로 조장된 것이다.

걸왕을 만드는 방법 자체가 개방이 오랜 시간에 걸쳐서 숙고하고, 시험하고, 실행한 끝에 완성시킨 일련의 과정이다.

걸왕들의 무공은 살림 살수들을 능가한다.

지금 그녀가 보고 있는 현상은 말도 안 된다.

키 작은 노인이 걸왕들을 도와주고 있는 모습은 하수가 상수를 도와주는 것과도 같다.

더군다나 걸왕들의 무기(武氣)는 아주 강력하다.

키 작은 노인이 살기쯤 뿜어냈다고 해서 단숨에 공력이 배가되지는 않는다.

한데 그런 일이 벌어지고 있다.

악소화가 키 작은 노인의 살기를 걸왕들에게 보태주고 있다.

어떻게 이런 일이 가능할까?

'말도 안 돼!'

그녀는 부인하고 또 부인했다. 하나 자신의 눈으로 직접 본 것을 믿지 않을 수도 없지 않은가. 그런 일이 지금도 벌어지고 있는데, 지금도 보고 있는데 어찌 믿지 않겠나.

'이 여자…… 이 여자…….'

그녀는 같은 말만 반복했다.

단차를 적으로 삼는다면 제일 먼저 이 여자를 죽여야 한다.

이런 여자가 단차 곁에 붙어 있으면 단차의 능력 또한 배가 되지 않는다고 보장하지 못한다.

설혹 그런 일이 없다고 해도 이런 여자가 존재한다는 것은 마뜩치 않다.

이 여자가 자신을 도와주면 단숨에 살림을 살릴 수 있다.

기대할 수는 없지만, 그럴 리는 절대 없지만…… 이 여자가 마음을 돌려서 자신들과 함께 단차를 죽이고자 한다면 그를 죽이는 게 결코 꿈 같은 일만은 아니다.

까앙! 까아아앙! 까아앙!

병아리 몇 마리가 늑대 무리를 놀리고 있다.

이제 마인들은 형편없어 보인다.

수적 우세는 여전하지만 상태는 완전히 달라졌다.

늑대 무리에 둘러싸인 병아리 떼가 아니라 병아리들에게 둘러싸인 늑대 무리가 되었다.

자신만 이렇게 판단하는 게 아니다.

전면에서 병장기를 휘두르는 사람은 더욱 강하게 느낌을 받는다.

그들은 마인들이 결코 자신들의 적수가 될 수 없다는 것을

깨닫기 시작했다. 반대로 마인들은 어떻게 하면 이 자리에서
벗어날 수 있을까 하고 전전긍긍하는 모습이다.

이게 모두 악소화라는 여인이 등장하고부터 벌어진 일이다.

이 여자만 있으면 살림은 더욱 강해진다. 이 여자가 적이 되
면 살림은 지금의 능력도 발휘하지 못한다.

죽이거나, 같은 편으로 포섭하거나.

악소화가 말했다.

"절 죽이실 거예요?"

"……."

"느낌이 와요."

"기가 막히군. 무서운 괴물이 되어가고 있어. 하나같이……
저 인간도 그렇고 너도 그렇고…… 의살이라는 것을 수련하면
모두 괴물이 되는 건가?"

"감정을 느끼는 건 굳이 의살을 거론할 필요가 없어요. 그렇
지 않나요?"

"살기를 드러낸 적이 없다."

"그렇지만 저는 느꼈는걸요."

"그러니까 괴물이라는 거지."

"살기를 버리세요. 그럼 도와드릴게요."

"저 인간을 죽이는 것도?"

"그 생각도 버리세요. 살림은 아주 강해지겠지만 사부님
을 건드릴 수는 없어요. 아시잖아요, 그러기 전에 저부터 처

리해야 한다는 거. 그것만 버리시면 사부님은 물론이고 제
도움도 받을 수 있어요. 이거 진심인 것, 아시죠? 쯔! 쯔줏!
쯔즈즈!"
　악소화는 말을 하면서도 연신 신호를 발출했다.

第百三十六章

첩가(疊加)

'구절마수…….'

계야부는 깊고 깊은 절곡에 눈길을 주었다.

그는 전력을 다해 공격할 수 있었다. 그가 마인을 이끌고 공격해 왔다면 자신도 쉽게 막진 못했을 게다.

모두가 염려하는 건 언제든 사실이 될 수 있었다.

의살은 아주 강력한 공격 무기다.

그 자체가 병기가 될 수 있고, 절초라고 말할 수도 있다.

의살은 화약처럼 많은 사람을 일시에 강타할 수도 있다. 또 수많은 사람 중에서 한 사람만 골라내어 타격을 가할 수도 있다. 화살처럼 멀리서 쏠 수도 있고, 지근거리에서 단검으로 활용하기도 한다.

의살은 천고의 절학이다.

하나 그도 구절마수 같은 자를 상대하려면 최선을 다해야 한다.

구절마수는 누가 뭐래도 절대강자다.

그를 폄하하는 사람들도 있다. 기껏해야 마인일 뿐이라고. 또 뇌옥에서 썩은 몸으로 무엇을 하겠냐고.

계야부는 그를 직접 만나봤다. 만나서 대화까지 나눴다.

마인 삼백여 명이 죽은 다음날, 단신으로 적진을 걸어올 정도로 담대한 사내다. 단차를 비롯해서 모든 인간들을 단신으로 처리할 수 있다는 자신감이 묻어 있었다.

그는 능히 그럴 수 있는 사내다.

그가 공격해 온다면 계야부는 한눈을 팔지 못한다. 온 정신을 그에게 쏟아부어야 한다.

그사이, 마인들이 일행을 덮친다.

이 싸움은 누가 빨리 끝내냐에 승패가 갈라진다.

계야부가 구절마수를 빠른 시간 안에 꺾는다면 승리는 그가 거머쥘 공산이 크다.

그는 의살을 사용해서 일행의 능력을 배로 높여줄 수 있다. 반면에 마인들에게서는 싸우고 싶다는 투지를 상실시킨다.

싸움의 균형은 순식간이 무너지리라.

반대로 마인들이 시각랑을 비롯해서 단차의 일행을 순식간에 요절내 버리면 단차까지 무너질 수 있다.

그때는 구절마수만 상대하는 것이 아니라 모든 마인을 한꺼번에 상대해야 한다. 신경은 분산될 것이고, 구절마수의 절초에 제대로 대항하지 못할 것은 불 보듯 뻔하다.

마인들이 일행을 먼저 치느냐, 자신이 구절마수를 먼저 꺾느냐에 승패가 갈라진다.

어렵고도 힘든 싸움이다.

한데 그가 떠난다.

마인들을 버려두고 홀로 떠나간다.

'구절마수……'

뇌옥에 갇힌 사람들 중 유일하게 죄가 없는 사람이다.

앞으로는 어떻게 전개될지 모른다. 그가 수련한 구절마수가 진정 마공이라면, 그의 성품 또한 크게 변할 것이다. 그리고 지금은 상상할 수 없는 온갖 악행이 저질러질 게다.

하나 그것은 차후의 일이다.

현재까지 그는 아무런 죄가 없다.

과연 차후에 벌어질 일을 미리 예단하여 형벌을 가하는 것이 정당한 것인가.

그는 치솟는 울분을 안으로 삭여야만 했다.

무공을 되찾은 지금도 그가 할 수 있는 것은 많지 않다.

지금 당장은 복수를 할 수 있겠지만 금방 그를 징치할 사람이 나타날 게다.

천하제일인이 되지 않는 한, 그가 설 땅은 없다.

천하제일인…… 예전에는 꿈도 꾸지 않은 무적자(無敵者)!

그것은 자신도 마찬가지다. 천하제일인이 되지 않는 한은 자신도 이 땅에서 살아남지 못한다.

안선을 친다는 것이 무림을 치고 말았다.

안선도들은 거의 대부분 사문(師門)에 적(籍)을 두고 있다. 그리고 그들의 사문은 거의 대부분 명문정파다. 군소문파라고 할지라도 정도에 서 있다.

무림에서 버젓이 활동하는 사람들을 암살한 것이다.

그들은 부모 형제가 있다. 사부가 있고, 사형제가 있다. 그들 모두 복수를 하고자 칼을 갈고 있다.

안선도이니 죽여야 한다?

그런 말은 그들에게는 통하지 않는다.

죽은 사람들이 안선도라는 뚜렷한 증거가 없는 한은 복수를 피할 길이 없다. 아니, 증거가 있다고 해도 상황은 마찬가지다. 안선도라고 해도 그들을 암살할 권리는 없다. 징치를 해도 사문에서 해야지 왜 타인이 간섭하는가.

안선도를 암살하는 순간, 대의명분은 무림으로 넘어갔다.

그렇다. 누구든 그를 향해 검을 들 수 있다. 아무라도 그를 죽이는 사람이 영웅 대접을 받게 된다.

계야부는 개방의 타구진까지 무너뜨렸다. 숱한 걸개를 피바다 속에 자빠뜨렸다.

그는 총통기까지 받았다.

하늘도 구제할 수 없는 마인의 등장이다.

자신이나 구절마수나 다를 바가 전혀 없다.

무림 전체를 꺾을 수 있는 천하제일의 무공을 수련해 내지 못한다면 이미 죽은 목숨이다.

그는 또 다른 사람도 죽였다.

그들이 죽인 안선도 중에는 무인이 아닌 사람도 많다.

정확하게 헤아려 보지는 않았지만 아마도 절반 이상이 무인이 아닐 것이라고 생각된다.

천석지기, 만석지기…… 농토만 일구며 살아온 사람들이 안선도라는 미명하에 죽었다. 서역이며 남만이며 세상을 떠돌며 교역에만 힘쓰던 사람들도 안선도이기에 살해당했다.

계야부가 건드린 것은 무림만이 아니다.

무림은 힘을 가지고 있다. 무력(武力)으로 세상을 지배한다.

상계(商界)는 돈을 가지고 있다. 금력(金力)으로 세상을 호령한다.

계야부의 적은 그야말로 세상 전체다.

그들은 수단 방법을 가리지 않고 자신을 제거하려고 할 것이다.

멀리서 찾을 것도 없다. 바로 눈앞에서 일어나고 있는 마인들의 공격이 대표적인 사례다.

뇌옥을 깨뜨리려면 엄청난 무력이 필요하다.

이들 전부…… 거의 천여 명에 육박하는 마인들에게 세공단을 투여하기 위해서는 엄청난 약초가 필요하다. 그리고 약초는 곧 돈으로 생각해도 무방하다.

무공과 돈이 한데 어우러져 이번 일을 만들어냈다.

세상이 숨도 못 쉴 만큼 갑갑하게 목줄을 조여온다.

그나마 마인들은 정면으로 공격해 오기라도 한다.

아는가? 자신을 죽이기 위해서 반드시 자신보다 강할 필요는 없다는 사실을!

가까운 사람들을 노리면 된다.

만약 저들 마인 중의 한 명이 사약란의 목에 검을 겨눈다면 어찌할 텐가.

시키는 대로 할 수밖에 없다.

오라를 받으라면 포박을 당할 것이요, 검을 입안에 물고 팍 거꾸러지라면 그리할 수밖에 없다. 사약란을 잃는 아픔과 자신을 죽이는 고통 중에 하나를 선택해야 한다.

가정을 꾸미고 아이라도 생기면 그런 위험은 더 커진다.

지금 자신이 계야부임을 떳떳이 드러내지 못하는 이유도 바로 그것 때문이지 않은가.

주변 사람들이 위험해진다.

천하제일의 무공을 지닌 채 독보천하(獨步天下)를 한다면 그나마 목숨을 구명할 수는 있다.

목숨 구명…… 후후! 그런 건 잊어버렸다.

무림을 치는 순간 살겠다는 생각을 잊었다. 하니 죽음으로 협박하는 것은 제대로 된 협박이 아니다.

구절마수도 그런 기분을 느낄 것이다.

그는 며칠 살지 못한다. 세공단의 기운이 끊기면 정혈이 고갈되어 죽는다.

자신에게 방법이 있다는 것을 알면서도 죽음을 택했다.

"흠! 싸움을 빨리 끝내야겠군."

계야부는 한참 격전 중인 마인들을 둘러보며 중얼거렸다.

저벅! 저벅! 저벅!

그는 싸움이 벌어지고 있는 절곡을 향해 걸어갔다.

그에게서 방금 참선을 끝내고 일어선 고승 같은 기품이 흐른다. 청정하고 고요한 기운이 뭉실 일어나 삭막하고, 패악스럽고, 날카로운 전장을 휘어감는다.

"우……!"

그를 본 마인들이 주춤 물러섰다.

일부는 그를 향해 공격을 시도하려고 했다.

진기를 돋우고, 병기를 단단히 움켜잡고, 죽이겠다는 살심을 억지로 이끌어냈다.

그러나 그런 마음이 공격으로까지는 이어지지 않았다.

계야부는 경건하다.

장난꾸러기 어린아이가 부모님 손에 이끌려 법당을 처음 찾았을 때의 느낌이 든다.

법당의 부처님은 자애스럽다. 하지만 왠지 엄숙하다. 한없이 부드러운 표정을 짓고 있는데 불상을 대한 사람들은 자신도 모르게 옷깃을 여미고 만다.

한낱 쇠붙이에 불과하지만 부처님 형상으로 만들고 금박을 입히면 경건해진다.

계야부의 모습이 그랬다.

계야부를 보면 법당의 불상이 생각난다.

"으……!"

마인들이 신음을 흘리며 주춤주춤 물러섰다.

계야부가 그들을 향해 말했다.

"그만하자."

가장 가까이에서 말을 들은 마인 몇 명이 병기를 축 늘어뜨렸다.

계야부의 말대로 싸움을 그만두려는 것이다.

"사술! 사술이닷!"

마주 한 명이 음성에 진기를 실어 벼락처럼 소리쳤다.

절곡에 마음(魔音)이 가득 찼다. 천둥처럼 강한 고함이 마인들의 고막을 후려쳤다.

"으……!"

마인들의 눈에 다시 혈광이 깃들었다.

잠시나마 평온했던 영혼이 다시 싸움판의 피비린내로 물들었다.

"마룡음(魔龍音). 이놈들, 정말 마계 놈들이 맞긴 맞군."

걸왕이 중얼거렸다.

불문의 사자후(獅子吼)나 청룡음(靑龍音)처럼 마도에도 몇 가지 절정 음공이 존재한다.

마룡음이 그중의 하나다.

오래전에 절전된 마공으로 방원 이 장 안에서 듣게 되면 청력을 상실한다.

실제로 마룡음이 터지자 주변에 있던 마인 몇 명이 몹시 괴로운 듯 두 귀를 움켜잡고 펄쩍 뛰었다. 고막이 터진 듯 양쪽 귀에서 가는 핏물이 흘러내렸다.

하나 마룡음의 효과는 뚜렷했다.

계야부의 경건함에 물들어가던 마인들의 마음이 다시 굶주린 늑대의 광폭한 살기로 가득 찼다.

"그만하자. 돌아가라."

계야부가 다시 말했다.

마인들은 심령이 제압된 듯 비틀거렸다.

육신은 싸우려고 하는데, 마음이 투지를 잃어버린 것 같다. 아니, 싸움에 대한 흥미 자체를 잃어버린 경우다.

놀라운 것은 효력이 미치는 범위다.

절곡에 들어선 삼백여 마인들 중 이런 현상에 직면하지 않은 자는 거의 없다.

구절마수가 육백여 명 중에서 가장 강하다고 판단한 마주들까지 계야부의 사술에서 벗어나지 못하고 비틀거렸다.

"으음……!"

마주들이 침음을 토해냈다.

그들은 모종의 수작에 당했다는 것을 안다. 멀쩡하던 사람들이 일제히 병신이 된 것처럼 행동할 때는 무엇인가 강력한 것에 두들겨 맞은 것이다.

그런 걸 일깨워 줄 수 있는 게 마룡음이다.

한데 마룡음도 통하지 않는다. 단차가 몇 마디 중얼거리면 바싹 곤두서야 할 투지가 봄눈 녹듯 사라져 버린다.

또한 사술은 선택적으로 사용되고 있다.

마인들은 모두 병기를 축 늘어뜨리고 있는 반면에 걸개들이나 시각랑들은 여전히 병기를 곧추세우고 있다.

그들은 전혀 영향을 받지 않는다.

"역시 마존 없이는 안 돼."

마주 중 한 명이 중얼거렸다.

"안 되면 빨리 빼는 것도 방책 중 하나. 괜히 어슬렁거리면서 사기만 떨어뜨릴 필요는 없지."

"물러간닷!"

그들은 장난처럼 하던 싸움마저 그만두고 후퇴하기 시작했다.

"한참 수련 중이었는데 왜 방해하는 거예요!"

악소화가 입술을 삐죽 내밀며 말했다.

그녀는 사람 보는 게 좋다. 즐겁다.

사람들이 감춰놓고 있는 비밀을 살짝 엿보는 것 같아서 짜릿한 흥분까지 치민다.

특정인이 지닌 본래의 성품, 무공의 강약, 질병의 유무……몸이나 마음에 관련된 많은 것을 읽을 수 있다. 보기만 하면 그림처럼 쫙 펼쳐진다.

원래 예리한 안목을 지니고 태어났다.

창녕 악가촌의 의원들이 모두 인정할 정도로 가히 천재적인 안목을 지녔다.

의술도 부단히 연마했다.

여인의 몸으로 태어났기에 창녕 악가촌의 의술은 이어받지 못했다. 하지만 의서는 풍부하게 제공되었다. 악가촌 의원들은 그녀의 재주를 알기에 음으로 양으로 많은 도움을 주었다.

그녀는 독학으로 일궈낸 의술로 초진(初診)을 맡았다.

그녀의 능력이, 안목이 얼마나 예리한지는 약종계의 계주라는 신분만으로도 알 수 있다.

이교사는 사람을 함부로 쓰지 않는다.

그가 악소화를 택한 데는 반드시 이유가 있다.

결정적으로 그녀를 신바람 나게 만든 건 계야부가 전수해 준 의살이다. 아니, 계야부처럼 일목의 상태로 들어가서 진리를 마음껏 펼칠 수 없으니 의살의 일부분이라고 해야겠다.

그것만으로도 신이 난다.

그녀는 걸왕과 시각랑, 그리고 금룡대를 마음껏 운용했다. 중간중간에 살림 살수들도 끼워 넣었다.

그녀의 진형은 무림사에 한 번도 등장한 적이 없는 독특한 형태를 띤다.

학문에 의존하지 않고 오로지 감각에만 의존하는 실전 진형이다.

하니 수십 번을 움직여도 똑같은 형태가 나올 리 없다. 정형화된 진형이라는 게 존재할 수 없다. 두 사람이 있으면 이인합격(二人合擊)이 되는 것이고, 세 사람이 주어지면 삼인합격진(三

人合擊陣)이 운용된다.

병기에 따른 진형도 무궁무진해진다.

검과 도를 들고 있으면 검도진(劍刀陣)이 되고, 창과 화살을 사용하면 창궁진(槍弓陣)으로 쓸 수 있다.

그녀 자체가 모든 진형의 핵(核)이다.

진(陣)이란 무작정 만들어낸다고 해서 모두 쓸 수 있는 게 아니다. 수십 년 동안 증명하고 또 증명해야 한다. 약간이라도 허술한 점이 있으면 보완을 거듭한다.

그럼에도 실전에 투입하면 또 약점이 생기는 게 진형이다.

악소화의 진형은 얼마나 완벽한가 하는 문제를 따져 봐야 한다. 과연 실전에 투입했을 때 수십 년 동안 정련된 진형들과 어깨를 나란히 할 수 있을까?

할 수 있다. 그렇기에 놀랍다는 것이다.

악소화가 즉석에서 감각적으로 만든 진이, 그것도 신호를 주고받으면서 막 만들어낸 진이 십팔나한진(十八羅漢陣) 같은 정통 진법과 비긴다.

수련은 그녀에게 힘을 무진장 주었다.

시각랑, 걸왕, 금룡대…… 살림 살수들까지 그녀의 신호를 의심치 않게 되었다.

그녀는 어느새 모든 사람의 중심에 서 있었다.

계야부는 네 무리의 사람들을 둘러보다가 금룡대 앞에서 고정되었다.

"금룡대를 데리고 지금 즉시 산을 넘어가라."

그가 손을 들어 오른쪽 산등성이를 가리켰다.

"네? 무슨 말이에요?"

"이번에는 실전이야."

"어멋! 지금까지는 가짜였고요? 그럼 저 사람들은 뭐예요?"

그녀가 물러가는 마인들을 가리키며 말했다.

계야부는 이미 등을 돌리고 있었다.

그가 웃으면서 말했다.

"후후후! 내 말은 이 세상에서 가장 강한 자 중의 한 명과 부딪치게 될 거란 뜻이지."

악소화가 봉목을 부릅떴다.

계야부가 직접 이 세상에서 가장 강한 자라는 말을 했다.

그는 구절마수와 대면했을 때도 그런 말을 하지 않았다. 하면 구절마수보다, 마인들이 마존이라고 부르는 사람보다 더 강한 사람과 싸우게 될 거란 말인가?

그녀는 금룡대를 쳐다보았다.

마침 금룡대 무인들도 그녀를 쳐다보고 있었다.

마주치는 눈빛 사이에 회의(懷疑)가 치솟았다.

'저 사람들로 될까?'

'악소화가 뛰어나긴 하지만…… 이 세상에서 가장 강한 자라면 무총 총주……. 총주 같은 사람을 우리가 상대할 수 있을까? 어림도 없는 소리…….'

계야부는 가타부타 언급없이 돌담집으로 걸어갔다.

산을 넘어가라. 넘어가 보면 누구와 싸우는지 알게 될 것이다.

계야부는 이것만 말했다.

그들이 마인이 아닌 것만은 분명하다. 마인 중에 세상에서 가장 강한 자라는 말을 들을 수 있는 사람은 구절마수뿐인데, 계야부는 그에게 그런 말을 쓰지 않았다.

그보다 더 강한 자가 저기…… 산등성이에 있다.

"휴우! 가요."

악소화가 먼저 앞장섰다.

금룡대는 차마 발을 떼지 못하고 금룡대주를 쳐다봤다.

악소화를 믿지만…… 정말 가도 됩니까? 그들의 눈빛에는 염려가 담겨 있었다.

금룡대주는 성난 눈빛으로 빨리 가라는 시늉을 했다.

명이 떨어졌으면 가능하든 가능하지 않든 이행하는 것이 수하 된 자의 도리, 가랏!

금룡대원들이 눈빛을 받고 움찔하더니 이내 악소화를 뒤쫓았다.

2

"확실하지?"

"숨 막히게 아름답군."

"그렇지? 숨 막히게 아름답다…… 아주 절묘한 표현이야."

"허허허!"

“후후!”

할위막사와 천중일기는 담담한 신색을 유지했다. 하나 그들의 안면에는 붉은 홍조가 드리워져 있었다.

천하를 오시하는 그들도 흥분할 때가 있다.

자신들은 잡지 못한 신의 길!

한 놈이…… 무인도 아니었던 놈이…… 이 세상에 존재치 않을 것이라고 생각했던 신의 길을 보여준다.

그는 단신으로 삼백 마인을 제압했다.

다른 사람의 눈에는 사술로 보이겠지만 그들까지 그렇게 볼 수는 없다.

사술? 절대 아니다.

계야부가 보여준 것은 굳이 의살을 들먹일 필요도 없다.

기로 기를 제압하는 방법은 인간뿐만이 아니라 동물들도 사용한다. 뱀이 쥐를 제압하고, 독수리가 병아리를 제압하며, 사자가 사슴을 제압한다.

이런 건 너무 많이들 사용해서 새로울 게 전혀 없다.

하지만…… 계야부처럼 기(氣) 자체를 초식처럼 제압용으로 사용한 경우는 없었다.

상대를 제압하기 위해서는 어떤 방식으로든 물리적인 힘을 작용시켜야 한다. 병기를 사용하거나, 권각(拳脚)을 쓰거나…… 신체적인 타격을 가해야만 한다.

계야부는 전혀 손을 쓰지 않고 물리쳤다.

마인들이 약했기 때문일까?

그렇게 볼 수는 없다. 아무리 약한 자들이라도 인원이 삼백 명쯤 모이게 되면 필부지용(匹夫之勇)이라도 생기는 법이다. 특히 그런 자들은 약간이라도 위협을 받는다 싶으면 오히려 더 난리를 치게 마련이다.

그들이 얌전히 물러갔다.

물러간 자들 중에는 마주라고 불리는 자들도 있다.

그들의 무공은 간과할 수 없다. 무림공적이라는 낙인이 찍혔다는 것은 한두 사람이 쉽게 제압할 수 없었다는 뜻이다. 여러 사람이 뜻을 모아 한꺼번에 쳐야 할 정도로 강했다는 반증이다.

그런 자들도 순한 양이 되어 물러갔다.

그들이 약해서 물러간 것이 아니라 계야부의 기가 그들의 기를 눌렀기 때문에 물러가지 않을 수 없었던 것이다.

물러가지 않으면…… 뭐랄까? 잔인한 일이 벌어질 것 같아서 견딜 수 없었다고 할까?

계야부의 타기(打氣)는 신공 수준으로까지 발전했다.

"이제 우리가 목표가 되겠군."

"왜? 자신없는가? 그러게 왜 일을 시작해."

천중일기가 나무랐다.

"후후! 손에 보물을 쥐었으면 한 번은 들춰봐야 하지 않겠나. 완전한 무기(無氣)…… 인간이라면 누구나 갖는 원정지기(元精之氣)조차 말살되어 버린 인간을 찾았는데 어찌 가만 놔둬."

"하기는……."

"의살을 일으켰으니…… 휴우! 이제 의살을 알아내고자 덤벼들 무리가 한둘이 아닐 게야."

"어차피 각오한 일이지 않나."

"각오한 일이지."

할위막사가 담담하게 말했다.

말의 내용처럼 앞일을 염려한다거나 심사가 복잡하다는 표정은 일체 읽을 수 없었다.

"내가 걱정하는 건 저놈일세. 이제 저놈 운명은 어찌될는지."

"알아서 하지 않겠나."

알아서 한다……. 명답이다.

사부가 제자를 무림에 내놓을 때, 이쯤하면 되었다고 생각하는 사람은 아무도 없다.

모두가 강가에 어린아이를 내놓는 심정으로 마음 졸이며 내놓는다.

잘해주겠지. 난관이 부딪쳐도 잘해 나가겠지.

바람처럼 제자가 잘해 나갈 경우에는 다소 안심이 된다. 하나 이리저리 치이고 깨지면 속상해서 차마 보지 못한다. 그럴 때는 제자를 곤궁에 빠뜨린 무림에게도 화가 나지만 그렇게밖에 행동하지 못하는 제자에게도 화가 치솟는다.

잘하는 경우나 못하는 경우나 사부는 항상 마음이 불안하다.

그렇다고 언제까지나 뒤를 봐줄 수도 없다.

어느 순간이 되면 사부의 역량을 벗어나는 경우가 생긴다. 너무 멀리 가버려서 손을 쓸 수 없을 때가 온다.

그때는 그저 잘하겠지 하며 자신을 추스르는 수밖에 없다.

나이 들고 병든 부모는 힘든 삶에 고단해하는 자식을 보면서도 두 손을 잡아주는 일밖에 할 것이 없다.

안타까운 심정이야 말할 수 없지만 해줄 것이 없다.

그저 잘되면 천만다행이고 못 되면 한숨만 쏟아낸다.

이것이 부모의 심정이다.

사부의 심정도 마찬가지다. 해주고 싶어도 해줄 것이 없을 때, 그저 알아서 잘하겠지 하는 바람만 갖게 된다.

지금 할위막사와 천중일기도 같은 심정이다.

계야부가 그들의 제자는 아니다.

계야부가 죽는다고 해서 눈 하나 깜짝할 인연도 없다.

서로 간에 오다가다 얼굴 몇 번 마주친 정도의 인연밖에는 없다.

같이 차를 마시고, 바둑을 두고, 호법도 서주고…… 이런 모든 일련의 행동들도 그리 깊은 인연이라고 할 수는 없다.

그래도 알아서 하겠지 하는 바람을 갖는다.

자신들이 의살을 일으켰기에…… 계야부의 앞날이 너무 캄캄하기에…… 솔직히 살기만 해라 하는 심정으로 한 말이다.

“총주와 대공 중에 누가 더 욕심이 많다고 보나?”

문득 할위막사가 물어왔다.

"욕심이라……. 이걸 어찌 욕심에 비할 수 있을까. 신이 되는 길 아닌가. 인간이라면 누구나 욕심이 나겠지. 자네가 묻는 건 누가 먼저 손을 쓰겠냐는 것 같은데…… 그런 뜻이라면 나는 총주에게 걸겠네. 그 늙은이…… 욕심이 여간 많아야지."

"후후! 나도 총주를 생각했는데, 하면 내기를 할 수 없지 않나."

"허허! 내기가 될 것 같은데?"

"……?"

"자네 말을 듣자 하니 총주가 손을 쓰기는 하되, 저 아이에게 먼저 손을 쓴다는 뜻으로 들리는데, 아닌가?"

"하면 자네는?"

"우리에게 먼저 손을 쓴다는 데 이 바둑판을 걸지."

천중일기가 생명처럼 애지중지하는 바둑판을 툭툭 쳤다.

만약 그의 말대로 총주가 자신들을 향해 일을 벌이면 살기 힘들 것이라는 뜻이 은연중에 숨어 있다.

"후후! 자네의 내기는 받을 수 없어. 이 내기에서 자네가 이기면 대가를 줄 사람도 받을 사람도 없을 게야. 하니 내가 이기기를 바라자고."

"허허!

천중일기가 쓴웃음을 흘렸다.

강호 무인들에게 지금 이런 모습을 보여주면 뭐라고 말할까?

천하에 적수가 없다고 광오하게 떠들던 오대고수가 죽음을 거론하면서 전전긍긍하는 모습을 보면 어떤 생각을 할까?

하지만 이게 사실이다.

무총주가 되었든 대공이 되었든…… 그들이 오대고수를 노린다면 싸움은 이미 끝난 것이나 다름없다.

단, 무공에서만!

다른 부분에서는 그들을 따돌릴 요소가 많다.

무총주와 대공은 그런 사람들이다. 오대고수조차도 목숨을 염려해야 할 정도로 강한 사람들이다.

세상 사람들은 오대고수와 그들을 같은 선상에 놓고 비교하지만 실상을 알고 보면 얼마나 과분한 비교인지 알게 되리라.

"가긴 가야겠는데…… 마땅한 곳, 있나?"

"괜찮은 곳이 있기는 하지. 영원히 숨을 수는 없지만 당분간은 잠적할 수 있는 곳이야."

"그런 곳이 있었나?"

"가려는가?"

"가세."

그들은 말이 끝나기 무섭게 신형을 쏘아냈다.

쒜엑! 쒜에에엑!

그들이 서 있던 자리에 찬바람만 불었다.

"쿨룩! 쿨룩!"

그는 피가 솟구치는 듯한 기침을 토해냈다.

"산의 찬바람 때문에 건강이 더 악화되신 듯합니다."

그를 염려하는 소리가 들렸다.

"쿨룩! 괜찮네. 아주 시원하고 좋은데 뭘 그래."

"덮을 거라도 드릴까요?"

"괜찮대도. 쿨룩! 쿨룩!"

그는 연신 기침을 쏟아내면서 두 사람이 사라진 곳을 쳐다봤다.

"저들을 쫓을 수 있겠나?"

"불가능합니다."

"그렇겠지. 아무래도 무리일 거야."

"……"

두 사람은 잠시 침묵했다.

그들은 할위막사와 천중일기가 어디로 가는지 알지 못한다. 그래서 뒤를 쫓고 싶은데…… 쫓을 방도가 없다.

머릿속으로 여러 가지 방안을 모색해 본다.

안선도를 활용할까?

어림도 없다. 안선도는 저들의 그림자도 밟지 못할 것이다. 무림에 대해서 누구보다도 잘 아는 저들이 꼬리를 밟힐 리 없다. 저들이 숨기로 작정했다면 절대로, 절대로 찾을 수 없다.

안선도는 이 세상 어느 곳에나 있다.

바다 끝에서부터 산꼭대기까지, 서쪽 끝에서부터 동쪽 끝까지 안선도의 시선이 닿지 않는 곳이 없다.

한데도 그들을 이용할 수 없다.

이제 저 두 사람은 이 세상에서 사라지리라.

저들을 봤다는 사람은 나타나지 않을 게다.

산속에 틀어박혀 살다시피 하는 엽사(獵師)들도 저들을 보지 못할 것이다.

저들은 인간 세상에서 완전히 사라진다.

안선의 눈에 띄지 않는 방법은 그것밖에 없다. 그리고 저들은 그 방법을 쓸 것이고, 충분히 해낼 수 있다.

"쿨룩! 쿨룩!"

그는 마뜩치 않다는 표정으로 고개를 저었다.

사람을 붙일까?

그건 더 어림없다.

저들이 누구인가? 이 시대 최강자 반열에 당당히 이름을 걸어놓은 자들이다.

저들이 뒤를 밟힌다는 것은 생각도 못할 일이다.

만약 저들의 뒤를 밟을 수 있는 자가 있다면 그는 총주와 대공의 뒤도 밟을 수 있다.

과연 무림에 그런 자가 있을까?

없다. 두 번 다시 생각할 필요도 없는 문제다. 그쪽에 대해서 생각을 거듭한다는 건 시간만 버리는 일이다.

"안 될 게 분명하지만…… 제가 뒤를 밟아보겠습니다."

"자네가?"

"오래가지는 못할 겁니다. 곧 발각될 겁니다."

"그러겠지."

"저들에게 발각되고도 살기를 바랄 수는 없는 노릇이죠. 아무리 생각해도 방법이 이것밖에 없으니…… 죄송하지만 여기서 하직 인사를 드려야겠습니다.”

검은 무복을 입은 사내가 정중히 두 손을 모아 포권지례(抱拳之禮)를 취했다.

“쯧! 쿨룩! 쿨룩!”

그는 못마땅한 듯 헛바람을 차더니 기침을 토해냈다.

“존체 보중하십시오.”

“방법이 이것밖에 없으니…… 미안하네. 이 빚은 잊지 않겠네.”

“그 말씀만으로…… 편히 갈 수 있습니다. 그동안 모시게 되어서 영광이었습니다.”

“쿨룩! 쿨룩!”

검은 무복을 입은 사내는 그를 향해 머리를 숙여 보인 후 신형을 날려 사라졌다. 할위막사와 천중일기가 사라진 방향으로 전력을 다해 달려간다.

그는 곧 죽을 것이다.

저들이 뒤를 남겨놓을 리 없으니 시신조차도 온전히 보전하지 못할 것이다.

하나 그거면 된다.

죽었다는 흔적만 남겨져 있으면 어떤 일이 있었는지, 그리고 흉수가 어느 쪽으로 사라졌는지 찾아낼 수 있다.

수많은 인사가 총망라되어 있는 곳이 안선이다 보니 그런 일만 전문적으로 하는 자들도 있다.

사내는 그런 점을 알기에 자신의 목숨을 던진 것이다.

이번 죽음은 한 명으로 끝나지 않는다.

그가 죽으면 다음 사람이 뒤를 이어받는다. 그리고 이어받은 자가 죽으면 또 다른 자가 뒤를 받친다.

주검으로써 두 사람이 간 길을 알려준다.

목숨을 던진 대가가 고작 방향을 가리키는 정도밖에 되지 않는다. 두 사람이 목적지로 바로 가지 않고 먼 길을 에둘러 가는 것이라면 몇몇 사람의 죽음은 값어치조차 없게 된다.

두 사람의 종착지를 알게 될 때까지 얼마나 많은 사람이 죽을까?

"쿨룩! 쿨룩!"

대공은 큰 기침을 토해냈다.

"고래 싸움에 새우 등 터지게 생겼네."

량준이 팔짱을 낀 채 심란한 듯 말했다.

"등 정도 터지는 건 감수할 수 있지. 아예 짓밟히지만 않는 다면 말이야."

동나가 피식 웃었다. 하나 입만 웃었다. 그의 눈은 결코 웃지 않았다. 어두운 기운, 암울함을 담고 류청지를 쳐다봤다.

"가주겠는가?"

"어차피 주공을 위해 던진 목숨이잖아. 아까울 건 없다."

"후후후!"

"가지."

류청지가 일어섰다.

"살아서 돌아오라는 말은 못하겠네. 하지만……."

"이래 봬도 나 살수왕이야. 목적을 달성하기 전에는 죽지 않을 테니 걱정 마."

"허허허! 그렇게 노골적으로 말하면 내가 쑥스러워지잖나."

"호오! 그런 것도 있었나? 난 얼굴에 철판을 두어 겹 깔고 사는 줄 알았는데."

그들은 서로를 쳐다봤다.

그렇다. 어차피 주공을 위해 던진 목숨이다.

지금 죽으나 나중에 죽으니 아까울 것이 없다.

십일영자…… 그 속의 하나가 되면서 언젠가는 죽게 될 것이라고 생각했다. 주공이 적으로 삼은 자는 너무 강력해서 도저히 이길 수 없다.

이미 죽음을 알고 시작한 싸움이다.

죽는 게 무서운 게 아니다. 가치없게 죽을까 봐 그게 염려된다.

"못난 얼굴들 하고는…… 간다."

류청지가 휘적휘적 걸어갔다.

그는 뒤돌아보지 않았다. 산굽이를 돌아설 때까지 단 한 번도 멈칫거리지 않았다.

"아미타불! 살수왕, 역시 무정하군."

홍법이 말했다.

"무정한 게 아니라 이 순간만 마음을 죽인 거겠지. 그러고 보니 나도 가야겠는걸. 아무리 살수왕이라지만 혼자서는 곤란할 거야.”

왕보가 일어섰다.

동나는 가망없다는 듯 힘없이 고개를 저었다. 하나 만류하지는 않았다.

류청지는 목적을 이룰 것이다.

할위막사와 천중일기가 어디로 숨는지, 숨어서 무엇을 하는지 찾아낼 게다.

그들이 하고자 하는 것은 폐관수련이다.

의살에 대해서 확신을 얻었으니 이제 본격적으로 자신들이 수련하고자 한다.

증명된 방법으로, 증명된 길을 따라간다.

단차가 거쳐 왔던 모든 과정을 그대로 답습한다.

단차는 아무것도 모르고 그 길을 걸어왔다. 앞으로 어떤 과정이 전개될지 알지 못했다. 그리고 지금도 그렇다. 그의 의살이 어떻게 발전할지 짐작도 하지 못한다.

이 점을 두 사람은 안다.

단차가 일 년에 걸쳐서 지나온 길을 그들은 한 달이면 따라잡을 것이다. 그리고 다시 한 달이 지나면 단차가 미처 이룩하지 못한 부분까지 이룩해 낼 것이다.

그때는 아무도 저들을 막을 수 없다.

총주나 대공조차도 적수가 되지 않을 게다.

모든 것을 알고 수련하는 자와 알지 못하고 안개 속을 헤매는 자는 분명히 차이가 난다.

전자는 저들이요, 후자는 단차다.

저들 두 사람은 총주와 대공을 능가하는 지상 최강자가 되려는 것이다.

류청지는 그 길목에 놓여 있는 작은 돌멩이에 불과하다.

그가 뒤쫓는다는 것을 알게 되면, 돌멩이 차내듯이 여지없이 발길질을 해댈 것이다.

그래도 류청지가 목적을 달성했다고 생각했을 때, 그가 알아낸 바를 전달해 줄 사람이 필요하다.

발 빠른 왕보는 그런 점에서 가장 적합한 사람이다.

하나 두 사람의 적수는 할위막사와 천중일기만이 아니다.

지금은 망각하고 있는 존재, 무혼이 있다. 아직도 그들이 주변에서 목숨을 노리고 있다.

이렇게 뿔뿔이 갈라지는 것은 좋은 표적이 될 뿐이다.

그래도 어쩔 수 있는가, 이렇게 움직이지 않으면 아무것도 이뤄낼 수 없는 것을.

동나가 말했다.

"자네에게는 꼭 살아오라고 말해야겠어."

"후후! 살아오지 않으면 내가 가는 이유가 없잖아. 걱정 마시게! 꼭 살아올 테니."

쉬익!

'사일도의 발' 이라고 불리던 왕보가 신형을 쏘아냈다.

삼혈신마가 앞으로 나가지 못하고 멈칫거렸다.

"저…… 이쪽이 아닌 것 같습니다."

그는 최대한 정중히 말했다.

일초지적(一招之敵)!

그는 구절마수에게 대항할 수 없다는 것을 안다. 그것도 일초지적에 불과하다는 것을 뼈저리게 느꼈다.

대항해서는 안 된다.

그가 원하는 방향대로 일을 처리해야 한다.

이런 삶이 당장은 아무런 희망도 없는 것처럼 보이지만 그래도 목숨은 부지한다.

'목숨만 부지하면…….'

그렇다. 목숨만 부지하고 있으면 기회는 반드시 찾아온다. 악착같이 살아 있어야 한다.

구절마수가 냉랭하게 말했다.

"그쪽이 맞다."

그래도 삼혈신마는 걸음을 떼지 못하고 쭈빗거렸다.

단차를 찾아가려면 왼쪽 산길로 들어서야 한다. 그래야 절곡으로 내려간다. 구절마수가 말한 대로 오른쪽 길로 들어서면 산봉을 넘어 전혀 다른 절곡으로 빠지게 된다.

"이쪽으로 가면…… 단차를 만나시려면 이쪽으로 가서야 합니다."

그는 왼쪽을 가리켰다.

"알아."

"네?"

"삼혈신마, 세공단은 없다."

"……!"

삼혈신마는 숨을 죽였다.

본능적으로 좋지 않은 예감이 든다. 다른 자는 몰라도 그는 자신과 같은 자들을 구분해 낼 수 있다. 살인을 저지르기 직전의 떨림을 알아낼 수 있다.

구절마수가 느낄 수 없는 살기를 떠올리고 있다.

그는 급히 허리를 숙였다.

"알겠습니다. 오른쪽으로 방향을 잡겠습니다."

순간, 구절마수의 눈가에 이채가 떠올랐다. 그러나 그 눈빛은 곧 조롱으로 바뀌었다.

"그토록 목숨이 아까운가?"

'이제는 조롱인가!'

삼혈신마는 저절로 찌푸려지려는 미간을 억지로 폈다. 그러면서 어떤 대답을 하는 게 가장 좋을지 생각했다.

구절마수 같은 자를 섣불리 속이려고 해서는 안 된다.

놈은 자신이 강자라고 생각한다. 천하를 오시할 수 있다고 자부한다. 또 그럴 만한 무공과 배짱도 지녔다.

이런 자는 그에 맞게 비위를 맞춰줘야 한다.

바보스럽다 싶을 정도로 사실대로 말하고, 우직하다 싶을 정도로 시키는 일만 한다.

수하는 과분하다. 노복(奴僕)이 되어야 한다.

세공단이 없다? 하면 며칠 안으로 목숨을 잃는다.

자신만 죽는 게 아니다. 구절마수도 죽는다. 지금 한참 단차를 공격하고 있는 삼백여 마인도 일시에 피를 토하고 죽는다. 세공단을 복용한 자는 모두 죽는다.

그들의 죽음은 피할 수 없다.

세공단의 비밀에 가장 가까이 다가선 사람은 구절마수다.

그가 이곳에 있는 한, 단차를 공격하는 마인들은 떼죽음을 면치 못한다.

반면에 자신은 산다.

세공단이 없다는 말은 새빨간 거짓말일 게다.

정말 세공단이 없다면 며칠 안으로 죽을 텐데, 그걸 알면서도 이렇게 태연할 수는 없다.

자신이 복용할 것은 갖고 있으리라.

최대한 동정심을 산다면…… 노복으로서 충성을 다한다면 그중 한두 알 정도는 얻어먹을 수 있다.

삼백여 마인보다 자신이 더 살 기회가 많다.

"네, 아깝습니다."

거짓없이 대답했다.

"특이하군. 뇌옥에 있을 때는 빨리 죽는 게 원이었을 텐데."

"그때도 전 살기 위해 바동거렸습니다."

'그러니 세공단이나 줘.'

언젠가는 기회가 찾아올 것이다.

세공단은 놈이 가지고 있다. 품속에 있다. 옷 속을 뒤질 수 있는 기회…… 그래서 세공단을 빼내기만 하면…… 오늘의 설움은 한 방에 날려 버릴 수 있다.

삼혈신마는 단차에 대한 미련을 버렸다.

구절마수가 그를 만났고, 따라 나온 마주들을 모두 죽였고, 그리고 이제는 단신으로 도주한다.

무엇을 더 생각하겠는가!

놈은 세공단을 지니고 있다. 지금 당장 가지고 있지 않다 해도 세공단을 만들 수 있는 비법을 알고 있다. 그러지 않고서야 쥐새끼처럼 슬그머니 종남산을 빠져나갈 리 없다.

그는 편한 마음으로 구절마수가 말한 오른쪽 산길로 접어들었다.

삼혈신마는 산정을 밟지 못했다.

"한참 기다렸는데…… 이제 오는 거야?"

커다란 노송(老松)에 등을 기대고 앉아 있던 장한이 몸을 일으키며 말했다.

'고수다!'

삼혈신마의 신경이 바짝 곤두섰다.

낯선 곳에서 일면식도 없는 자가 불쑥 나타났다.

이런 경우치고 좋은 적은 없었다. 더군다나 장한에게서는 차디찬 죽음의 냄새가 물씬 풍긴다.

스릉!

삼혈신마는 혈검(血劍)부터 뽑았다.

그때, 뒤에서 구절마수가 삼혈신마의 어깨에 손을 얹었다.

그만두고 물러나라는 뜻이다.

'휴우!'

그는 한숨이 절로 나왔다.

장한과 부딪치면 길(吉)보다는 흉(凶)이 훨씬 많다.

얼마나 강한지는 짐작되지 않지만 자신 같은 자들은 일 초에 날려 버릴 수 있는 괴물이다.

어디서 이런 괴물이 나타났단 말인가.

"용건부터 듣겠소."

구절마수가 장한 앞에 나서며 말했다.

장한은 거두절미 정말 용건만 말했다.

"죽을래, 돌아갈래?"

"후후후!"

"후후후? 웃어? 구절마수, 무공을 되찾으니 세상이 눈 아래로 보이나 보군. 아니면 죽음을 너무 가깝게 두고 살아서 염라대왕을 만나는 일이 아무렇지도 않은 건가?"

"광오하군. 이름자는 있는가?"

구절마수의 말투도 대번에 하대로 바뀌었다.

"하하하! 광오하다……. 미쳤나 보군. 이 정도에 광오하다는 소리를 하고. 마존이라고 했던가? 마존…… 우하하하! 벌레들끼리 모아놓으니까 그중에서도 우두머리를 뽑네. 쓰레기 같은 것들. 쓸데없는 말은 필요없고…… 선택해. 죽을래, 돌아갈래?"

구절마수와 삼혈신마의 눈빛이 반짝였다.

벌레들끼리 모아놓아?

사내가 한 말이 마음에 걸린다.

하면 이자가 자신들을 한자리에 모아놓았단 말인가.

'그렇다면 뇌옥을 연 사람이…….'

뇌옥을 파괴했을 뿐만 아니라 세공단까지 제공해 준 인물이다.

삼혈신마는 침을 꿀꺽 삼켰다.

"후후후! 현 무림에서 당신 같은 사람이 몸을 담을 문파라면 어디일까?"

"후후! 내 물음에 대한 답이 아냐."

"딱 두 군데! 무총과 안선. 그렇지 않나?"

"그것도 답이 아니군."

"그 어느 쪽이든 상당히 높은 위치에 있을 거야. 무총주를 직접 보필하든지, 안선 대공을 곁에서 모시든지."

구절마수가 머리를 좌우로 흔들어 목을 풀었다.

싸우기로 작정한 듯하다.

"안선이겠지. 무총이 관리하는 뇌옥을 산산이 부숴놓을 정도로 대담한 곳은 안선밖에 없어."

"말이 너무 많아."

"질문 자체가 병신 같으니까. 이미 산을 넘고 있는 사람에게 그런 질문이 어디 있나?"

장한이 씩 웃었다.

죽음의 미소가 뭉클 피어난다.

구절마수는 죽음을 택했고, 장한은 죽이기로 작정했다.

삼혈신마가 급히 말했다.

"어차피 돌아가도 죽을 몸 아닙니까? 뭐 하러 돌아가서 치고받고 싸움질을 해요. 얼마 남지 않은 시간, 차라리 밖에 나가서 좋은 것 보고 맛있는 것 먹고, 죽일 놈들 죽이면서 사는 게 낫지 않겠습니까? 혹시 세공단을 주신다면 모를까……."

그는 일부러 말끝을 흐렸다.

삼혈신마의 말을 구절마수가 받았다.

"기왕 말이 난 김에 물어보기나 하지. 곧 보름인데, 세공단은 어쩔 생각인가? 주기는 줄 생각이었나? 아니면 모두 피를 토하고 죽도록 내버려 둘 생각이었나?"

"넌 어느 쪽이냐?"

장한이 구절마수의 물음을 못 들은 척 귓전으로 흘리면서 삼혈신마에게 말했다.

삼혈신마는 즉시 판단했다.

죽는 쪽으로 갈 수는 없다. 사는 쪽을 택해야 한다. 하면 어느 쪽이 사는 쪽인가.

구절마수가 이미 죽는 쪽을 택했다.

장한은 세공단을 줄 생각이 없다. 가지고 있는 것 같지도 않다. 하니 구절마수와의 싸움은 피할 수 없다.

일단 세공단에 대한 생각은 하지 않는다.

그가 판단하기에 구절마수나 장한이나 두 사람 모두 세공단을 제공할 수 있다. 하면 남는 것은 당장 이 자리에서 누가 살아남을까 하는 것이다.

구절마수? 굉장한 무공이다.

장한? 그의 무공을 보지는 못했다. 하지만 그는 천하의 구절마수를 손아귀에 든 장난감처럼 여긴다.

'구절마수를 모르는 것도 아니고 알면서도 그런다 이거지.'

자신감이 없으면 취할 수 없는 태도다. 또 그는 뇌옥을 열었다. 더군다나 뒷배경에 안선을 두고 있다.

안선…… 무총도 꺾지 못한 질긴 생명력!

"조, 조건을…… 감히 조건을 걸겠습니다. 세, 세공단을 이 자리에서 주시면 돌아가겠습니다."

그는 말을 하면서 뒷걸음질로 네 걸음이나 더 물러섰다.

구절마수의 기습에 대비하기 위해서다.

장한이 같잖다는 듯 피식 웃으며 말했다.

"주지 않으면 돌아가지 않겠다?"

"어차피 죽을 목숨 아닙니까. 아까도 말씀드렸다시피 곧 죽을 목숨이라면…… 계집을 안아본 지 오래되어서……."

말은 장한에게 했지만 눈은 구절마수를 살폈다.

자신이 한 말을 배신이라고 생각한다면 장한을 치기 전에 자신부터 공격할 가능성도 있다.

'무조건 도주하는 거야.'

그때, 장한이 너무도 선선하게 대답했다.

“좋다. 세공단을 주지. 안에 삼백여 명쯤 남았나? 삼 개월치 구백 알을 주겠다.”

삼혈신마는 입을 쩍 벌렸다.

'이, 이런 횡재가! 크크크! 난 천하제일인이 된 거야!'

안에 삼백 명이 있다고? 미쳤냐? 그 귀한 세공단을 저깟 놈들에게 주게?

모두 자신이 움켜쥐고 사라진다.

구백 알이면 한 달에 한 알씩이니까…… 일 년이면 열두 알…… 십 년에 백이십 알…… 오십 년이면 육백 알…… 장장 팔십 년 하고도 반년은 더 복용할 수 있다.

늙어 죽어도 한참 전에 죽었을 나이다.

즉, 살아 있는 동안에는 영구히 세공단을 복용할 수 있다. 지금은 미약하지만 일 년만 숨어 지내면…… 일 년 동안만 세공단의 약기가 쌓이면 천하무적이 되는 건 일도 아니다.

그는 즉시 포권지례를 취했다.

“명을 받들겠습니다.”

“시세를 아는 놈이군.”

“과찬이십니다.”

그는 속에서 터져 나오는 웃음을 간신히 참아 넘겼다.

'아직 끝난 게 아냐. 이런 일은 마무리를 잘해야 돼!'

“저…….”

“……?”

“세공단을 지금 주시기로 했는데?”

"후후후! 기다려라, 이놈부터 처리하고."

장한이 구절마수를 쳐다봤다.

구절마수는 삼혈신마의 배신은 신경 쓰지도 않았다. 마인이다 그렇지 하는 표정이다.

하나 장한의 일거수일투족은 놓치지 않고 관찰했다. 그가 뿜어내는 패도적인 기운을 면밀히 살폈다. 그리고 마침내 무엇인가를 알아낸 듯 고개를 끄덕이며 말했다.

"세상을 쓸어버릴 듯한 패력(覇力). 하지만 강하기만 한 건 아냐. 당신이 검을 전개하면 벼락이 떨어질 때처럼 강력하면서도 빠르겠지. 상대할 수 있는 사람이 있을까? 그런 무공…… 본 적이 있어. 당신, 벽력부 사람이군."

장한…… 사교사는 하얀 이를 드러내며 씩 웃었다.

"마지막으로 한마디만 더 하지. 죽기로 각오했다니 하는 말인데…… 곱게 죽을래, 때려죽일까?"

"후후후!"

"안 믿는군, 안 믿어."

"애꿎은 목숨을 죽이는 일이니 수고 좀 하시오."

"그러지."

쒜에엑!

사교사는 말이 끝나기 무섭게 거침없이 쳐왔다. 사전 탐색 같은 것도 필요없다는 듯…… 한마디로 무식하게 달려들었다.

슉! 슉! 슉! 슈웃!

강한 경기를 동반한 권력(拳力)이 안면을 으깰 듯이 틀어박

했다.

구절마수도 양손을 들어 마주쳐 갔다.

슈웃! 파앗! 사앗……!

그는 권(拳)에 맞서서 장(掌)을 사용했다. 손바닥을 활짝 펴고 귀싸대기 때리듯이 꽉 쥔 주먹을 후려쳤다.

쉬잇! 쒸이잇!

주먹이 안면을 비켜갔다. 구절마수가 쳐낸 장공(掌功)도 허공만 후려쳤다.

쉬잇! 쒜엑! 쉬잇! 쒜에엑……!

두 사람은 쉴 새 없이 장과 권을 뿜어냈다.

순식간에 삼십여 초가 지났다. 후다닥 하는 동안에 또 십여 초가 흘렀다.

구절마수는 가격해 오는 권을 정면으로 마주쳤다.

쒜엑! 타악!

사교사가 어깨를 움찔거렸다. 하나 구절마수는 충격을 이기지 못하고 비틀거리며 두 걸음이나 물러섰다.

속도 차이는 비등, 내공 차이는 현격!

"후후후! 딱 내가 생각한 정도군."

사교사가 웃으며 검을 뽑았다.

스릉!

새하얀 검날이 요사스러운 광채를 토해냈다.

구절마수는 주위를 둘러보다가 지팡이로 삼을 만한 나뭇가지를 주워 들었다.

이상한 것은 사교사의 태도다.

사교사는 짐작하고 있었다는 듯 태연하게 말했다.

"그거면 되는가?"

"됐다."

"후후후! 구절마수라…… 진마공(眞魔功) 구절마수…… 죽음의 아홉 고개. 그럼 어디…… 안목이나 넓혀볼까?"

그는 아무렇지도 않다는 듯 검을 휙휙 휘둘렀다.

구절마수의 행동은 누가 봐도 그를 모욕하는 것으로 비춰진다.

한쪽은 검을 뽑았는데, 다른 한쪽 나뭇가지를 들었다. 상대를 경시하다 못해 무시하는 태도다.

그런데도 사교사는 태연하게 받아들인다.

'이놈이나 저놈이나……'

구경하던 삼혈신마는 이해할 수 없다는 표정을 지었지만 한편으로는 무척 기뻤다.

그는 편을 골랐다.

구절마수를 버리고 낯선 장한을 선택했다.

이제 그가 사는 길은 구절마수가 장한에게 죽는 것뿐이다. 만약 반대의 경우가 생기면 자신은 뼈도 못 추린다. 지금까지 충성, 충성, 하다가 두어 시진도 지나기 전에 뒤통수를 때리고 말았으니 살려줄 사람이 누가 있겠나.

권각에서는 구절마수가 밀렸다.

병기를 들었다고 사정이 달라지지는 않을 것이다. 하물며 구절마수는 변변한 병기도 없어서 나뭇가지로 맞선다.

‘끝났어.’

삼혈신마는 아주 흡족했다. 한데,

팟!

구절마수의 신형이 푹 꺼져 버렸다. 갑자기 눈앞에서 싹 사라져 버렸다.

파앗! 찌익!

짧은 격타음과 함께 옷 찢기는 소리가 들렸다.

구절마수다. 그는 어느새 사교사 앞에 바싹 다가서 있었다. 뿐만 아니라 나뭇가지까지 살랑거렸다.

한 번의 격타가 이루어지고, 사교사의 옷깃을 찢어놨다. 한 치만 더 깊이 벴다면 피가 솟구쳤을 상황이다.

“흠! 빠르군.”

사교사가 찢어진 옷깃을 내려다보며 히죽 웃었다.

구절마수는 일격을 가한 후 재빨리 물러나 다시 원래 있던 자리로 돌아왔다.

그 모습 또한 제대로 식별할 수 없었다.

마치 사람이 갑자기 없어졌다가 불쑥 나타나는 것처럼 보였다.

삼혈신마는 깜짝 놀랐다.

구절마수가 지금 보여준 한 수는 혈해광도를 죽일 때보다도 배는 빠르다.

본신절기를 숨기고 있었다. 완전히 드러내지 않았다. 하기는 드러낼 사람이 있어야 드러내지. 만약 그때 수하임을 자처하지 않고 이판사판으로 달려들었다면 정말 사판이 될 뻔했다.

또 나뭇가지로 옷깃을 잘라낸 솜씨도 볼 만하다.

한낱 나뭇가지가 잘 간 검보다도 예리하다. 살짝 스친 것에 불과한데도 정성 들여 잘라놓은 것처럼 보인다.

'이러다 지는 거 아냐?

구절마수가 나뭇가지를 들어 올리며 말했다.

"길을 비키지."

"겨우 이거로? 옷 좀 찢은 것 가지고 뭘 그래?"

"다음은……."

"하하하! 다음은 없다는 거…… 느끼고 있을 텐데?"

스웃!

구절마수가 나뭇가지를 들어 올렸다. 그리고 나뭇가지가 어깨 높이로 올라왔다 싶은 순간, 그는 다시 방금 전처럼 쾌속하기 이를 데 없는 공격을 펼쳤다.

쒜엑! 쒜엑!

이번에는 사교사도 당하고만 있지는 않았다.

구절마수가 공격한다 싶을 즈음, 사교사도 검을 들어 마주쳐 갔다.

쒜엑! 쒜에액! 쒜엑!

검과 나뭇가지가 서로를 노리며 날아들었다. 하나 권장을 교환할 때처럼 서로를 가격하지 못하고 허공만 갈랐다.

第百三十七章

초가(招架)

'네 번째 변화!'

악소화는 구절마수의 무공을 읽어냈다.

아무도 파악하지 못한 절정마공의 변화가 그녀의 눈에는 잘 정돈된 채 환히 드러났다.

얼핏 보기에 구절마수와 장한의 싸움은 비등해 보인다.

서로가 서로를 치지 못한다.

병기끼리 부딪치는 일도 없다. 검과 나뭇가지가 각기 다른 방향으로 뻗어 나간다.

병기를 막지 않는다는 규칙이라도 있는 것일까? 장한도 그렇고 구절마수도 그렇고…… 상대의 공격은 오로지 신법으로 피할 뿐, 병기로 막지 않는다.

구절마수는 이해할 수 있다. 그가 들고 있는 것은 나뭇가지
에 불과하니 검을 상대하기에는 역부족이다.

그는 피할 수밖에 없다.

하면 장한은?

검을 든 그도 오직 신법으로만 피한다. 절대로 흘러드는 나
뭇가지를 검으로 막지 않는다.

악소화는 그 이유를 단번에 알았다.

나뭇가지를 치는 순간, 오히려 구절마수의 역공에 당한다.

나뭇가지는 일종의 미끼다. 나뭇가지로 전개하는 초식은 모
두 허초(虛招)다.

실초는 손에서 펼쳐진다.

암수(暗手)!

나뭇가지를 막는 순간, 전혀 다른 방향에서 꺾어 들어온 암
수에 격타당하게 된다.

구절마수의 구절이란 암수를 쳐내는 아홉 가지 수법이다.

아니, 구절마수의 수공(手功)은 단순히 수법이라고 폄하하
여 부를 수 없다.

매초마다 신기에 가까운 타격이 일어난다.

손짓이 시작되면 순식간에 십팔 변(十八變)이 일어난다.

눈 깜짝할 사이, 다른 사람이 일 수(一手)를 펼칠까 말까 할
사이에 그는 십팔 수나 쳐낸다.

절묘한 각도는 가히 환상적이다.

어떻게 저런 움직임에서 저만한 각도가 떨어질까 의심스러

울 정도로 육신이 자유자재로 꺾인다.

구절마수를 수련하기 위해서는 제일 먼저 육신부터 유연하게 만들어야 한다. 문어나 낙지를 능가할 수 있을 만큼 몸의 굴곡이 자유로워야 한다.

그렇다고 그가 쳐낸 나뭇가지를 무시할 수도 없다.

나뭇가지에는 바위도 부술 수 있는 경력(勁力)이 깃들어 있다.

조금이라도 태만하면 여지없이 팔다리를 부러뜨릴 수 있는 철봉(鐵棒)이다.

구절마수는 힘과 빠름과 변화, 그리고 암수가 절묘하게 조화를 이룬 새로운 차원의 무공이다.

악소화는 구절마수가 왜 마공으로 낙인찍혔는지 이유를 알아냈다.

구절마수가 나뭇가지 대신 검이나 도를 들었다면 그는 초상승고수 중 한 명으로 추앙받았을 것이다.

나뭇가지로 그려내는 움직임만 해도 절기가 되기에 전혀 부족함이 없다.

아주 강하다. 아주 빠르다. 아주 현란하다.

더 이상 무엇을 바랄 것인가.

한데 무림에는 이런 절기들이 많다.

구파일방이나 오대세가에는 이만한 절기들이 최소한 두어 개씩은 있다. 그렇기에 그들이 장구한 세월 동안 무림을 이끌어올 수 있었던 게다.

그래서 병기 대신 나뭇가지 같은 하찮은 것을 손에 쥐었다.

굳이 병기란 것을 지니고 다닐 필요가 없다. 주위에서 구할 수 있는 것이면 무엇이든 좋다.

구절마수는 산속에 있었기 때문에 나뭇가지를 들었다.

주루(酒樓)에서 싸움을 벌였다면 손에 잡은 건 술병이 되었으리라. 장소가 기방(妓房)이었다면 여인의 곱디고운 채대(彩帶)를 쥐었을지도 모른다.

아무것이나 손에 잡히는 대로 쥐면 된다.

상대가 이까짓 것쯤이야 하고 방심할 수 있는 물건이면 아무거라도 상관없다.

손에 쥔 것으로 검이나 도처럼 막강한 위력을 뿜어낸다.

동시에 다른 손에서는 암수가 터진다.

암수…… 이것을 덧붙였다.

여타의 절기들과 차별을 두기 위해서 첨가한 것이 소리없이 파고드는 암수였으며, 효과는 매우 컸다.

물론 수련하기는 배로 힘들다.

완벽하게 수련한 자가 거의 없다고 할 만큼 난해하기 짝이 없다.

생각해 보라. 손에 쥔 하찮은 물건으로 가공할 절기를 뿜어낼 수 있다면 그 자체만으로도 초절정고수가 될 것이다. 그 무공만으로도 천하를 종횡할 수 있을 게다.

검이나 도 같은 강인한 병기를 버리는 경지가 아닌가. 풀잎도 손에 쥐면 사람을 죽일 수 있는 병기로 변한다는 무병(無兵)

고수의 모습이 아니던가.

구절마수는 거기서 한 단계 더 나아간다.

먼저 유가신공(瑜伽神功) 계열의 신공을 덧붙인다.

몸의 굴신이 자유로워진다. 고무처럼 나긋하고 버들처럼 낭창거리게 된다.

가히 천하제일을 넘봐도 될 만한 경지다.

거기에 하나 더…… 암수까지 덧붙였다.

이것이 문제다. 소리없이 전개되는 암수는 정말 막기 힘들다. 손짓이 터졌다 하면 목숨을 잃기 십상이다.

실제로 그랬다. 수많은 무인들이 암수에 나가떨어졌다.

위력은 컸다. 암수에 당한 자치고 목숨을 건진 사람이 없으니 필살무공이라고 해도 틀린 말이 아니다.

그들은 어떻게 당하는지도 모르고 죽었다.

무림은 이런 무공을 놔둘 수 없었으리라.

암수는 코에 걸면 코걸이, 귀에 걸면 귀고리가 될 수 있다.

사악한 무공, 비열한 무공, 저급한 무공이라고 손가락질할 수 있는 부분이 된다.

무림은 그렇게 했다. 구절마수를 마공으로 낙인찍었고, 절대고수가 될 수 있었던 그를 마인으로 몰아세웠다.

악소화의 눈에 띈 구절마수는 그것이다.

사악한 무공도, 인성을 상실케 하는 무공도 아니다. 암암리에 뻗어오는 암수가 치명적일 뿐이다.

한데 그와 싸우는 장한은 그 점을 잘 알고 있는 듯하다.

절대로 나뭇가지와 맞상대를 하지 않는다. 피치 못할 경우에는 한 걸음 뒤로 물러나는 한이 있어도 격돌은 피한다.

그러면서 자신의 공격을 펼친다.

그의 무공은 굉장히 신랄하다.

빠르다. 패도적이다.

장한의 무공은 이 두 가지로 대변된다.

여타의 무공에서 흔히 나타나는 변화는 거의 보이지 않는다. 대신 진기의 대부분이 빠름과 힘에 집중되어 있다.

구절마수에 비하면 굉장히 단순한 검법이다.

한 번 보면 누구나 따라 할 수 있는 무공, 초식이 쉬워서 진기의 흐름까지 파악되는 무공. 그러나 막상 따라서 수련해 보면 절대로 나오지 않는 속도와 힘!

장한의 무공은 이러한 특성을 지녔다.

구절마수는 이 검을 신법으로 피해낸다.

나뭇가지로 천력이 깃든 검을 막을 수는 없다. 또 설령 그가 철검을 들었다고 할지라도 병기로 막지는 않을 것이다. 지금처럼 신법으로 피할 것이다.

막으면 베인다. 싹둑 잘린다.

두 무공은 용호상박(龍虎相搏), 누가 낫다고 할 수 없을 만큼 절묘하게 어울린다.

한데 시간이 지날수록 구절마수가 밀린다.

복잡하고 현묘한 무공이 단순함 이상의 것을 찾아볼 수 없는 검공에 뒤지는 현상이 벌어지고 있다.

내공의 차이 때문이다.

구절마수는 초식을 사용할수록 내공이 소진되고, 장한은 쓰면 쓸수록 보태진다.

그렇다. 이것이 장한이 펼치고 있는 검공의 최대 장점이다.

검공은 기혈 순환이 경쾌하고, 빠르며, 순리적이다. 그래서 검공 전 초식을 일순(一巡)하면 운공조식을 일회(一回)한 것과 마찬가지의 효과를 얻는다.

싸우면서 운공조식을 취하는 격이니 그의 내공은 무궁무진하다고 할 수 있다.

'다섯 번째…….'

구절마수의 수공이 땅속으로 스며든 듯 침착하게 가라앉았다.

현란하던 네 번째 변화에 이어서 다섯 번째 변화로 접어들었다. 구절마수 중 오절마수가 전개되고 있는 것이다.

쒜엑! 스웃!

나뭇가지가 머리를 향해 떨어져 내린다.

오른손은 가슴 앞에 곧추세워진 채 꼼짝도 하지 않는다. 신형은 이리저리 뒤틀리고 있는데 오른손만은 가슴에 바짝 밀착되어 떨어질 줄 모른다.

얼핏 보면 가슴을 보호하는 듯하다.

아니다. 가슴을 보호하기 위한 방어용 수단이 아니라 공격을 가하기 직전에 잔뜩 웅크린 형상이다.

장한이 나뭇가지에 조금이라도 반응한다면, 곧바로 오른손이 작렬할 것이다.

스웃!

오른손이 터졌다.

장한이 나뭇가지를 슬쩍 피하는 순간, 옆구리에 찰나의 허점이 비쳤다.

구절마수는 그 틈을 놓치지 않았다. 독수리가 병아리를 낚아채듯 재빨리…… 아니, 쾌속하게…… 아니, 그야말로 번갯불에 콩 구워 먹듯 순식간에 하얀 손이 번뜩였다. 한데,

쒜엑!

어느새 철검이 날아온다.

구절마수의 오른손을 베기 위하여 일부러 옆구리를 내주었다는 듯이 단순함의 극치가 손목을 잘라온다.

이대로 전개되면 옆구리 타격은 물 건너간다. 옆구리를 치기도 전에 그의 손목부터 날아가리라. 그의 수공이 번개를 능가할 정도로 빠르다지만 장한의 검공 역시 그에 못지않다.

스웃! 차아악!

구절마수는 지금까지 그랬던 것처럼 손을 슬쩍 비틀어 검공을 피해냈다.

이번에도 그들은 서로를 가격하지 못하고 빈 허공만 후려쳤다.

쒜엑!

날카로운 파공음이 흐르고…… 드디어 장한의 검이 구절마

수를 베었다.

구절마수는 비틀거리면서 물러섰다.

그의 가슴에서 흘러내린 붉은 피가 옷을 흠뻑 적시고 있다.

"후후후!"

장한이 승리의 웃음을 흘렸다.

아직 구절마수를 완전히 잡은 것은 아니지만, 고수들 간의 싸움에서 이 정도의 상처를 입혔다면 다소 안심해도 좋으리라.

"구절마수는 역시 치명적인 약점이 있었어. 후후! 보완을 더 해야 되겠군. 아직 미완성의 무학이야."

구절마수는 대답하지 못했다.

그도 고수, 장한도 고수다. 장한이 보는 것은 그도 본다.

구절마수는 내력 소모가 극심하다. 허초에 본신진기를 밀어 넣고, 암수에도 한 가닥 진기를 걸어놔야 하기 때문에 어느 절기보다 배는 더 힘들다.

그 결과가 지금 그의 몸에 나타났다.

그가 무림 군웅들에게 잡힐 적과 똑같은 현상이 벌어진 것이다.

그때는 다수의 핍박에 굴복했다고 생각했다. 수많은 군웅들을 쳐죽이다 보니 힘이 빠졌다고 여겼다.

문제는 자신에게 있었다.

구절마수가 진기를 많이 소모한다.

이것은 구절마수를 수련한 본인이 가장 잘 알고 있다. 굳이 남에게 설명을 들을 필요도 없다. 지금처럼 실전에서 느낄 이유도 없다. 예전부터 알고 있었다.

다만 그가 몰랐던 것이 있다.

구절마수의 구절을 모두 감당해 낼 수 있는 방법이 존재한다는 것이다.

구절마수는 가공할 절학임에는 틀림없지만 싸우지 않고 피하는 데는 방법이 없다. 피하기도 그리 어렵지 않다. 구절마수와 똑같은 속도만 유지하면 된다.

사실 세상에 속도로 구절마수와 비견될 만한 무공은 그리 많지 않다. 머리를 쥐어짜면서 곰곰이 생각해 봐야 겨우 한두 가지가 떠오를 뿐이다.

그런 속도를 갖춘 무공이 상대하지 않고 피하기만 하면 된다.

구절마수의 파해법은 너무 간단했다.

초식의 정통성을 멀리하고 암수를 곁들인 결과다. 진기의 매끄러운 순환을 버리고 강맹한 타격을 받아들인 대가다.

지금까지 그가 상대했던 모든 사람들이 구절마수에 당했다.

마지막 구절까지 펼칠 필요가 없었다. 또 구절마수는 일절부터 구절까지 이어지는 게 아니다. 각 절이 따로 독립적으로 운영되기 때문에 사람을 죽이는 아홉 가지 방법으로 보면 된다.

일인에게 구절을 모두 사용한 적이 없다.

당연히 구절마수는 무적이었고, 구절마수에 맹점이 있다는 사실을 알아낼 방도가 없었다.

"후우!"

구절마수는 큰 숨을 들이켰다.

"후후! 숨이 가빠 보이는데?"

사교사가 놀리듯 말했다.

사실 구절마수는 숨도 제대로 쉴 수 없었다.

진기를 극심하게 사용한 후라서 전신이 물 먹은 솜처럼 묵직하고 노곤했다.

천 리 길을 달려온 것같이 힘들다.

사교사와 말을 섞을 기력도 없다. 그럴 시간이 있으면 숨이라도 한 번 더 들이켜련다.

스릇!

사교사가 검을 들어 올렸다.

'마지막!'

구절마수는 즉시 전신 기력을 모두 끌어 모았다.

의념을 모아 전신 경맥을 샅샅이 뒤졌다. 그래서 남아 있는 것이 있으면 마지막 한 톨까지 박박 긁어모았다.

사교사의 검에서 살기가 흐른다.

단순히 이기겠다는 투지의 의미가 아니라 반드시 죽이겠다는 사념(死念)이 깃들어 있다.

이기는 수준에서 그치는 것이 아니다. 사로잡을 생각도 없다. 죽여서 끝장내려고 한다.

"후우웁!"

구절마수는 나뭇가지를 들어 올렸다.

'끝!'

악소화는 싸움의 결과를 읽었다.

아직 마지막 싸움이 남아 있지만 보나마나 결과가 뻔하다.

"츳!"

쒜에엑! 쒜에에엑!

악소화와 함께 싸움을 구경하던 금룡대원이 쏘아진 화살처럼 튕겨 나갔다.

구절마수와 사교사는 그들의 등장을 알고 있었다. 아무리 싸움 중이었다고 하지만 십여 명이나 되는 자들이 신법을 숨기지 않고 다가오는데 모를 리 없다.

또 한 사람, 삼혈신마도 경계의 눈초리를 번뜩였다.

싸움은 그가 원하는 대로 끝나고 있다. 절대 살아서는 안 되는 구절마수의 숨통이 끊기기 직전이다. 이런 마당이니 조금의 변화가 일어나는 것도 원하지 않는다.

이 점은 구절마수도 장한도 알고 있다.

장한이 삼혈신마를 쳐다봤다.

이 정도는 네가 막아라 하는 뜻이 눈빛에 담겨 있었다.

삼혈신마는 장한의 눈빛을 보지 못한 척 시치미를 뗐다. 뿐만 아니라 금룡대의 발길에 거치적거리지 않도록 슬그머니 몸을 빼내기까지 했다.

그는 금룡대의 무공을 보았다.

개개인의 무공은 크게 뛰어나지 않지만 금룡대 열한 명이 손속을 합치면 천하무적이 된다.

이들에게 마인들이 무참히 도륙되었다.

그 광경이 지금도 눈에 선한데 이들의 길목을 막아서 어쩌겠다는 건가.

이들을 단신으로 막아서려면 최선을 다해야 한다. 그래도 막을 수 있을지 없을지 알지 못한다.

그는 최선을 다할 생각이 없다.

최선을 다한 마주들이 어떻게 죽어갔는지 알기 때문에 진기를 사용할 생각이 전혀 없다.

장한의 비위를 거스르면 세공단을 받지 못할 것이다. 가만히 내버려 두어도 며칠 후면 정혈이 고갈된다. 하지만 장한의 뜻대로 금룡대를 막아서면 지금 죽는다.

이해 득실이 너무도 분명하다.

"츠읏!"

악소화가 쉿소리를 냈다.

쒜에엑! 쒜엑!

금룡대의 칼바람이 허공에 난무했다.

악소화는 금룡대의 무공을 안다. 그리고 장한의 무공도 낱낱이 파악했다. 어떻게 하면 속도를 죽일 수 있고, 무거움에 짓눌리지 않을지 이미 분석해 놨다.

쒜엑! 쒜엑! 쒜엑! 쒜엑!

동서남북(東西南北), 사방에서 검 네 자루가 짓쳐들어 갔다.

장한은 피식 웃었다.

그럴 수밖에 없는 것이…… 금룡대의 검법은 너무 느렸다. 그가 아니라 어느 정도 쾌검에 일가견이 있는 자라면 너무 쉽게 요리할 수 있는 공격이다.

쉬리링!

그가 귀찮다는 듯 일검을 휘둘렀다.

머리 위로 크게 한 바퀴 원을 그렸다. 그리고 곧바로 횡소천군(橫掃千軍)을 써서 서(西)와 북(北) 방향의 무인들을 쓸어갔다.

그때, 서방과 북방의 검수들이 짐작했다는 듯 일시에 물러갔다.

쒜엑! 쒜엑!

함께 공격해 오던 남방과 동방의 검은 지금까지와는 비교도 안 될 속도로 짓쳐들었다.

그는 뽑기를 아주 잘못했다.

물러갈 사람들을 향해서 검을 휘둘렀고, 진짜 공격해 올 금룡대원에게는 등을 내줬다.

파앗!

그는 두 걸음 앞으로 내달려 간신히 검날을 피해냈다.

"츳!"

금룡대원 네 명이 공격을 멈추고 뒤로 쭉 빠졌다.

동서남북에 두 명씩이 배치되었고, 북서와 남동에 한 명씩 위치한 이상한 진형이다.

"저곳을 맡아줄래요?"

악소화가 구절마수에게 북동 방향을 가리켰다.

"나보고 진의 일원이 되라는 말이냐?"

구절마수가 어이없다는 듯 말했다.

"딱히 할 건 없어요. 저 사람이 앞에 오면 무조건 공격해 주세요. 그것만 해주시면 돼요."

"……."

"어차피 일대일로는 안 되잖아요."

"뭐라고!"

"창피할 것 없어요. 내공이 취약해서 진 것이니까. 조금만 보완하면 훌륭한 적수가 될 거예요."

"뭐라?"

구절마수가 정말 기가 막혀서 헛바람을 토해냈다.

일견하기에도 소녀는 무공을 익히지 않았다. 한데 초일류고수인 자신에게 무공을 말하고 있다. 자신의 무공 정도를 창피할 정도로 정확하게 말한다.

"단차…… 좋은 여자를 수하로 뒀군."

구절마수가 피식 웃으며 북동 방향에 섰다.

악소화가 그에게 말했다.

"전 수하가 아니에요. 제자지."

"제자?"

"호호호! 어떤 제자인지는 두고 보면 알아요."

그녀는 앙증맞게 두 손을 허리에 탁 올렸다. 그리고 장한을 쳐다보며 말했다.

“이제 빈 공간은 남서 방향밖에 없어요.”

“후후후! 그래서?”

“남서로 도망가시라고요.”

터무니없는 말!

한데 사교사는 침묵했다. 비웃음을 머금던 얼굴에 긴장감이 어리기 시작했다.

그는 급히 제자리에서 한 바퀴 빙 돌았다.

“후후후후!”

사교사의 입가에서 가늘고 진한 살기가 흘러나왔다.

금룡대가 서 있는 위치는 참으로 절묘하다. 사는 위치가 아니고 죽는 위치다. 검을 어느 방향으로 어떻게 펼쳐 내든 두어 명은 쉽게 꼬꾸라뜨린다.

한데 그리하면 자신도 곤란해진다.

남은 자들이 거리를 좁혀올 것이고, 두어 명쯤 더 죽여도 그 다음은 대책이 없다.

그는 웃었다.

이따위 진법으로 자신을 가둘 수 있다고 생각했나?

그때, 악소화가 빙긋 웃으며 말했다.

“당신에게 마지막 한 수가 남아 있다는 거, 알아요. 한데 그거…… 펼칠 수 있어요?”

그녀가 구절마수를 힐끔 쳐다보며 말했다.

사교사의 안색이 새파랗게 질렸다.

그렇다. 구절마수가 있다. 벽력십검으로 이들을 단번에 죽인다 쳐도…… 그동안 구절마수가 가만히 있겠는가.

그는 협공의 의사를 밝혔다. 그래서 진의 일각에 위치했다. 그리고 그는 현재 일대일로 접전을 벌여도 좋을 정도로 가까운 곳에 위치를 잡았다.

한눈을 팔았다가는 오히려 자신이 치명타를 당한다.

"으음!"

급기야 그는 신음을 토해냈다.

"오늘은 그냥 돌아가세요."

사교사는 악소화를 무서운 눈으로 노려보았다.

그녀가 누구인지 안다. 악종계의 계주라는 사실도 안다. 이교사가 수작을 부려놓은 여인이라는 것도 파악해 놨다. 다만 그녀가 무슨 일을 하려는지, 이교사가 남겨놓은 수작이 무엇인지 궁금해서 내버려 두었을 뿐이다.

한데 그런 여자가 뒤통수를 쳤다. 그것도 제때에 아주 제대로 가격했다.

"이것도 단차가 가르친 것이냐?"

그가 금룡대원들을 가리키며 말했다.

생전 처음 보는 진형을 말하는 것이다.

"예, 그래요."

"무슨 진이냐?"

"상관있나요? 너무 많아서 일일이 이름을 붙이지는 않았어요."

"우하하! 우하하하!"

사교사는 앙천광소를 터뜨렸다. 그리고 이내 비어 있는 남서쪽으로 신형을 날렸다.

2

배가 고픈데 잡아먹을 게 두 개나 있다.

두 개 다 요리하는 건 까다롭다.

하나는 잡아봤자 먹을 게 없다. 잡힌다 싶으면 자기 스스로 살을 뜯어내 먹을거리를 없애 버릴 게다.

할위막사와 천중일기가 그렇다.

또 하나는 토끼나 닭처럼 우리에 가둬놓고 관찰을 해야 한다는 단점이 있다.

피곤하고 시간도 오래 걸린다.

더 중요한 점이 있다.

놈은 자신이 얼마나 중요한 존재인지 알지 못한다. 중요한 이유가 무엇인지도 모른다. 그런 일이 왜 일어났는지 모른다. 어떤 요인으로, 어떤 방법으로 시작되었는지도 알지 못한다.

놈은 아는 게 전혀 없다.

이것은 자칫하면 목적한 바를 찾아내지 못할 수도 있다는 것을 의미한다.

놈에게서는 일일이 찾아내야 한다.

이것도 놈이 완벽하게 자신을 해부할 수 있도록 육체와 정신을 내주었을 때나 가능한 이야기다.

결국 먹이는 두 개나 있는데 어느 것 하나 쉽지 않다는 말이 된다.

하지만 이것이 신에게 이르는 길이라면 만사를 제쳐 놓고 살펴봐야 한다.

중원에는 산적한 문제가 많다.

이미 마무리를 끝낸 문제도 있고, 현재 진행 중인 사안도 있다. 그것들 중에는 지금 당장 그의 결단을 필요로 하는 문제들도 상당수나 있다.

그 모든 것을 제쳐 두고 종남산 절곡으로 달려온 이유가…… 신이 되고 싶어서이다.

신만 되면 인간 세상에서 벌어지는 일들은 모두 하찮게 보일 것이다. 마음에 들지 않는 방향으로 진행되었다고 해도 언제든 바로잡아 놓을 수 있다.

그게 신의 능력이지 않나.

모든 사람이 그런 마음으로 왔다.

이제 단차는 자신의 능력을 보여주었다. 아니, 의살의 진가를 확인시켜 주었다.

그의 의살은 앞으로도 무궁무진하게 발전할 것이다.

괄목상대(刮目相對)라!

하룻밤만 자고 나면 몰라볼 정도로 달라지는 모습을 대수롭지 않게 보여줄 것이다.

그는 신이 되어가고 있다.

지금…… 지금 이 순간…… 신의 길을 끊어놓지 않으면 세상은 그의 발 앞에 부복하리라.

뚜벅! 뚜벅!

그는 걸었다.

"누구……!"

걸왕이 앞을 가로막았지만 곧 물러서고 말았다.

'상대할 수 없는 거인!'

첫 느낌이 그렇다.

구절마수가 걸어올 때도 묵직하다는 느낌을 받았다. 한데 풍채 좋은 노인의 기도는 너무 엄청나서 구절마수 같은 자와는 비교조차 할 수 없다.

노인을 누구와 비교한다는 건 언어도단(言語道斷)이다.

"자네들이 개방의 음지인 걸왕들인가?"

노인은 여덟 명의 걸왕을 쓱 훑어봤다.

마치 알몸으로 노인 앞에 선 기분이 든다. 감추고 있는 비밀이 속속들이 파헤쳐지는 느낌이다.

"이익!"

걸왕 중 한 명이 신음을 토하며 타구봉을 움켜잡았다.

노인 앞에서 심신이 무력해지고 있다. 싸우겠다는 투지조차 말살되고 있다.

그는 의지를 다잡으려고 했지만 허무한 행동에 불과했다.

타구봉을 잡는 손길에 도무지 진기가 깃들지 않는다. 노인을 이길 수 있다는 신념이 들지 않는다.

"금룡대주…… 흠!"

풍채 좋은 노인은 금룡대주조차도 안중에 두지 않았다.

시각랑은 말할 필요도 없다.

그들 모두 노인 앞에서는 하룻강아지에 불과하다.

"총주군."

살림 살수 홍의여인이 쓰디쓴 웃음을 지으며 말했다.

"총주?"

"총주!"

노인의 앞을 가로막은 사람들 입에서 일제히 경악성이 터져 나왔다.

아니, 그들도 노인이 총주일 것이라는 짐작은 했다.

당금 무림에서 자신들을 이토록 무력하게 만들 수 있는 사람이 누가 있으랴.

중원에 이런 사람은 몇 명 되지 않는다.

더군다나 노인의 풍모는 그동안 말로만 들어왔던 무총주의 모습과 흡사하다. '총주가 아닐까?' 하는 의문이 확신으로 바뀌던 찰나, 홍의여인이 단정적으로 말해 버렸다.

무총주가 홍의여인을 보며 말했다.

"살기가 짙은 아이로군."

"살수라서 그래."

순간, 무총주의 눈가에 기광이 번뜩였다. 또 그 순간, 홍의여인이 작살 맞은 물고기처럼 바르르 떨었다.

"살림은 청부를 받을 때도 철학이 있다던데?"

"……."

홍의여인은 대답하지 못했다. 입술이 파랗게 질려서 바들바들 떨기만 했다.

독사를 만난 새앙쥐 꼴이다.

몸이 동태처럼 얼어붙어서 저항조차 하지 못한다.

"살생을 너무 즐기지 말거라. 살신지화(殺身之禍)의 업(業)을 어찌 감당하려고."

총주가 그들 사이를 헤치고 걸어갔다.

뚜벅! 뚜벅!

길을 막는 사람은 없었다.

걸왕들이 좌우로 갈라지며 길을 열어주었다. 한편에 물러서 있던 시각랑 역시 움직이지 못했다.

츠으으읏!

그들 사이로 암흑 기류가 흐른다.

손끝만 움직여도 당장 숨이 끊어질 것 같은 불길한 예감이 전신을 감싼다.

그들은 무총주가 돌담집으로 들어설 때까지 우두커니 서서 지켜보기만 했다.

"앉으시지요."

계야부는 앉은자리에서 무총주를 맞이했다.

그는 일어서지 않았다. 무인들이 가장 흔하게 하는 포권지례조차 취하지 않았다.

의자에 앉은 채 왼손으로 앞에 있는 의자를 가리켰다.

"버르장머리가 없는 놈이군."

총주가 못마땅한지 인상을 찡그렸다.

츠으으읏!

방 안 가득히 어둠의 기류가 퍼졌다.

무형(無形), 무색(無色), 무취(無臭)이나 분명한 느낌은 있다. 무엇인가 알지 못할 기운이 전신을 축축하게 감싸 안는다.

계야부는 동요하지 않았다.

그는 주담자를 들어 차를 따르며 말했다.

"정명한 기운이 아닙니다. 거두시지요."

"과연!"

츠으으읏!

이번에는 밝은 기운이 흘렀다.

무총주와 같이 앉아 있는 것만으로도 든든하다. 무총주가 어떤 위험이든 막아줄 수 있을 것 같은 예감이 든다.

"일어나거라, 존장을 앉아서 맞이하는 법은 없으니."

계야부는 무총주의 말을 듣지 않았다. 그는 일어날 생각이 없는 듯 담담하게 말했다.

"불가(佛家)의 뛰어난 불력(佛力)을 이렇게 쓰는 방법도 있군요. 제대로만 쓰면 좋은데……."

"허허허! 고집이 센 놈이로군."

무총주는 기운을 거두며 의자에 앉았다.

그가 문을 밀치고 들어와 의자에 앉기까지 딱 네 걸음을 걸었을 뿐이다.

그동안 그가 펼친 무공은 두 가지다.

"불력을 이렇게 쓰는 방법도 있다고 했더냐? 불력에서 어떤 점이 느껴지더냐?"

"패기(覇氣)라면 대답이 되겠습니까?"

계야부는 시종일관 담담했다.

"패기? 허허허! 자애의 상징인 불광보력(佛光寶力)에서 패기를 읽었다? 허허허!"

"아무리 맛있는 음식이라도 과식하면 토하는 법이죠."

"내 불광보력이 그 정도로 나빴더냐?"

"암흑마기(暗黑魔氣) 다음에 펼친 무공은 어떤 무공이든 암흑마기의 영향에서 완전히 벗어날 수는 없는 법입니다. 똥물이 흐른 곳에 맑은 물을 쏟아부어 봤자 똥물일 수밖에 없는 이치죠."

"허허허! 똥물? 허허허! 암흑마기가 똥물이라…… 허허허!"

총주는 모욕에 가까운 말을 웃음으로 받아넘겼다.

암흑마기와 불광보력이 통하지 않았다. 하면 계야부를 기운으로 억누를 수 있는 방법은 없다고 봐야 한다.

이것이 의살이다.

세상에 존재하는 무형기(無形氣)들을 단숨에 해체시켜 버릴 수 있는 절대 무공이다.

총주가 고개를 끄덕이며 말했다.

"암흑마기는 어떻게 알아봤더냐? 그걸 알아보는 사람은 드문데…… 그렇군. 약란이가 가르쳐 주더냐?"

“네.”

계야부는 숨기지 않았다.

총주의 마음에서 미혹(迷惑)을 엿볼 수 없다.

그 말은 다시 말해서 자신에 대해 속속들이 알고 있다는 뜻이다.

무총을 이용한 것이든, 개인적으로 관심을 기울였든 자신이 누구이며 어떤 무공을 구사하는지, 어떤 일을 하고 있는지에 대해서 소상히 알고 있다.

“허허! 약란이 그놈이…… 암흑마기까지 알려줬는가. 허허허! 이 할아비의 밑천을 송두리째 내줬지 않은가, 고얀놈 같으니.”

무총주가 찻잔을 들어 쭉 들이켠 후 탁자에 탁 내려놓았다.

“한 잔 더.”

계야부는 한 잔 더 따랐다.

두 사람 사이에는 아무런 기운도 오가지 않았다.

상대를 탐색하려고 하지도 않았고, 내력을 시험해 보지도 않았다.

대화를 나누고 차를 나눠 마시는 것이 전부다. 겉으로는 물론이고 속으로도 다른 행동을 취하지 않았다.

총주의 기운이 계야부를 위협하지 못하듯이, 계야부의 기운도 총주를 어지럽히지 못한다.

계야부의 의살은 삼백여 마인들을 일시에 제압할 정도로 위력이 강력하다. 이미 삼백여 마인을 상대로 증명해 보였기 때문에 새삼 말할 필요도 없다.

한데 그런 의살이 총주에게는 통하지 않는다.

총주의 마음에서 살기가 일어난다.

어느 누구든 자신을 죽이고 싶어 할 수 있다.

무림에 벗은 없고 적은 많으니 누가 자신을 죽이고 싶어 한다고 해서 의아할 것은 없다.

하지만 상대는 총주다. 아내인 사약란의 조부다.

자신을 죽일 일이 없다.

더군다나 자신은 무총의 골칫거리인 안선과 싸움 중이다.

다른 것은 몰라도 북무림에 기반을 둔 안선도는 거의 대부분 괴멸되었다. 시각랑이, 금룡대가, 살림 살수들이 온갖 불명예를 고스란히 뒤집어쓰면서 만들어놓은 역작이다.

그 때문에 개방도를 그토록 많이 죽였다. 그리고 지금은 종남산에 갇혀 있다.

안선이라면 모를까 무총에서 자신을 죽이려 들 리 없다.

한데 무총주의 마음에 살기가 어려 있다.

그는 살기를 어루만졌다. 부드럽고 순하게 정화시켰다.

통하지 않는다.

의살을 썼는데, 처음으로 단단한 벽에 막혔다.

그 후, 두 사람은 서로 상대방을 탐색하지 않는다. 할 필요가 없기 때문에 하지 않는다.

"흠! 한 잔 더."

무총주는 계야부가 차를 따르기 무섭게 홀짝 들이켰다. 그리고 한 잔 더 주문했다.

계야부는 차를 따르지 않았다.

그는 주담자를 내려놓으며 말했다.

"약란의 조부이시니 마땅히 존장의 예로 접대해야 하나……
지금 이 자리에 오신 것은 삶과 죽음을 가르는 사자(死者)로서
오신 것, 사자의 예로 대접하겠습니다."

"차 두 잔이라…… 이건 사자의 예가 아니라 망자(亡者)의
예가 아니더냐?"

"제가 죽을 수 없으니 양해를."

"허허허! 날 죽이겠다?"

"그런 일이 없기를 바랄 뿐입니다."

"날 죽일 수는 있을 것 같으냐?"

"최선을 다해보겠습니다."

"다른 방도도 있을 텐데? 살 생각은 없더냐?"

계야부가 쓴웃음을 지었다.

"어른에게서는 타협이 보이지 않습니다. 오로지 죽음밖에
는……. 지금 당장 죽이실 생각은 없는 듯하나…… 결국 죽음
을 생각하고 계십니다. 제가 살길은 없습니다."

"허허허! 의살이 무섭긴 무섭군. 마음을 숨길 수가 없어. 그
렇게 남의 속을 빤히 들여다보면…… 불편하지 않더냐? 이 세
상에 온통 믿을 수 없는 사람 투성일 텐데."

"그렇게까지 읽지는 못합니다. 하지만 절 죽이려는 살기마
저 읽지 못할 정도로 우둔하지는 않습니다. 그 정도는…… 의
살이라서 느낀 것이 아니라 본능이 알아차린 것이겠죠."

"본능이라……."

총주의 안광이 계야부의 얼굴에 꽂혔다.

계야부는 담담하게 강렬한 눈빛을 받았다. 조용히, 흔들림 없는 몸으로 거센 격랑을 받아넘겼다.

"기어이 한 잔 더 따르지 않을 생각이냐?"

"그렇습니다."

"정녕 살 기회를 얻지 않겠느냐?"

"지금 얻는 기회는 잠시 사는 것일 뿐…… 저를 죽이시려는 이유를 말해주시겠습니까?"

"의살 때문이다."

총주는 의외로 순순히 대답해 주었다.

계야부는 궁금해하지 않았다. 오히려 알겠다는 듯 고개까지 끄덕였다.

"어르신 마음속에서 한 가닥 질투의 끈을 찾아냈습니다. 그것이 무엇인지 몰랐는데…… 의살이었습니까?"

"궁금하구나, 그런 걸 어떻게 읽어내는지."

"설명을 드리기는 곤란합니다. 그냥 보이니까요."

"신령(神靈)의 확대(擴大)."

"무슨 말씀이신지?"

"네가 느낀 것…… 신령의 확대라는 것이다. 의살이 일정 수준에 오르면 무당이 영적 감응을 느끼는 것처럼 타인의 감정을 손에 잡은 듯이 느낄 수 있지."

"그렇군요. 의살에 대해서 저보다 많이 아시는 것 같습니다."

"의살을 수련한 게 네가 처음은 아니다."

"그렇습니까?"

"놀라지 않는구나."

"의살이 특별한 건 아니니까요."

순간, 총주의 눈가에 이채가 번뜩 떠올랐다가 사라졌다.

의살이 특별하지 않다?

진기도 없는 자가 단숨에 초상승고수가 되었는데 어찌 특별하지 않을 수 있단 말인가.

계야부는, 아니, 의살은 이 시대 최강자라는 자신 앞에서도 당당하게 허리를 펴고 있다. 모두들 머리를 조아리기 급급한데 의살은 사람과 사람으로 만나고 있다.

이것이 어찌 특별하지 않은가.

한데 계야부는 특별하지 않다고 말했다.

그가 느끼기에 전혀 특별하지 않은 것이다. 보통 사람도 각성만 하면 깨달을 수 있는 게 의살이라고 생각한다. 또 실제로 의살이 바로 그렇다.

각성(覺醒)!

이 얼마나 간단하면서 어려운 말인가!

—세상에 도를 추구하는 사람이 얼마나 많은가. 자신을 깨닫고자 하는 사람이 어디 한둘인가. 그들 중에 의살을 깨달은 사람이 없다고 어찌 장담하는가.

먼 옛날, 의살을 수련한 자에게서 들은 말이다.

그는 또 다른 말도 했다. 보통 의살 같은 것을 깨우치면 세상을 움켜쥘 것이라고 생각하지만…… 틀렸다. 의살을 진정으로 깨우친 자는 오히려 세상으로부터 은둔한다.

그가 가진 게 세상이다.

세상에 존재하는 건 언젠가는 사라져 버릴 유한한 것, 하나 자신이 가진 각성은 영원히 존재하는 무궁한 것이다.

무궁을 버리고 유한을 챙기는 짓은 어리석은 자도 하지 않는다.

의살을 깨달으면 세상을 움켜쥔다는 것이 무의미하다는 것도 알게 된다.

많은 사람들이 세상을 등졌다.

불가의 고승들, 도가의 도인들, 유가의 선비들 중에도 무언가를 깨달은 사람은 세상을 버리고 깊은 산골로 숨어들었다.

그들 중에 의살을 아는 자가 없다고 어찌 장담할 것인가.

—할 일을 다 했다. 육신의 껍데기가 소멸될 날을 기다린다.

한마디로 죽음을 기다린다는 말이다.

실제로 이런 말을 한 사람들이 많다. 무언가를 안 사람은 자신이 죽을 날을 깨닫고 기쁜 마음으로 죽음을 준비한다. 육신을 벗어던지게 되어서 홀가분하다고도 말한다.

깨달은 것이 있기에, 의살의 일부분이라도 잡았기에 그런 말을 할 수 있었던 것은 아닐까?

의살은 누구나 깨우칠 수 있다.

농부도, 어부도, 아이를 열둘, 열셋 나은 아낙도 깨우칠 수 있다.

계야부가 말하는 것은 그것이다.

아는 자의 오만인가?

무총주가 말했다.

"너보다 먼저 의살을 깨우친 자는 의살을 인간의 언어로 정의하지 못했다. 백 마디, 천 마디를 해도 모두 다 설명할 수 없다고 했다. 너는 설명할 수 있느냐?"

"후후! 저는 이제 겨우 꼬투리를 잡았을 뿐입니다."

"설명할 수 없다는 말이구나."

"원하시는 게 의살의 전수입니까?"

"허허허! 전수라…… 노부에게 전수 같은 게 필요하다고 보느냐? 넌 그저 내 곁에 있어주기만 하면 된다. 내 곁에서 평상시대로 행동하고 살면 되는 게야."

"스스로 터득할 생각이십니까?"

"네 입으로 말하지 않았느냐, 의살이 대수로울 건 없다고."

"의살을 정말 원하시는군요."

"그게 네가 사는 방법이야."

"거절하겠습니다."

계야부는 주담자를 들어 자신의 잔에 차를 따라 마셨다.

그는 연꽃잎처럼 단아하다.

사내에게 단아하다는 말을 써도 될지 모르겠지만, 고요한 풍모가 물씬 풍겨 나온다.

시각랑의 패기는 사라졌다. 무인의 투지도 없다. 마인의 살기도 보이지 않는다. 사마(邪魔)의 요사함도 읽히지 않고, 하다못해 음침함 같은 것도 찾아볼 수 없다.

그는 화려한 채색화(彩色畵)가 아니다. 먹물로 담담하게 그린 담묵화(淡墨畵)다.

무총주가 침착하게 물었다.

"내가…… 의살을 깨우칠 수 없는 사람이라서 그러느냐?"

계야부가 고개를 쳐들었다.

"그리 놀랄 것 없다. 언젠가 그 친구가 그런 말을 하더군. 의살을 깨우치는 사람이 많으면 많을수록 이 세상이 밝아질 것이라고. 한데 난 깨우칠 수 없다는 게야. 하니 무공 수련에만 매진하라더구나. 네 생각도 그러느냐?"

"그렇습니다."

"왜 난 깨우치지 못하는고?"

"가진 것이 너무 많기 때문입니다."

"허허허! 무총도 버리고 온 몸이거늘……."

"제가 단전을 무너뜨려도 괜찮겠습니까?"

"……!"

"제가 목숨을 취해도 괜찮겠습니까?"

"그렇구나. 버릴 수 없는 게 많구나."

츠으으으읏!

무총주의 전신에서 검은 먹구름이 피어났다.

계야부도 찻잔을 내려놨다.

'일목!'

이미 그의 육신은 감각을 잊었다. 오직 머릿속에서 그려진 그림만 따라가고 있었다.

3

계야부는 무총주에게서 죽음 이외의 느낌은 받지 못했다.

죽음 이외의 가정은 일절 배제되었다. 친근함이나 다정함 같은 것은 눈을 씻고 찾아봐도 찾을 수 없다. 머리끝부터 발끝까지 죽여야 한다는 일념으로 똘똘 뭉쳐 있다.

삶이냐 죽음이냐 하는 선택의 문제가 아니다. 어떤 일이 있어도 반드시 죽이고야 말겠다는 일념만 존재한다.

낯선 사람끼리 만나서 이토록 처절하게 죽음만 생각하기도 드물 것이다.

하물며 총주는 사약란의 조부다.

조부 입장에서 이주 쉽게 예상되는 행동은 두 가지다.

하나는 말할 것도 없이 따뜻하게 맞아주는 것이다.

그녀에게 부모가 있는 것도 아닌데 조부가 손녀사위를 맞아주지 않으면 누가 반기겠는가.

총주는 이 입장을 포기했다.

또 다른 입장은 진드기 떼어내듯 떨궈내는 것이다.

그는 세상을 오시하는 총주다. 그에게는 막강한 실권이 있다. 그리고 그 실권을 손자나 손녀에게 넘겨주려고 한다. 하면 손자들의 배우자도 그에 걸맞은 걸출한 인재를 원할 것이다.

계야부는 뛰어난 인물이다. 하지만 그의 출신은 모멸과 천시의 대상인 시각랑이다.

아무래도 총주의 사위로는 마뜩치 않다.

이런 경우, 소리없는 제거가 가능하다.

제거라고 해서 꼭 죽음을 말하는 건 아니다. 금자로 유혹할 수도 있고, 인정에 호소할 수도 있다. 사랑을 이용하기도 하고, 권력으로 짓누르기도 한다.

계야부를 떼어내는 방법은 많다.

물론 죽이는 방법도 배제할 수는 없다.

총주는 할아버지로 왔는가?

절대 아니다. 총주에게서는 정말로 눈곱만큼의 잔정도 느껴지지 않는다. 계야부를 인간으로 보는 게 아니라 죽여야 할 대상으로만 보고 있다.

총주의 마음속에 사약란은 없다.

그녀가 있을지도 모르겠다. 하지만 그녀와 계야부를 연결짓지는 않는다. 계야부를 손녀사위로 인정하지도 않는 정도가 아니라 완전히 별개의 인간으로 본다.

총주에게는 계야부와 사약란의 부부지연(夫婦之緣) 같은 건 생각할 거리가 아니다.

이 점이 계야부를 슬프게 한다.

총주는 살인자로 방문했다.

청부를 받은 살림 살수나 류청지와 다를 바 없다.

세상에 존재하는 수많은 청부 살수들 중의 한 명으로 온 것이나 진배없다.

의살을 내놓거라. 아니면 죽는다.

목적은 이것 하나뿐이다.

총주가 의살을 파악할 수 있도록 옆에 있지 않으면 이 자리에서 죽을 것이다.

총주의 의도는 오직 그것뿐이다.

하니 자신도 총주를 살수로 맞이한 게다.

자신을 죽이러 온 사람이니…… 얌전히 두 손 묶고 죽여주기를 기다릴 수는 없는 노릇……. 힘껏 대항해서 승부를 가릴 수밖에 없는 처지가 되었다.

존장의 예로 대해야 할 사람이나, 살수로 대하고 있다.

나중에 사약란의 얼굴을 어찌 볼 것인가.

그녀의 눈가에 깃든 슬픔을 어찌 감당할 수 있을까.

파아아앗!

그의 전신에서 슬픔이 파도처럼 밀려 나갔다.

총주를 공격하고자 하는 의도는 아니다. 자신의 마음을 알아달라는 뜻도 없다.

슬프다. 그래서 슬픔을 떠올린다.

"정말 의살은 한시도 방심할 수 없군."

총주의 전신에서 암흑마기가 뭉실 피어났다.

총주는 아마도 그에게서 피어난 슬픔이라는 느낌을 공격으로 인식했던 모양이다.

막강한 기운이 물밀듯이 밀려온다.

발가벗은 몸으로 성난 해일을 맞이하는 기분이다. 어디로 몸을 숨기고 싶은데 숨을 곳이 전혀 없다. 눈에 보이는 건 온통 으르렁거리는 해일뿐이다.

'훗!'

계야부는 상체를 휘청거렸다.

총주의 암흑마기는 묘한 구석이 있다.

원래 암흑마기는 마공의 일종이다. 아니, 마공이다.

암흑마기는 진기로 어둠을 이끌어낸다.

연막탄을 사용하면 실질적으로 어둠이 피어나지만 진기로 피워내는 어둠은 눈에 보이지 않는다. 하나 시야를 차단한다는 점에서는 같은 효과를 지닌다.

암흑마기의 행공(行功)에 대해서는 알려진 바가 없다.

다만 암흑마기에 짓눌려 죽은 자들에게서 무공의 특성을 조금 엿볼 뿐이다.

그들은 한결같이 두 눈을 부릅뜨고 죽었다.

무공의 강하고 약함에 상관없이 부릅떠질 대로 떠진 눈에는 공포가 가득했다.

그들은 죽는 순간에 대소변을 흘렸다.

불문의 고승, 도문의 도인…… 신분 여하에 관계없이 목매달고 죽은 시신처럼 오물을 흘렸다.

암흑마기를 본 사람치고 산 사람이 없다. 그렇기 때문에 암흑마기에 대해서 설명해 줄 사람도 없다. 하니 공격 형태에 대해서도 알려진 바가 없을 수밖에 없다.

죽음의 무학이다.

암흑마기와 맞선 자, 삶을 기대해서는 안 된다.

이런 전례는 한 번도 깨진 적이 없다. 무림인들치고 암흑마기를 모르는 사람이 없지만 보거나 설명을 들은 사람도 없다. 즉, 암흑마기는 한 번도 패한 적이 없는 절대 무학이다.

한데 언젠가부터 이상한 소문이 흘러나오기 시작했다.

암흑마기를 수련하려면 아흔아홉 명의 생명을 어둠 속에 절여놓아야 한다.

생명을 어둠 속에 절여놓아?

얼핏 이해되지 않는 말인데…… 그 말이 곧 해석되었다.

생명이 붙어 있는 상태에서 염라사신과 이야기를 주고받게 만든다. 극심한 고문, 혹은 잔혹한 행위로 초주검을 만들어놓는다. 목숨이 반은 이승에, 반은 저승에 걸쳐 놓도록 만든다.

그때, 인간의 육신은 한 점 사념(邪念)조차 깃들지 않는다.

불문의 고승이 참선 끝에 열락(悅樂)을 얻을 때처럼 자신의 존재조차 잊어버리고 무아경(無我境) 속을 헤매게 된다.

넋이 반쯤 빠져나갔기 때문이다.

간신히 숨만 붙어 있는 상태이기 때문이다.

그렇게 목숨을 어둠 속에 절여놓은 후 죽음의 기운을 흡수한다.

아흔아홉 명……. 그 많은 사람을 이런 식으로 죽인다. 죽어도 눈을 감지 못하도록 비통하게 죽이다.

하면 왜 백 명을 채우지 않는가.

마지막 백 명째 목숨은 암흑마기의 주인 것이라고 한다.

암흑마기를 수련한 사람은 죽을 때도 곱게 죽지 못한다. 무공을 수련하면서 죽였던 아흔아홉 명의 원귀가 나타나 자신들이 받은 온갖 고통을 돌려주면서 끌고 간다고 한다.

물론 전설 같은 이야기일 뿐이다.

하나 이런 소문이 무림에 퍼지면서 암흑마기는 은연중에 기피 무공이 되고 말았다.

수련하지 마라!

딱 부러지게 결론이 내려졌다. 그리고 무공의 명칭도 암흑사기(暗黑死氣)에서 암흑마기가 되었다.

무림 원로들은 왜 이런 결론을 내렸을까?

암흑마기의 주인이 아니기 때문이다.

이런 경우가 참 많다.

구절마수나 투살진기도 너무 강해서 마공이 된 경우다.

자신들이 수련할 수 없고, 주인이 아니고, 상대하기가 너무 벅차기에 마공으로 돌려세웠다.

그래서 아무도 수련하지 못하도록 만들었다.

설혹 금기를 깨고 수련한 사람이 나타나도 모두가 합심하여 공동 대적하면 된다.

무림은 자신들이 생존하기 위해서 살성이 지나치게 강한 무공을 배제할 수밖에 없었다.

그런 무공을 무총주가 쓴다.

여기에 대해서 이의를 제기하는 사람은 없다.

암흑마기가 무총주의 최강 무공이 아니기 때문이다.

무총주의 열양진기에 비하면 암흑마기는 조족지혈(鳥足之血)이라 싶을 정도로 하찮다.

무인이라면 누구나 파해법을 찾기 위해 마공을 연구한다.

무총주도 그럴 수 있다. 그리고 한 걸음 더 나아가 마공을 수련할 수도 있다.

본신무공보다 하위 무공을 수련하는 것은 가타부타 왈가왈부할 성질의 것이 아니다.

설마 무총주가 아흔아홉 명의 목숨을 어둠 속에 절여놓겠느냐는 믿음도 깔려 있다. 무언가 다른 방도로 수련했을 것이라는 막연한 추측을 할 뿐이다.

그렇다고 무총주에게 어떤 식으로 마공을 수련했냐고 따져 물을 수 있겠는가.

죽음을 동반한 암흑마기가 스멀스멀 피어난다.

'후웃!'

계야부는 자신도 모르게 어금니를 꽉 깨물었다.

환상이 일어났다. 의살을 깨우친 후에는 한 번도 이런 현상에 현혹된 적이 없는데…… 전혀 현실 같지 않은 풍경들이 눈앞에서 사실처럼 전개된다.

스웃! 스으웃!

지저(地底)에 몸을 뉘고 있던 귀신들이 몸을 일으킨다.

하나, 둘, 셋…… 수를 헤아릴 수조차 없을 만큼 많은 귀신들이 땅속에서 솟구쳤다.

그들은 몸조차 제대로 가누지 못한다.

살점이 썩어서 뼈가 환히 드러난 자, 눈이 있던 자리에는 시커먼 동공이 뚫려 있고…… 진물이 뚝뚝 흘러내리고…… 몸에 흙이 묻어 있고…… 땅속에 오래 묻혀 있었던 탓일까? 그들 몸에서 흙 냄새까지 진하게 풍긴다.

'이건 진짜 시신……?

모골이 곤두서고 등줄기에 서늘한 한기가 스쳐 간다.

시신은 가짜다. 자신의 만들어낸 환상이다. 한데 촉감은 물론이고 시신 썩는 냄새까지 맡아진다.

암흑마기는 자신의 감각을 속이고 전혀 다른 감각을 만들어낸다.

아직 계야부가 하지 못하는 경지다.

의살로 마음을 건드릴 수는 있지만 있지도 않은 것을 사실처럼 재현해 낼 능력은 없다.

물론 암흑마기도 그렇게 하지는 못한다.

머릿속에 무엇인가 강력한 것이 들어왔다.

그것은 머릿속을 몽혼(夢魂)적인 상태로 만들었다. 그리고 시술자가 이끌어내는 환상을 자신의 것처럼 받아들인다.

'일목!'

타탁! 타타탁!

육신의 감각이 지워지지 않는다.

시신이 전신을 어루만진다. 코를 들이밀며 킁킁 냄새도 맡는다. 어떤 시신은 혀를 내밀어 살을 핥기도 한다.

더욱 기가 막힌 것은 몸이 움직이지 않는다는 것이다.

정신으로 침습하여 행동까지 제어하고 있다. 생각은 물론이고 손과 발까지 묶어놓았다.

어떻게 이럴 수 있을까? 총주도 의살을 알고 있는 것인가?

의살을 조금 더 발전시키면 능히 이런 일도 가능하다는 것을 알고 있다. 현재 펼치지는 못하지만 차후 이런 식으로 운용할 수 있을 것이라는 생각은 했다.

총주의 암흑마기는 의살이다.

자신의 것보다 진일보한…… 진기로 일어나는 무공이 아니라 생각에서 발출되는 무공이다.

"후웁!"

계야부의 담담함이 무너졌다.

그는 탁자 한 귀퉁이를 부서져라 움켜잡았다.

우직!

나무 탁자가 부서졌다.

"크윽!"

그는 계속 답답한 비명을 흘렸다.

의살로 일어난 현상은 의살로 지울 수 있다.

어떻게 하면 마음을 명경지수(明鏡止水)처럼 고요하게 만들 수 있는지 안다.

한데 좀처럼 일목 상태로 접어들 수 없다.

육신의 감각을 놓으려고 하면 더욱 진한 감각이 다가온다. 시신이 그렇게 만든다.

의살로 들어서기 위해서는 정신을 고양시켜야 한다.

무념(無念), 몰아(沒我)의 상태에서…… 실제로 그런 것은 아니지만 영혼이 유체이탈(幽體離脫)하여 몸 밖에서 육신을 내려다보는 부양(浮揚) 상태가 되어야 한다.

한데 도무지 그런 상태로 들어갈 수 없다.

"힘드느냐?"

무총주가 말을 건네왔다.

암흑마기를 펼친 사람답지 않게 평온하고 아늑한 음성이다.

"저항하지 마라. 내 곁에 있어라. 약란이도 봐야 하지 않느냐."

유혹이 치밀었다.

'저항하지 말까? 못 이기는 척하고 따라가? 어차피 지금 당장 죽일 것은 아니니까…… 찾으면 기회는 얼마든지 생길 것이고…… 약란이와 함께 의논하면……'

심마(心魔)!

계야부는 어금니를 힘껏 깨물었다.

第百三十八章

무대책(無對策)

심마란 머릿속에서 일어난 그림이다.

다만 머릿속에 각인되어 예전에는 생각할 수 없었던 행동을 불러일으킨다는 점에서 다를 뿐이다.

자신이 생각하고 자신이 행동한다.

그 누구도 생각과 행동에 명령을 내린 사람은 없다. 유도하거나 이끈 사람도 없다.

자신이 생각을 근절하면 허상은 깨진다.

한데 생각을 근절하지 못한다. 마치 마음속에 마가 낀 것처럼, 나중에 돌이켜 보면 '그때 내가 왜 그랬지?' 하고 후회하는 사람처럼 앞뒤 가리지 않고 돌진한다.

머릿속에 그림이 펼쳐지고, 그것이 사실인 것처럼 생각된다.

　몇 시진 전만 해도 자신이 이런 현상을 이용해서 삼백 마인을 물리쳤다. 그들로 하여금 스스로 검을 거두게 만들었다.

　이제는 오히려 자신이 당하고 있다.

　'끄으윽!'

　그는 저항하려고 애썼다.

　총주의 의살은 자신보다 한 수 위다.

　자신이 보지 못한 것에서, 올라서지 못한 곳에서 유유히 굽어보며 장난치고 있다.

　꾸욱!

　어찌나 힘껏 어금니를 깨물었는지 이빨이 부서지는 느낌이다.

　심마는 이길 수 없다. 생각이 들지 않았다면 모를까 일단 들기 시작하면 번뇌와 망상이 끝없이 일어난다.

　'따라가자!'

　무총주가 원하는 것이다.

　'약란이를 만나면…… 약란이는 머리가 좋으니까…… 반드시 해결책을 찾을 수 있을 거야. 난마(亂麻)처럼 얽힌 이 상황을 단칼에 끊어줄 거야.'

　무총주가 만들어낸 유혹이다.

　이 모든 게 그럴듯하다. 마치 자신이 생각해 낸 것처럼 아무런 거부감 없이 머릿속에 스며든다.

　거부할 수 없다.

　'이미 물살에 휘말려 버린 건가……'

전신에 맥이 탁 풀렸다.

온갖 방법을 모색해도 안 될 때가 있다. 죽을힘을 다해 발버둥 쳐도 어쩔 수 없이 적이 원하는 대로 끌려갈 때가 있다. 예정된 죽음을 향해 한 걸음씩 걸어간다는 것을 알면서도 발걸음을 멈추지 못할 때가 있다.

이런 경우, 시각랑은 흐르는 물살에 비유한다.

장마철에 갑자기 불어난 계류(溪流)에 휩쓸릴 때가 있다.

'아차!' 하는 순간에 휩쓸리지만 물살이 놓아주기 전까지는 십 리고 백 리고 끌려가야 한다.

지유초가지공(只有招架之功), 몰유환수지력(沒有還手之力)이라는 말이 있다.

막을 힘만 있고 반격할 힘은 없다는 뜻이다. 조금 더 풀이하면 점차 힘이 약해져서 반격할 힘을 상실한다는 뜻이다.

지금이 꼭 그와 같다.

아무리 발버둥을 쳐도 암흑마기에서 벗어날 수 없다.

"가자."

총주가 말을 건네왔다.

'따라가자……'

계야부의 마음도 거의 굳어졌다.

의살이 이런 식으로 전개된다. 타인의 머릿속으로 파고들어 싸움이 무의미하다는 생각을 하게 만든다.

지금까지 그는 의살을 제대로 쓴 적이 없다.

겨우 쓴다는 것이 잃어버린 진기를 대신하여 무공을 펼칠 수 있는 기반으로 사용한 것이 고작이다.

조금 더 발전했다는 것이 투지를 말살시켜서 싸움을 중지시키는 정도였다.

의살은 자신이 겪은 것처럼 절대 무공으로도 활용할 수 있다.

타인의 심신을 조절할 수 있다는 것은 다시 말해서 타인을 노예처럼 부릴 수 있다는 뜻이다.

마음에 들지 않는 자가 있다고 하자. 어떻게 할까? 죽일까? 하면 어떻게 죽일까? 본인 스스로 자진하게 만들까? 절벽에서 뛰어내리게 만들까?

의살을 나쁜 쪽으로 쓰기 시작하면 한도 끝도 없다.

'의살을 이렇게 쓰는 방법도…… 웃!'

계야부는 퍼뜩 정신을 차렸다.

의살은 지고 무상한 경지다. 인간의 정신 중에서 가장 깨끗한 영역에 밝은 그림을 그린다.

싸움을 중지시키는 것은 맞다. 하나 그 방법으로 투지를 꺾는 것은 좋지 않다. 평화를 보게 하는 것은 좋다. 타인을 공격하는 것은 좋지 않다. 희망을 품게 하는 것은 좋다. 절망을 느끼게 만드는 것은 좋지 않다.

의살을 쓰는 것은 본인 자유이지만 의살을 어떤 방향으로 발전시키느냐 하는 점도 본인 책임이다.

암흑마기는 어둡다.

너무 어두워서 한 치 앞도 보이지 않는다.

암흑마기가 지나간 길을 불광보력이 지나갔다.

그래서 어떻게 되었나? 불광보력에도 암흑마기의 어둠이 묻지 않았던가.

어둠과 밝음을 같이 쓰면 안 된다.

본인이 굳이 쓴다고 하면 안 될 것은 없지만 밝음을 추구한다면 오직 불광보력만 써야 한다.

의살도 그런 의미에서 나쁜 쪽으로 활용하면 안 된다.

그러다 보면 인성(人性)이 변하게 된다.

그렇다! 의살은 곧 인성으로 직결된다.

의살을 좋지 않은 쪽으로 쓴다는 것은 본인 스스로 마인이 되고자 주문을 거는 것과 같다. 그러면 의살은 세상 그 어떤 마공보다도 강력하게 주문으로 인성을 바꿀 것이다.

마인이 되든 선인이 되든 모두 본인 선택이다.

'이건 의살이 아니다!'

그가 깨달은 것은 이것이다.

자신을 꼼짝 못하게 만드는 것이 진정 의살이라면, 총주가 의살을 알고 있다면…… 의살로 암흑마기를 펼쳐 낼 정도라면 총주의 인성이 마인처럼 변해 있어야 한다. 살기만 감지되는 게 아니라 흉성(凶性)까지도 적나라하게 보였어야 한다.

총주의 인성은 강건하다.

마인이 아니다. 자신을 죽이려고 하는 것은 총주의 말대로 오직 의살 때문이다. 그 외에 다른 의도는 없다. 이것만은 의살로 감지한 것이니 믿어도 좋다.

마성이 깃들지 않은 사람은 암흑마기를 펼쳐 낼 수 없다.

무공이라면 가능하다. 신공, 마공 같은 경락을 이용한 기공이라면 인성을 유지한 채 나쁜 기운을 쏟아낼 수 있다.

암흑마기는 의살이 아니라 무공이다.

츠으으웃!

계야부의 전신에서 밝디밝은 광명이 실타래 풀리듯 줄기줄기 뻗어 나왔다. 가늘게 뻗어 나온 수십 줄기의 빛화살은 주위를 에워싼 주검들에게 쏘아졌다.

퍼억! 퍼퍼퍽!

주검들이 산산이 부서진다.

어둠이 깨진다.

무총주가 말했다.

"저항하지 말거라."

계야부가 말했다.

"암흑마기를 거두시지요."

총주는 암흑마기에 대해서 절대적인 자신감을 가지고 있었다.

암흑마기면 의살을 누를 수 있다!

절정에 이른 의살이라면 모를까 계야부 정도의 의살은 잡아낼 수 있다.

그리고 그의 믿음은 거의 맞아떨어졌다.

마지막 순간에 의살의 본질을 깨우치지 않았다면 꼼짝없이 암흑마기에 걸려들 판이었다.

　계야부에게는 천만다행이고, 총주에게는 안타까운 순간이 순식간에 지나갔다.

　"놀랍구나."

　총주가 놀란 듯 계야부를 빤히 바라봤다.

　"간신히 암흑마기만 벗어났습니다."

　"진심이냐?"

　"그렇습니다."

　"암흑마기 말고 또 뭐가 있더냐?"

　"양강지기…… 감당할 수 없는 힘!"

　그렇다. 계야부는 암흑마기만 본 것이 아니다.

　암흑마기 너머에, 검은 장막을 들춰낸 곳에 이글이글 타오르는 용암 불꽃이 있었다.

　총주의 진신무공이다.

　그것에 비하면 암흑마기는 정말 조족지혈이다.

　겨우 암흑마기에 묻어온 것만으로도 소름이 끼칠 판이다. 하물며 전력을 다해서 본신진기를 토해낸다면 감당해 낼 방도가 없다. 아니, 오성(五成)의 양강지기도 받아낼 수 없다.

　"소허태기(燒虛太氣)라는 것이다."

　"그렇습니까."

　"당금 무림에서 나 말고 소허태기를 아는 사람이 딱 한 사람 있다. 누구인지 궁금하지 않느냐?"

　'설마!'

계야부의 눈빛이 흔들렸다. 그리고 무총주는 그의 흔들리는 눈빛을 감지해 냈다.

"짐작했구나."

"정말입니까!"

"맞다."

"맙소사!"

계야부는 자신도 모르게 자리에서 벌떡 일어섰다.

사약란! 사약란이 알고 있다!

소허태기를 안다는 것은 무슨 뜻인가. 소허태기를 연마하고 있다는 뜻이다.

사약란의 몸에는 빙정과 화화구중이 녹아 있다.

두 영물이 팽팽한 균형을 유지하면서 균형을 이루고 있다.

음과 양의 기운이 어느 한쪽으로 치우침 없이 중성을 유지하고 있는 것이다.

흔히 음양의 완벽한 조화라고 하면 부러워하는 사람들이 많다. 몸을 그렇게만 유지할 수 있다면 백 세 정도는 무난히 살 것이라고 생각한다.

잘못된 생각이다.

인간은 완벽한 음양의 조화를 이루지 못한다.

사내는 양기가 우세하고, 여인은 음기가 우세하다.

완벽한 조화를 이루는 것이 아니라 상호 보완적인 관계가 잘 유지되어야만 무병장수(無病長壽)한다.

빙정과 화화구중으로 음양이기(陰陽二氣)가 절반씩 차지하고 있는 현상은 좋지 않다.

음양이기는 당장 격소(激素:호르몬)에 영향을 미친다.

지금 당장은 힘이 넘칠지 모르지만 시간이 지날수록 여인의 성정이 점차 약해질 것이다.

심할 경우에는 사내처럼 근육이 울퉁불퉁 튀어나올 수도 있다.

하물며 양강지공(陽剛之功) 중에서도 최강이라는 총주의 소허태기를 수련하다니!

사약란이 소허태기를 손대는 순간, 그녀는 사내도 여인도 아닌 괴물이 되고 만다.

총주가 이런 점을 모르고 수련을 시켰을 리는 없고…… 그녀의 육신과 영혼이 어떻게 파괴되든 상관없다는 뜻인가? 오로지 무총만 건재하면 된다는 의도인가?

이건…… 이건 너무했다!

계야부는 방갓을 벗었다.

복면도 찢어버렸다.

그 속에서 흉악한 얼굴이 나왔다. 코는 위로 쳐들리고, 눈은 크기가 다르고 입까지 언청이다.

세상에서 가장 부조화스러운 얼굴이다.

계야부는 옷섶을 헤집고 가슴속으로 손을 들이밀었다. 그리고 부욱 살을 찢었다.

살이 쫙쫙 찢어지며 강인한 얼굴이 드러났다.

"흠! 그 얼굴이었더냐."

무총주가 고개를 주억거렸다.

"제가…… 계야부입니다."

그는 두 손 모아 깊숙이 허리를 굽혔다.

츠으으으읏!

살기가 흐른다.

새삼스러운 것은 아니다. 무총주가 집 안으로 들어서는 순간부터, 아니, 절곡을 들어서는 순간부터 피워 올리기 시작해서 한시도 멈추지 않은 죽음의 기운이 지금도 흐르고 있을 뿐이다.

무총주는 무심한 표정으로 계야부의 인사를 받았다.

아니, 인사하는 모습을 지켜보았다.

그에게서는 지인을 대하는 반가움이 떠오르지 않는다. 오직…… 처음부터 지금까지 살기만 떠올리고 있다.

"아내를…… 돌려주시겠습니까?"

"……"

무총주는 말이 없었다. 묵묵히 계야부의 얼굴만 쳐다봤다.

그가 무슨 생각을 하는지 알지 못한다. 무표정함 속에 감춰진 살기만 읽힐 뿐, 다른 감정은 일체 엿보이지 않는다.

"아내는…… 소허태기를 수련해서는 안 됩니다."

"허허허!"

"연공을 중지시켜 주십시오. 제가 존장 곁에 있겠습니다."

"네 말대로 난 살인자로 왔다. 지금은 살려주지만 결국은 죽이게 될 게야. 감수할 수 있겠느냐?"

"감수하겠습니다."

"약란이가 연공을 중지해도 그 아이를 보기는 힘들 거야. 앞으로 영원히 볼 날이 없을 것 같은데…… 그것도 괜찮으냐?"

계야부는 읍을 끝내고 자리에 앉았다.

무총주는 여전히 살기로 똘똘 뭉쳐 있다.

언뜻 이런 생각이 든다, 살기를 겉에 내세워 다른 감정을 숨기고 있는 게 아닌가 하는. 그렇지 않고서야 이토록 꾸준하게 살기만 피워낼 수는 없다.

살기…….

무총주는 결국 자신을 죽일 것이다.

의살을 살펴보다가 필요없다고 여겨지는 시점에서 가차없이 목숨을 앗을 게다.

손속에 일말의 정을 기대해서는 안 된다.

무총주는 세상에서 가장 냉정한 사람, 지금도 무심하지만 죽일 때는 더 무심하리라.

그렇기에 두 번 다시 사약란을 만날 기회는 없다.

무총주의 입장에서 보면 결국은 죽여야 할 자를 계속 손녀와 만나게 할 이유가 없다.

그래도…… 아내가 소허태기를 수련하는 것만은 막아야 한다. 그녀가 사내도 아니고 여인도 아닌 괴물이 되게 할 수는 없다.

무총주는 계야부의 마음을 읽었다.

"이곳을 정리하거라. 이틀 주마. 노리는 사람이 많으니 한 명이라도 더 살리려면 정리를 잘해야 할 게야.”

무총주가 옷을 털며 일어섰다.

2

적아(敵我)의 구분이 모호해졌다.

그는 안선을 불구대천지수(不俱戴天之讐)로 여겨왔다.

그들이 부모를 해친 원수도 아닌데 천하에서 지워 버려야 할 사람들로 인식되었다.

그래서 그들을 쳤고, 지금도 친다.

무총은 자신이 하는 일을 지켜보는 입장이다.

세상 이치대로라면 두 팔 걷어붙이고 도움을 주어도 모자랄 판이다. 자신들의 숙적을 제거해 주고 있으니 만사 제쳐 놓고 도와주어야 한다.

좋다. 살행이 지나치니 멀찌감치 떨어져서 지켜본다고 하자.

아무리 그렇다고 해도 무총주가 직접 찾아와 목숨을 달라고 하는 건 너무한 게다. 그것도 바로 자신의 친손녀를 인질로 해서 원하는 것을 얻어내는 행위는 지탄받아 마땅하다.

소인배도 아주 더러운 소인배다.

시각랑 중에도 목적을 위해서라면 물불 안 가리는 자들이 있다.

그들은 세상 모든 것이 이용할 것 투성이다.

혈육도 이용하고, 벗도 이용한다. 방금 같이 차를 마셨어도 뒤돌아서면 냉정하게 칼을 꽂는다.

무총주가 딱 그랬다.

존장의 위엄을 지닌 채 방문했지만 그가 보여준 행동은 소인배의 그것에 지나지 않았다.

의살을 얻기 위해서다.

무총주는 의살 때문에 명예를 버렸다. 무총주의 권위도 헌신짝처럼 내팽개쳤다. 혈육의 정도 끊었다. 목적을 위해서 손녀를 이용할 정도라면 거의 패륜아 수준이다.

백 마디 말로 욕을 해도 모자란다.

의살을 얻고자 하는 욕심은 무총 최대의 적인 안선까지도 무시할 정도다.

당금 무림에서 계야부는 안선 최대의 적이다.

적의 적은 친구라는 말이 있다. 무총과 계야부가 적은 아니지만 안선이라는 공통된 적을 상대하고 있으니 그 부분에서만큼은 친구라고 할 수 있다.

그런 자를 친다, 의살 때문에!

무총주와 만나고 있었던 시간 동안, 무총주의 머릿속에 안선은 없었다.

안선이 적이라는 개념도 통하지 않았다.

그 순간만큼은…… 무림에 나온 이후 지금까지 모진 세월을 살아왔는데, 그 모든 행보가 헛수고였다.

앞으로 무엇을 어떻게 하며 살아갈 것인가. 어떤 목적으로 누구와 싸울 것인가.

모든 게 혼란스러웠다.

지금은 정말 안선이 적인지조차 의심스러웠다.

분명한 것은 사약란을 위해서 지금까지 걸어온 행보를 멈춰야 한다는 것이다.

이 부분, 명확하게 정리된다.

'의살을 원하는가? 그렇다면 존장으로 왔어야 해. 의살을 원하면서 날 죽이고자 하는 것은…… 한 산에 호랑이 두 마리가 같이 살 수는 없다는 뜻이겠지. 홀로 우뚝 서고 싶었던 것인가. 아니면 의살을 두고 경쟁하기 싫었던 것인가.'

의살을 줄 수는 없다.

손녀까지 이용한 그를 존장으로 대접할 수도 없다.

그의 의도를 분쇄해야 한다.

무총주의 의도를 분쇄하자면 당연한 말이겠지만 그의 무공을 견뎌내야 한다.

무총주의 무공은 정말 놀랍지 않은가.

'소허태기……'

암흑마기 속에 숨어 있던 양강지기가 좀처럼 머릿속에서 지워지지 않는다.

세상을 단숨에 태워 버릴 듯이 강렬했다.

화산 속에서 용암이 부글부글 끓어오르는 듯했다.

너무 뜨겁고 강렬해서 차마 눈을 뜨고 쳐다볼 수도 없었다.

자신이 본 것은 지극히 일부분이다. 암흑마기 속에 살짝 묻어온 것에 지나지 않는다.

양강지기가 정말 무공의 형태를 띠고 나타났을 경우…… 상대할 수 있을까?

사실 그는 요즘 들어서 한참 자신감에 고양되어 있었다.

천하무적(天下無敵)!

그것이 자신을 가리키는 말 같았다.

무림은 무공이 전부가 아니라는 말을 한다. 지혜도 있어야 하고, 조직도 구비되어 있어야 한다. 그것 외에도 무림을 살아가지 위해서 필요한 것을 나열하면 백 가지도 넘는다.

하나 무공만 놓고 봤을 때, 자신의 적수가 있을까?

그런 생각까지 했다.

일단 북지단에는 적수가 없다.

내단주, 외단주가 강하지만 필살의 기세로 싸우면 지지 않을 자신이 있다.

북지단주는 논외로 한다.

그런 사람은 정작 손속을 맞춰보지 않고는 승부를 논하지 못한다.

아직 만나본 적은 없지만 서지단주나 남지단주, 그리고 동지단주도 비슷할 게다.

오대고수와 무총주는 당연히 그런 부류다.

또 만나보지 못한 사람들이 많다. 구파일방의 장문인들이 어느 수준인지는 만나봐야 안다.

세상에는 무림고수들이 들끓는다.

하나 그들 중 누구와 겨뤄도 진다는 생각은 들지 않는다.

과연 누가 의살을 이길 수 있을까?

의살을 진기처럼 사용하면 완성된 신공이 된다. 그것도 아주 뛰어난 절정신공이 된다.

귀영십삼식 중 제육식은 기여백설(肌如白雪)이다.

진파가 살갗 표면에서 일어나며 하얀 눈처럼 곱게 쌓이는 현상이 꼭 백설 같다고 해서 붙여진 이름이다.

기여백설을 시전하기 위해서는 제일식 뇌성진단(雷聲震丹)을 일으켜야 한다.

진기를 일으키면 단전에서 우렛소리가 울린다. 미세한 움직임이 단전을 두들기고, 큰 울림이 되어 고성(鼓聲)을 터뜨린다.

진기가 단전에서 살갗 표면까지 직충되어야 하고, 살을 뚫고 나오며 또 한 번 미세한 진동을 일으킨다.

그는 이런 상태를 알고 있다.

기여백설이 일어나는 순간에 육신이 어떤 상태에 직면하는지 세세하게 기억한다.

그 기억만 떠올리면 된다.

일목으로 고양된 정신 속으로 들어간다. 그리고 자신이 그려내고자 하는 몸의 상태를 그린다.

육신은 당연히 할 수 없다고 말한다. 머릿속에 그려진 상태대로 움직이려면 진기가 있어야 한다고, 제일식 뇌성진단에서부터 차근차근히 단계를 밟아오라고 말한다.

그래서 육신의 감각을 잊어야 한다.

육신이 말하는 소리를 완전히 무시하고 새로운 소리를 강제로 주입시킨다.

진기는 이미 존재한다. 하니 뇌성진단을 다시 일으킬 필요는 없다. 믿어라. 진기가 있다고 믿어라. 살이 떨린다. 미세한 진동이 일어난다. 그리고 살갗 표면에 백설이 쌓인다.

운용 형태는 다르지만 기여백설은 일어난다. 효과도 똑같다.

위력 면에서는 차이가 날 수 있다. 생각을 강화하면 위력이 더 강해지고, 약하게 하면 약해진다. 머릿속으로 어떤 그림을 그리느냐에 따라서 위력에 차이가 생긴다.

'일목!'

육신을 잊고 깊은 정신 속으로 들어갔다.

그가 표현하고자 하는 것은 암흑마기다.

사방에서 시신이 일어선다. 땅속에서 바로 기어나온 모습이어야 한다. 축축한 습기가 그대로 전달되고, 땅속 특유의 냄새가 코를 찔러야 한다.

파아앗!

그의 전신에서 무럭무럭 암흑 기류가 피어났다.

살기가 묵직하다. 아니, 살기가 아니다. 이것은 오직 악마만이 가질 수 있다는 지옥 마기다.

곁에 있기가 싫다. 어둠에 묻히면 영원히 빠져나올 수 없을 것 같아서 멀리 떨어져 있고 싶다.

자신이 경험했던 그대로…… 완벽한 암흑마기다.

그는 직접 손속을 맞대본 무공은 어떠한 무공이 되었든 완벽하게 재현해 낼 수 있다. 멀리서 수련하는 모습만 보고도 완성된 무공으로 펼쳐 낼 수 있다.

생각할 수 있는가? 그러면 펼칠 수 있다.

이것이 의살이다.

그러니 누구와 싸우든 지지 않을 자신이 있다고 한 말은 틀린 말이 아니다. 그들이 펼칠 수 있는 무공이라면 자신도 펼칠 수 있기 때문이다.

단 일 장, 단 일 장에 격살당하지만 않으면 된다.

한데 그런 자신감이 무총주를 만나는 순간 여지없이 깨졌다.

암흑마기는 이겨냈다. 무총주에게 했던 말처럼 간신히 암흑마기만 견뎌냈다.

무총주는 연이어 소허태기를 전개할 것이다.

방어는? 대책은? 감당할 자신이 없다.

의살이든 뭐든 대번에 태워 버릴 무력(武力)이기에 마주쳐 나갈 무공이 없다.

닿는 것, 접촉하는 것은 모두 불살라진다.

소허태기 앞에 적수는 없다.

하지만 그는 방법을 찾아냈다. 소허태기를 보자마자 상대할 수 있는 무공이 떠올랐다.

의살이다. 의살만이 소허태기를 이길 수 있다.

방법은 의외로 간단하다. 기여백설을 그려내는 것처럼 소허태기를 그려내면 된다. 하면 자신도 소허태기를 가질 수 있다. 무총주가 사용하는 것보다 더 강한 소허태기도 끌어낼 수 있다.

다만…… 지금은 할 수 없다.

세월이 얼마나 지나야 할 수 있을까? 의살을 얼마만큼 발전시켜야 가능할까?

미안한 말이지만 계야부 자신은 하지 못한다.

현재 상태로는 앞으로 십 년 후, 아니, 백 년이 흐른다고 해도 소허태기를 꺾지 못한다.

그는 실수를 저질렀다.

소허태기를 보자마자 할 수 없다고 생각했다. 자신이 스스로 할 수 없다고 생각하는데 어떻게 이길 수 있겠는가.

머릿속에 이미 하지 못한다, 이길 수 없다, 감당이 안 된다는 한계를 각인시켜 놓았다.

그래서 할 수 없다. 이길 수 없다. 감당할 수 없다.

생각을 바꾸면 되지 않을까?

누구나 쉽게 할 수 있는 말이 바로 이것이다.

생각을 바꿔라. 발상의 전환을 하라…… 등등.

이런 것을 누구나 할 수 있다면 굳이 의살이라는 말이 나올 필요도 없었다.

생각을 한다. 이제 인간 노릇은 그만하고 신이 되자. 하면 신이 되는가?

인간은 스스로 자신의 한계를 설정해 놓는다.

생각을 바꾸어서 할 수 있는 일과 아무리 노력해도 안 되는 일을 정해놓는다.

귀찮더라도 내일은 화분에 물을 주자는 생각은 가능하다. 나른해진 육신을 일깨우면 된다. 신이 된다는 생각은 불가능하다. 부처님 면전에 억만금을 쌓아놔도 안 된다.

도고일척(道高一尺) 마고일장(魔高一丈)이라고 한다. 도(道)가 한 자쯤 높아지면 마(魔)는 한 길쯤 높아진다는 말이다.

의살에도 긍정과 부정의 관계로 이 말을 쓸 수 있다.

생각이 행동에 미치는 영향력을 살펴보면, 긍정적인 생각이 일(一)의 영향을 미칠 때 부정적인 생각은 십(十)의 영향력으로 육신을 지배한다.

긍정은 더디게 나아가고, 부정은 한여름 장대처럼 쑥쑥 커나간다.

일단 부정적인 생각이 머릿속을 지배했다면 그 생각을 지우고 긍정적인 생각으로 돌이키기란 무지 어렵다.

계야부가 그런 상태다.

무총주의 소허태기를 보고 깜짝 놀랐다. 그리고 제일 먼저 느낀 것이 '이것을 어떻게 상대하나?' 였다.

자신도 모르게 이길 수 없다는 부정을 심어놓은 것이다.

그는 의살에 대해서 누구보다도 정통하다. 정신의 힘이 얼마나 큰지 그보다 잘 아는 사람도 없다.

한데 부지불식간에 자신 스스로에게 부정적인 생각을 심어놓는 실수를 저지르고 말았다.

이것은 쉽게 씻기지 않는다.

씻어내려고 노력하면 할수록 더욱 깊이 틀어박힌다.

어둠은 처음부터 손대지 말아야지 일단 손댔다 하면 먹물이 묻는 것을 피할 수 없다.

'후후후! 내 스스로 나에게 족쇄를 걸고 말았군. 소허태기를 생각할 때마다 족쇄가 단단하게 조여오겠지. 그렇다고 소허태기를 생각하지 않을 수도 없고…….'

소허태기를 생각하며 고양된 정신 속으로 들어가면 반드시 족쇄도 따라붙는다.

그러니 그는 소허태기를 상대할 수 없다.

이 상태를 처음부터 완전히 뒤집어엎지 않는 한, 영원히 소허태기의 적수가 되지 못한다.

그가 절망하는 것은 이것 때문이다.

무총주가 이틀이라는 시간밖에 주지 않았지만 근 하루 동안을 방 안에 틀어박혀 머리만 쥐어짜고 있는 것도 이 때문이다.

독액(毒液)을 부어서라도 머릿속을 깨끗하게 만들어야 한다.

총주와 만나기 전의 상태로 돌아가야 한다. 소허태기를 보기 전의 상태가 되어야 한다.

그렇지 않으면 그가 할 수 있는 행동이란 아무것도 없다.

밖에 있는 사람들은 모두 사냥될 것이고, 자신 역시 원하는 만큼 의살을 펼쳐 보이다가 죽어갈 게다.

그는 고민을 거듭했다.

'일이 어디서부터 잘못된 거지?

무총주는 의살을 알고 있었다. 자신이 펼칠 수 없다 뿐이지 어떤 식으로 표현되는지는 아주 정확하게 파악한 상태였다.

그래서 준비한 것이 암흑마기다.

암흑마기로는 의살을 제압할 수 없다.

이건 무총주도 안다. 암흑마기가 깨졌을 때, 놀란 표정을 지었지만 사실 그건 놀란 것이 아니다. 암흑마기를 깬 후에 벌어진 일이 궁금해서 눈을 부릅떴던 것이다.

암흑마기 뒤에 숨겨진 소허태기를 보았나? 보았다면 어떤 느낌을 받았나?

자신은 미련하게도 무총주가 알고 싶은 것을 상세할 정도로 설명해 주었다.

간신히 암흑마기만 견뎌냈다.

그 말 한마디로 모든 건 끝났다.

암흑마기 뒤에 숨겨진 소허태기를 봤다. 그리고 공포에 질렸다. 머릿속에 이길 수 없다는 부정적인 신념을 아주 강력하게 심어놓았다. 다시 말해서 '나는 이 순간부터 당신의 노예요' 하고 공공연하게 말한 셈이 된다.

무총주를 상대할 수 없는 거인으로 만든 건 자신이다.

그런 상태에서 사약란의 이야기를 꺼냈다.

물론 이것도 의도된 연출이다.

사약란이 소허태기를 수련한다고 하면 자신이 어떻게 반응할지 짐작했을 게다.

모든 게 계획되었다.

무총주가 절곡에 들어서는 순간부터 자신을 제압한 후 유유히 돌아갈 때까지의 모든 것이 사전에 모의된 것이다.

그런 걸 어떻게 까마득히 몰랐을까?

무총주는 끝까지 자신의 마음을 숨겼다. 지나치게 강한 살기로 위장했다.

죽인다, 죽인다, 죽인다…….

죽일 능력을 가진 사람이 죽이겠다는 마음을 표현하니 자연히 모든 신경이 거기로 쏠릴 수밖에 없다.

무총주는 모든 상황을 움켜쥔 상태에서 마음껏 농락하고 사라진 것이다.

의살의 최대 약점이라면 낙인(烙印)이다.

긍정적인 낙인은 자신을 발전시키지만 부정적인 낙인은 퇴보시킨다. 뿐만 아니라 심하면 폐인까지도 만들 수 있다.

무총주는 부정적인 낙인을 어떻게 찍는지 안다.

"후후후!"

계야부는 소리 내어 웃었다.

이번 싸움은 무총주만 이득을 본 게 아니다. 자신도 큰 것을 얻었다. 큰 것 중에서도 아주 큰 것…… 너무 커서 크기를 헤아릴 수 없는 것…… 의살의 실체를 알았다.

의살은 누구나 가지고 있다. 다만 깨닫지 못하고 있을 뿐이다.

인간이라면 누구나 의살을 사용한다. 알고 사용하느냐 모르고 사용하느냐의 차이만 있을 뿐이다.

그 차이는 강약의 차이를 불러온다.

알고 사용하면 강력해진다. 모르고 사용하면 효과가 나타나도 눈치채지 못한다.

누구나 의살을 발전시키고 있다. 좋게 발전시키는 사람은 성인이 되고, 나쁘게 발전시키면 마인이 된다.

의살은 궁극적으로 신에 이르는 길이다.

신이 되고자 하면 의살을 꾸준히, 부단히 연마하라.

하나 굳이 신이 되지 못한다고 해서 실망할 필요는 없다. 의살은 삶을 풍요롭게 만들어준다. 원하는 인간이 될 수 있게끔 도와준다. 이루고자 하는 걸 이루게 해준다.

이 모든 것…… 자신이 해나가야 한다.

머릿속에서 족쇄를 걷어내고 싶은가? 그럴 수 있다. 얼마든지 가능하다.

소허태기를 생각하지 않으면 된다.

기억하지도 말고, 되새김하지도 말고, 파해법을 찾으려고 발버둥 칠 필요도 없다.

완전히 망각한다.

육신의 감각을 망각하듯이 소허태기를 완전히 떼어놓는다.

그런 후, 새로운 눈으로 소허태기를 다시 본다. 완전히 잊은 후에 자신감이 충만한 눈으로 다시 각인시킨다.

낙인찍힌 밀랍 위에 한 겹 밀랍을 덧씌우고 다시 낙인을 찍는다.

그러려면 소허태기를 다시 봐야 한다.

그전에…… 소허태기를 또 봤을 때…… 그때도 부정적인 낙인을 찍지 않도록 노력해 둘 필요가 있다.

아니다! 이런 생각 자체도 부정적인 낙인 때문에 생각하게 된 것이다. 정말로 모든 낙인을 지워내면 아무런 생각도 들지 않는다. 긍정적인 낙인을 찍으려는 노력을 하지 않게 된다.

잊고, 잊고 또 잊다 보면 아무런 느낌도 없을 때가 오리라.

그때 비로소 소허태기를 다시 볼 준비가 된 것이다.

계야부는 일어섰다.

탁자에 찻잔 두 개가 놓여 있다.

한 개는 자신의 것이요, 다른 한 개는 무총주에게 권했던 찻잔이다.

찻잔에서 무총주의 숨결이 맡아진다.

자신으로 하여금 부정적인 낙인을 찍을 수밖에 없도록 만든 효웅의 숨결이 느껴진다.

그가 지독하리만치 강하게 내뿜었던 살기는 거짓이다.

자신으로 하여금 다른 생각을 하지 못하게 만들려는 고도의 심리전이었다.

무총주는 무슨 생각을 하고 있는가!

사야란이 정말로 소허태기를 수련하고 있나? 아니면 그것도 자신을 격동시키기 위한 술책인가.

‘흐음!’

그는 마음을 진정시키려고 애썼다. 하나 그러면 그럴수록 마음은 더욱 번잡하기만 했다.

‘차분히…… 일목!’

그는 무인들이 운기조식을 취하듯이 맑고 깊은 정신 속으로 침잠해 들어갔다.

3

“화산이 오래전에 도착한 것으로 보입니다.”

부사영이 정중하게 보고했다.

많은 사람들이 있을 때, 그는 항시 수하임을 자처했다. 단 한 사람이라도 다른 사람이 있으면 태도를 공손히 했다. 사정을 알고 있는 시각랑 동생들이 옆에 있어도 마찬가지였다.

“동굴 속에 숨어 있는 걸 찾아냈습니다. 몇 명이나 왔는지는 모르겠더군요. 안으로 들어갈 수 없었습니다.”

“종남파도 가만히 있는 것 같지만, 흐흐흐! 자식들이 그럴 리 있나요? 호시탐탐 기회만 엿보고 있어요.”

종남파를 살피고 온 서악정이 말했다.

“저들은 당분간 움직이지 않을 거예요. 무총주가 모습을 보였으니 진퇴양난(進退兩難)이죠. 이러지도 못하고 저러지도 못하고…… 하지만 세공단의 약력(藥力)이 얼마 남지 않았으니 이판사판이라는 심정으로 움직일 거예요.”

악소화가 마인들의 사정을 말했다.

구절마수는 마인들 곁으로 돌아갔다. 배반을 밥 먹듯이 하던 삼혈신마도 데려갔다.

그는 마존의 위치에서 마인들을 지휘한다.

참으로 어렵고도 난감한 상황이다.

마인들을 총동원하여 몰아치자니 상대가 되지 않고, 가만히 있자니 보름이 되면 죽는다.

마인들은 발악을 하게 되어 있다.

다행히도 지금은 그가 마존의 위치에서 강력하게 제지하고 있다. 하지만 보름날이 다가오도록 세공단을 제공하지 못하면 통제력을 상실하게 될 것은 불 보듯 뻔하다.

"그런데……."

악소화가 무슨 말인가를 하려다가 말문을 닫았다.

"말해."

"저…… 구절마수…… 나쁜 사람 같지 않아서요."

"세공단을 만들어줄 수는 없어. 약재도 없고, 있다고 해도 안 돼. 세공단은 독이야."

"그래도…… 그 사람을 구하라고 절 보냈을 때는 좋은 사람이란 걸 인정하셨다는 뜻이잖아요?"

"그 이야기는 그만!"

계야부는 단호하게 악소화의 말문을 막았다.

구절마수는 마인들과 함께 생명을 마치려고 한다.

단 한 명도…… 세공단을 복용한 사람은 단 한 명도 종남산 절곡을 벗어나지 못하게 만들 생각이다. 물론 그 속에는 구절마수 본인도 포함되어 있다.

뇌옥을 부수고 나온 자들은 이번 보름에 모두 운명을 같이한다.

단차는 끝까지 이용할 생각이다.

단차야말로 마인들의 희망이다. 목숨을 구해줄 수 있는 절세 영약이다.

단차를 잘 활용하면 마지막 순간까지 단 한 사람의 이탈까지 방지할 수 있다.

물론 이탈한다고 해서 크게 염려되는 것은 없다.

절곡 안에 있든 바깥에 있든 어디에 있든 간에 보름달이 뜨면 생명을 놓아야 한다. 다만 죽음을 앞둔 마인들이 흉성을 폭발시켜서 마구잡이로 인명을 살상하는 것만은 막자는 뜻이다.

종남산 절곡 마인들 틈에서 살신성인(殺身成仁)에 버금가는 대의(大義)가 꽃피고 있다.

계야부는 살림 살수들에게 눈길을 돌렸다.

"크크크! 십일영자가 들어와 있어. 놈들 많이 상했더만. 다른 놈들은 모두 어딜 갔는지…… 크크크! 눈에 띄는 놈은 세 놈밖에 없었네. 동나, 량준, 그리고 사이비 돌중 홍법."

뚱뚱한 사내가 눈을 가늘게 뜨며 웃었다.

시각랑은 정형화된 조직을 탐문하는 데 요긴하다. 반면에 초고수를 관찰하는 데는 살림이 아무래도 낫다.

"오대고수를 특히 주의해서 살폈는데…… 보이지 않더라

고. 잘못 안 것 아닌가?”

키 작은 노인이 말했다.

‘피해냈어!

계야부는 생각할 것도 없이 노인의 말을 부정했다.

살림 살수들이 오대고수를 추적해 내지 못했다. 은밀히 산을 뒤지며 종적만 찾아내라고 했는데, 그런 일마저 못했다.

오대고수의 무공이 한결 높다는 뜻이다.

그들은 이곳에 있다.

총주가 모습을 나타냈는데, 그들이 없다는 건 말이 안 된다. 특히, 다른 사람은 몰라도 두 사람…… 할위막사와 천중일기만은 꼭 있어야 한다.

살림 살수들이 그들을 못 찾은 것은 당연하다.

살수들이 무능력해서가 아니다. 오대고수는 워낙 뛰어나서 그들이 따라가기에는 역부족이다.

“그 외에 또 없소?”

“없어요.”

홍의여인이 자신있게 말했다.

아니다. 또 있다. 무총주가 왔고, 오대고수가 왔다. 그렇다면 안선에서도 누군가는 왔다.

오대고수처럼 살림 살수들이 발견할 수 없는 사람이니, 무공이 거의 신화경에 이르렀을 게다.

도대체 안선에는 고수가 얼마나 많은 것인가.

계야부는 한참 동안 생각했다. 그리고는 고개를 좌우로 흔들었다.

'빠져나갈 수 없다.'

오대고수를 찾아내지 못했다. 안선에서 온 자도 발견하지 못했다. 반면에 그들은 지금도 저 산속 어딘가에 몸을 숨긴 채 자신들을 지켜보고 있을 게다.

그들 중 한 명만 적의(敵意)를 품어도 이들은 죽는다.

도주할 수는 있다. 하나 그들로부터 벗어날 수는 없다.

그때, 문득 한 사람이 퍼뜩 스쳐 지나갔다.

'동나!'

동나는 사일도의 머리다.

그의 표현을 고스란히 옮기자면 천하를 움직일 만한 두뇌를 가지고 태어났으나 주공을 잘못 만난 덕에 요 모양 요 꼴로 사는 평범한 인간이다.

그의 진가를 알아볼 때가 왔다.

"어서 오시지요. 언제쯤 찾아오실까 생각하고 있던 참입니다."

그가 일어나 포권지례를 취했다.

계야부는 윗사람의 입장에서 그의 예를 받았다.

다소 무례하게 비칠지도 모르지만 지금은 격식보다 실리를 챙겨야 할 때다.

"쳇!"

역시 성질 급한 량준이 헛바람을 토해냈다. 아니꼽다는 표정도 노골적으로 지었다.

츠으으으……!

무총주의 암흑마기가 뭉클 피어났다.

무총주가 일으킨 암흑마기와 그의 암흑마기는 성질이 다르다.

총주는 진기로 마기를 일으켰다. 그는 의살로 일으킨다.

알맹이를 들여다보면 전혀 다른데 겉껍데기만 놓고 보면 빼다 박은 듯 닮았다.

"암흑마기!"

홍법이 깜짝 놀라 일어섰다.

"이런 사악한!"

직접적으로 공격의 표적이 된 량준은 더욱 깜짝 놀라 뒤로 쑥 물러섰다.

아무도 암흑마기를 상대하지 못한다.

바다 한가운데 알몸으로 던져진 사람처럼 어느 정도 버티느냐가 문제이지 결국은 당하게 되는 게 암흑마기다.

"후후후!"

계야부는 마인처럼 웃었다.

"사악하다. 이봐, 친구. 말을 가려서 해야지. 무총주가 쓰면 절대 무공이고, 내가 쓰면 사악한 것인가?"

"뭐라고!"

량준이 금방이라도 발작할 듯 주먹을 들어 올렸다.

한데 갑자기 급살이라도 맞은 사람처럼 벌벌 떨기 시작했다.

“이런!”

홍법이 재빨리 다가가 량준의 완맥을 움켜잡았다.

“나무아미타불, 나무아미타불, 나무아미타불…….”

홍법은 쉼없이 불호를 중얼거렸다.

완맥을 통해 그의 진기가 스며든다. 불문의 대범천신공(大梵天神功)이 도도하게 풀려 나온다.

잠시 후, 벌벌 떨던 량준이 차분하게 몸을 추슬렀다.

“사, 사악한…….”

량준은 눈을 부릅떴지만 권법을 쳐내지는 못했다.

그는 방갓을 쓴 괴인, 단차라고 불리는 괴물이 자신을 손가락 하나 까딱하지 않고 죽일 수 있다는 사실을 받아들였다.

암흑마기는 도저히 상대할 수 없는 죽음의 무공이다. 하나 뒤이어 언제 다가왔는지도 모르게 침습해 온 암경(暗勁)은 어떻게 손대볼 생각조차 없게 만든다.

전신 진기가 일시에 가라앉았다.

아무리 진기를 끌어올려도 텅 빈 단전에서는 실낱같은 진기조차 일어나지 않았다.

무리하게 운공을 한 탓에 근육은 경직되고, 심마는 뇌를 자극했으며, 신경은 뒤틀렸다.

그는 주화입마에 들기 직전이었다.

단차는 그런 일을 밥 먹듯이 할 수 있다. 정심하게 진기를 집중해서 펼치는 것이 아니다. 길을 거닐다가 아리따운 여인을 보고 한눈을 팔 때처럼 잠시 눈을 흘기면 그것으로 끝난다.

이런 자를 무슨 수로 상대하랴.

"안계를 넓혀주셨습니다."

동나가 진심으로 놀란 듯 눈을 가늘게 뜨며 말했다.

'후후! 정말 놀랐군.'

동나의 심정이 복잡하게 뒤엉켰다.

동나와 십일영자가 자신을 찾아 종남산에 들어선 것은 의살을 보기 위해서가 아니다.

이들은 의살에 관심이 없다.

신의 길을 찾는 사람은 고봉(高峰)에 올라선 사람들이다.

이들은 아직 고봉을 밟지 못했다. 눈을 들어 하늘을 올려다볼 여유가 없다.

동나는 단차를 찾아왔다. 계야부를 찾아온 것이 아니다. 다시 말해서 계야부에 대한 정보가 전혀 없다.

이들은 눈과 귀가 막혔다.

아마도 무혼에게서 공격을 당하는 순간, 자신들이 가졌던 모든 기득권을 놓아야 했을 게다.

동나가 단차를 찾아왔다? 왜?

단차는 천하를 상대로 싸움을 걸고 있다. 그럴 만한 무공과 배짱이 있지만 막무가내 식이다. 요걸 어떻게 손 좀 보면 좋은 그림을 만들 수 있을 것 같은데…….

그런 생각을 하지 않았을까?

그런데 단차의 의살이 예상보다 뛰어나다.

감히 경시할 수 없는 수준이다. 전 무림을 상대로 비무행을 거행한 십일영자가 손도 써보지 못하고 물러날 정도로 극강한 무공을 구사한다. 아니, 이상한 사술을 쓴다.

확실히 이런 경우는 생각해 보지 않았을 것이다.

무공이 너무 강하면 지혜가 통하지 않는다. 너무 강한 자는 참모를 무력하게 만든다. 기껏 온갖 지혜를 짜주어도 무식하게 정면 돌파를 고집한다.

더 기가 막힌 것은 그런 행동이 통한다는 점이다.

너무 강한 자는 참모들을 할 일 없는 병아리로 만든다.

동나가 당황한 것은 그 때문이다.

계야부는 동나의 심정을 이해했다.

자신이 시각랑 시절에 그런 경우를 당해봤기 때문에 힘과 지혜의 간극을 잘 안다.

그는 동나를 만나면 꼭 물어보고 싶었던 것을 물었다.

"사일도가 죽었다고 들었는데…… 정말 죽었나?"

"운명하셨습니다."

동나는 태연히 말했다.

얼굴에 약간은 착잡한 표정이 떠오른다. 눈가에는 아주 잠깐이지만 눈물방울도 비친 듯하다. 너무 짧은 순간에 나타났다가 사라져 버린 물기라서 더욱 믿어진다.

'거짓!'

계야부는 웃었다.

물론 그의 웃음은 복면에 가려져 보이지 않는다. 하나 볼 근육의 일그러짐이 복면 밖으로 표현될 수도 있기 때문에 가급

적이면 표정 변화를 주지 않으려고 노력한다.

사일도는 살아 있다.

십일영자 중에 누군가가 사일도를 대신해서 죽어갔다.

이 자리에 없는 왕보나 석지, 그리고 류청지 중 한 명이 그를 대신해서 죽었다.

사일도가 죽었다고 말할 때, 동나는 잠시 떨었다.

물론 의살을 아는 사람만이 볼 수 있는 정신의 떨림이다.

거짓말을 한다는 게 무엇인가.

머릿속에서 인식하고 있는 사실과 다른 말을 한다는 것이다. 머리에 들어 있는 것은 동(東)인데 입으로는 서(西)를 말한다.

이게 거짓이다.

거짓은 반드시 내면의 충돌을 수반한다. 진실과 거짓의 충돌이 일어나고 어느 한쪽이 잠시 짓눌린다.

계야부가 본 것은 충돌 순간의 떨림이다.

그도 보통의 눈으로 지켜봤다면 떨림을 알아채지 못했을 개다. 하나 지금은 이미 일목을 일으킨 상태다. 동나가 사실대로 말할 것 같지 않아서 그를 유심히 지켜보고 있던 터이다.

동나도 단차가 자신을 지켜보고 있다는 사실쯤은 짐작했다. 그래서 완벽하게 속일 수 있는 거짓 행동까지 일으켰다. 하지만 설마 단차가 머릿속을 주시하고 있을 줄은 몰랐을 것이다.

사일도는 살아 있다.

하면 이들이 자신에게 온 것은 자신을 이용하기 위해서다.

계야부가 말했다.

"사일도…… 후후! 언젠가 한 번 만나고 싶었는데…… 아까운 사람이 죽었군."

"주공을 그리 봐주시니 감사합니다."

계야부는 고개를 끄덕였다.

동나는 천하제일의 두뇌를 지녔지만 지금 그가 무슨 의미로 고개를 끄덕이는지 알지 못할 게다.

계야부는 사일도의 죽음을 확인했다.

동나는 방금 전처럼 또 한 번 정신적인 충돌을 일으켰다.

그는 거짓을 말하고 있다.

계야부의 끄덕임은 그런 의미였다.

"어제 무총주가 방문했다."

"봤습니다."

"약간 손을 섞어봤는데, 내가 졌어."

"그렇군요."

동나가 미간을 찡그렸다.

단차의 하대가 너무 심하다는 생각을 한 듯하다.

하대에도 급이 있다. 완전히 무시하는 하대가 있고, 아랫사람이지만 아끼는 하대가 있다.

단차의 하대는 노예를 대하는 듯하다.

그러거나 말거나 단차는 하고 싶은 말을 계속 이어갔다. 역시 사람을 깔아뭉개는 듯한 하대를 써가면서.

"나에게 이틀 여유를 주었다, 수하들을 정리하는 시간으로."

“하아! 겨우 이틀입니까?”

“내일…… 총주는 다시 방문할 텐데, 난 총주를 따라갈 생각이다. 그의 곁에서 의살을 고스란히 빼앗길 생각이야. 동나, 천하제일의 지자…… 지자의 입장에서 내 행동을 어떻게 판단하나?”

“먹히지 않을 자신이 있다. 그리 보입니다.”

“내 한 몸 빼내는 것은 괜찮은데, 수하들이 문제야. 그들을 무림에서 빼내야겠어. 방법 좀 찾아봐, 한 시진 이내에.”

“호오! 명령 같습니다.”

“내 수하라면 명령을 내리겠지만 자네들은 수하가 아니…… 협박이라고 해두지. 장담하건대, 동나! 내 허락 없이는 여기서 한 걸음도 움직일 수 없어. 또 장담하건대, 동나! 한 시진 안에 지혜를 짜내지 못하면 너희 셋은 죽어.”

“그렇습니까?”

동나는 흔들리지 않았다. 이런 협박쯤은 많이 당해봤다는 듯 담담하게 받아들였다.

계야부가 피식 웃으며 말했다.

“어때? 이제 정말 협박 같지?”

동나, 량준, 홍법은 단차를 따라 절곡으로 자리를 옮겼다.

그들에게는 선택의 여지가 없었다. ‘따라와!’ 한마디에 순순히 걸음을 옮기는 수밖에 없었다.

그들에게는 의도된 접근이 필요했다.

단차와 합류한다. 그리고 그를 이용하여 자신들의 계획을 실행시켜 간다.

이미 예정된 수순이다. 그래서 순순히 협박을 쫓았다.

만일 그런 생각이 없었다면 참으로 비굴한 굴종이 되었을 게다. 저항을 하지 못하고 무조건적으로 따라다녀야 한다는 건 무인에게는 씻지 못할 수치다.

"가장 염려하시는 게 무엇입니까? 저들입니까?"

동나가 손을 들어 마인들을 가리켰다.

"오대고수, 그리고…… 하나 물어보지. 안선에 총주나 오대고수에 필적할 만한 고수라면 누가 있을까?"

"대공이 있지 않을까요?"

"또?"

"일교사가 있지만 약간 못 미치죠. 오대고수와는 필적할 겁니다."

"전부 말해봐."

"하하! 전 안선도가 아닌지라……."

"됐어, 그거면. 대공 또는 일교사가 와 있다고 생각해."

"그들도 와 있습니까?"

동나는 놀란 듯 눈을 동그랗게 떴다.

이번에도 거짓이다.

동나의 음성에 흔들림이 없었다. 뿐만 아니라 정신적인 충돌도 일어나지 않았다.

안선에서 사람이 와 있다는 걸 알고 있다.

계야부는 문득 재미있는 생각이 들었다.

동나와 악소화를 마주 앉게 하면 어떨까? 거짓말은 동나가 하게 하고, 악소화더러 관찰하게 하면 누가 이길까? 천하제일의 지자인가, 관언찰색의 대가인가.

재미있는 싸움이 될 것 같다.

계야부는 그런 생각을 하며 말했다.

"고려해야 할 사람이 너무 많나?"

"사람은 몇 되지 않는데, 한결같이 초강자군요. 그보다⋯⋯."

"그보다?"

"제가 아는 사람과 기질이 많이 닮으셨습니다."

"그런 소리 많이 들어."

"누구인지 궁금하지 않으십니까? 한때 독심환마라는 별호로 악명을 떨친 계야부라는 친구가 있는데, 어느 날 갑자기 실종되었더군요. 들리는 말에 의하면 죽었다고 하던데⋯⋯ 말씀을 듣다 보면 그 친구 생각이 납니다."

"관심없어. 할 일이나 해."

계야부는 진정 관심없는 듯 고개를 돌려 버렸다.

"산 너머 산이군."

동나가 중얼거렸다.

"아미타불! 어쩌겠어, 이미 쏘아진 화살인데. 단차의 기도가 이 정도일 줄은⋯⋯ 휴우!"

"주공보다 한 수 위인 것 같다는 생각…… 들지 않았어?"

량준이 떨떠름한 표정으로 말했다.

"생각이 드는 정도가 아니라 완전히 한 수 위야. 인정할 건 해야지. 허허! 늑대를 피하려다 호랑이 굴로 들어선 셈인가. 그래도 할 수 없지. 지금 우리는 비를 피할 우산이 필요하니까."

"후후후! 개똥밭에 뒹굴 것이라고 생각은 했지만 이런 놈에게까지 머리를 숙일 줄은 몰랐어."

량준이 아무래도 분한지 주먹을 불끈 쥐었다.

암흑마기를 사용하는 자…… 마인일 수밖에 없다.

단차가 마인이라는 건 알고 찾아왔지만 두 눈으로 실체를 보니 마음이 착잡하다.

이런 자의 밑에서 살아 있는 모습을 보여주어야 하나.

"어쨌든…… 이로써 십일영자의 이름은 개떡이 되었다는 거 아냐. 앞으로 여기 있는 우리 셋은 얼굴을 들고 무림에 나설 수 없어. 허허허!"

동나가 재미있다는 듯 웃었다.

第百三十九章

내공전이(內功轉移)

완전히 사라진다!

세상에 태어나 지금까지 살아온 흔적을 완전히 지워 버린다.

그런 방법은 없다. 그런 방법이 있다면 십일영자가 먼저 썼다. 무혼들이 언제 공격해 올지 모르는 시점에서 마인들하고 노닥거릴 만큼 한가한 사람들이 아니다.

'걸왕…… 흠! 개방이 무리수를 두었군.'

동나는 용두방주를 떠올렸다.

그는 욕심이 없는 사람이다.

개방을 천하제일방파로 일궈낼 욕심 따위는 눈곱만큼도 없다.

그런 사람이 걸왕을 내놨다.

사실 걸왕들의 존재에 대해서는 그도 인지하고 있었다.

개방에 보이지 않는 살수가 있다. 그들은 정도인들이 행하기 어려운 더러운 일을 도맡아 처리한다.

그들은 항상 음지에 몸을 숨기고 있다.

살아 있는 동안에는 물론이고 죽은 후에도 자신들의 존재를 드러낸 적이 없다.

걸왕들의 존재에 대해서 정확하게 아는 사람은 없다. 그만큼 그들은 은밀하게 움직여 왔다. 또 그들의 존재 여부를 모르는 문파도 없다. 개방의 보이지 않는 손은 많은 일을 해왔다.

동나는 그들을 눈으로 목도했다.

용두방주의 의도가 단숨에 읽힌다.

그는 단차에게 타구진 붕괴라는 치명타를 받았다.

무적불패의 신화는 깨졌다. 개방도 구백여 명 중 거의 대부분이 몰살을 당했다. 살아남은 자들도 극심한 후유증에 시달린다는 소문이 널리 퍼져 있다.

그럼에도 불구하고 걸왕들을 모두 내놨다.

한두 명만 내보낸 것이 아니라 여덟 명 전원을 영원히 돌아올 수 없는 길 위에 내놓았다.

이들은 마인과 뜻을 같이했다.

차후, 이들은 개방으로 복귀하지 못한다. 마인과 공존을 모색했으니 마무리도 마인과 함께해야 한다.

용두방주는 어째서 이토록 큰 희생을 감수한 것일까?

목적이 자신과 같다.

단차의 힘을 이용해서 무림을 흔들어보고 싶은 것이다.

한마디로 판을 뒤집는다. 이기는 사람만 이기고, 지는 사람은 계속 져야 하는 무림 판세를 확 엎어버리려는 의도다.

단차는 강력하다.

북무림 초토화 사건에서 보여주었듯이 그가 지닌 힘은 가공함을 넘어선다.

화산, 종남, 공동…… 명문대파가 쩔쩔매고 있다.

화산파 같은 경우에는 본산 중지에서 장로가 암살당하는 치욕까지 겪었다.

그가 거느린 자들은 몇 명 되지 않는다.

하나 그들의 면면을 살펴보면 입을 쩍 벌리고도 남는다.

살림…… 이름만 들어도 모골이 송연해지는 인간 악마들이다.

그에 비하면 시각랑이나 금룡대는 고개를 갸웃거리게 만든다.

한낱 부랑자들의 집합에, 북지단 하위 무인들 몇 명 가지고 무엇을 할 수 있을까 의문스럽다.

단차는 그들의 힘이 어떤지 여실히 보여주었다.

걸왕이 단차에게 합류한 것은 그 시점이다.

그렇잖아도 막강한 힘을 가진 단차다. 걸왕 여덟 명이 지닌 힘은 무림 일 개 문파와 버금간다고 할 수 있다.

용두방주는 단차의 힘을 거의 두 배 가까이 불려주었다.

이제 단차는 능히 무림 일각을 지배할 수 있는 패주가 되었다.

종남산 혈전은 그런 시각에서 의미가 크다.

마인 육백여 명이라면 어느 문파도 방심하지 못한다. 아니, 초긴장 상태를 유지해야 한다. 마인들이 성난 메뚜기 떼처럼 밀고 내려오면 초토화되는 건 시간문제다.

그들의 힘은 종남산 절곡에 집중되었다.

무림문파 모두가 염려하던 일이 단차에게 벌어졌다.

한데 단차는 마인들을 제압했다. 절반을 죽였고, 나머지 절반은 싸울 투지를 잃었다.

종남산 혈전은 이미 끝난 것이나 다름없다.

만약 혈전이 또 한 번 벌어진다면 그건 혈전이 아니라 일방적인 도살이 될 것이다.

자신도 단차를 이용해 무림 판도를 흔들어야 한다.

무총과 안선으로 대변되는 판세를 뒤집지 않는 한, 주공이 설 땅은 없다.

이제 거의 다 왔다.

조금만 더 버티면 된다. 주공이 돌아올 날도 그리 멀지 않았다.

단차는 완전히 사라지는 것을 주문했다.

그럴 수 없다. 이만한 힘을 쓰지 않는다는 것은 힘의 낭비다. 또 협박이나 당하면서 남의 좋은 일이나 해주려고 그 먼 길을 찾아온 것도 아니다.

원래는 황보세가를 기반으로 해서 일을 추진하려고 했다.

그 일에 사일도의 혼약까지 내걸었다. 무림 전역에 혼인 사실을 공포하면서까지 기반을 만들려고 했다.

무혼이라는 변수가 느닷없이 뛰쳐나오는 바람에 조금 편하게 시도하던 일이 틀어지고 말았지만…… 여기서까지 빈손으로 돌아갈 수는 없다.

다행히 단차는 사라질 것 같다.

무총주가 직접 나선 이상 단차는 쫓아가지 않을 수 없다.

그의 말마따나 무총주 곁에서 의살이나 전수하다가 이제 그만 죽어라 하는 날 죽어야 한다.

단차가 빠져도 이들은 쓸 만하다. 아니, 훌륭하다.

장담하건대 황보세가와 맞붙이면 이들이 이긴다. 걸왕이 있으니 무공으로도 밀릴 것이 없고, 살림 살수가 있으니 목숨만 노리는 싸움도 받아들일 수 있다.

시각랑은 전천후 병기다.

이들이야말로 어느 구석, 어느 싸움에 투입해도 모두 견뎌낼 수 있는 철의 용사들이다. 특히 부사영의 일촌사는 황보 가주와 겨루어도 전혀 손색이 없다.

마인의 특성을 지녔다. 늑대의 흉포함도 드러낸다. 그러면서 정도를 지향한다.

특이한 군상이다.

이들은 주공을 무림에 우뚝 세워줄 기반이 될 것이다. 든든한 반석이 되리라.

'이 정도면 충분해.'

삶을 모색하라.

모두에게 떨어진 지상 최고의 명령이다.

주어진 시간은 한 시진뿐이니 오래 생각할 시간도 없다.

동나가 방법을 모색하고 있지만 각자 살길이 있으면 생각해보라는 명령이다.

동나는 방법을 모색할 뿐이다.

한데 막상 실전에 투입하면 머릿속으로 구상한 방법이 종종 틀어진다는 것을 알 수 있다.

방법을 구상한 사람과 쓰는 사람이 다르기 때문이다.

그럴 때는 어떻게 하느냐.

방법을 쓰는 사람이 선택한다.

주어진 방법대로 계속 밀고 나갈 것인지, 아니면 새로운 방법을 생각해서 방향을 바꿀 것인지…… 모든 것은 실전에 투입된 자가 자기 책임하에서 결정한다.

실전에서는 당사자의 판단만큼 중요한 것은 없다.

방법을 짜는 사람은 당사자가 처한 상황을 모른다. 어떤 상태인지, 체력은 어떤지, 심리 상태는 어떤지 아무것도 모른 상태에서 막연히 이 정도는 해낼 것이라는 추측으로 방법을 구성한다.

계야부가 동나에게 방법을 짜보라고 말했으니 그 방법대로 움직일 것이다. 하나 실행으로 돌입했을 때, 자기 목숨은 자기가 책임질 수밖에 없다.

움직이기 전에 자신이 짠 계획과 동나의 계획을 비교해 본다. 그래서 좋은 것을 선택한다.

"갈 곳도 없고, 나가봤자 할 일도 없고……."

추위걸이 신발을 툭툭 털며 말했다.

"그래도 사는 데까지는 살아야지. 대수께서 살 방법을 강구하라고 하실 때는 다 생각이 계신 것 아니겠어?"

고봉이 부사영을 쳐다보며 말했다.

결정은 부사영이 내린다.

부사영이 움직이는 대로 모두 함께 행동한다.

그들의 기본 행동 방침은 정해진 상태였다.

부사영이 마인들이 머물고 있는 곳을 쓸어보며 말했다.

"다른 생각들 할 것 없어. 대수께서는 우리에게 두 가지 길을 열어주었다. 조용히 살 것인지, 계속 난장을 치며 살 것인지…… 어쩌면 이게 우리가 목숨을 건질 수 있는 마지막 기회인지도 모르겠지만 난 난장을 택했다."

탁!

그는 오 척 기형장검을 쇳소리가 울리도록 힘껏 잡았다.

"저놈은 우릴 이용하기 좋은 놈들로밖에 보지 않겠지만…… 놈을 따라간다. 그러다 보면 언젠가는 또 대수를 만나겠지. 대수께서 저놈을 찾은 게 바로 그런 뜻이라고 생각한다."

부사영의 눈길이 동나를 좇았다.

살림은 다른 결정을 했다.

"애초에 청부는 저놈이었으니까."

"이봐, 이봐…… 상대는 무총주야. 무총주를 따라가는 놈이라고. 저놈도 힘든 판인데 무총주까지? 이럴 때 하는 말이 죽으려면 곱게 죽으라고 하는 거야."

키 작은 노인이 투덜거렸다.

하나 그들도 이미 결정을 내린 상태였다.

절곡을 빠져나가는 것은 문제가 안 된다. 오고 싶으면 오고, 가고 싶으면 간다. 그런 게 무서웠으면 북무림을 피로 물들이면서 다니지 않았다. 아니, 애초에 살수가 되지도 않았다.

살림은 목표를 놓친 적이 없다.

청부를 받은 이상 둘 중의 하나, 목표를 제거하거나 살수가 죽거나…… 그래야 싸움이 끝난다.

"단차, 저놈도 상대하기 벅차서 막막한 판인데."

"그래도 곁에 있다 보면 죽일 기회가 생길 거야."

"놈도 인간이거든. 허점은 반드시 있어."

"죽일 방도를 찾을 때까지는…… 이렇게 되면 선택의 여지가 없는 건가?"

그들은 중구난방 떠들었다.

살림이라는 이름을 버리지 않으려면 청부자를 놓쳐서는 안 된다. 늘 항상 가까이 붙어 있어야 한다.

"그럼 무총주만 해결하면 되네?"

홍의여인이 아무런 일도 아닌 것처럼 가볍게 말했다.

단차 곁에 있는 걸 무총주가 용인해 줄까?

이것이 가장 큰 난관이다.

용인해 준다면 쉽게 따라갈 수 있다. 하나 순순히 받아들일 것 같지는 않다. 이틀 말미를 주면서 수하들을 정리하라고 한 건 단차 혼자만 데려가겠다는 말이지 않나.

결국 무총주 몰래 미행해야 한다는 말이 되는데…… 그게 또 쉽나?

단차만 미행해도 숨이 막힐 판인데, 무총주의 눈까지 속여야 한다는 건 차라리 하늘에 떠 있는 별을 따오라는 말과도 같다.

불가능하다.

이제 살림 살수들에게는 선택의 순간이 왔다.

살림의 이름을 버리던가, 불가능에 도전하던가.

"내가 죽어줄게."

깡마른 검사가 말했다.

"흐흐흐! 난 전에 림주가 폭사할 때 이미 죽은 몸이야. 흐흐흐!"

뚱뚱한 사내도 말했다.

"나도……."

키 작은 사내가 입을 열려고 할 때, 홍의여인은 더 들을 것도 없다는 듯 벌떡 일어났다.

"야! 왜 그래!"

홍의여인은 대답하지 않았다. 그녀는 걸왕들이 모여 있는 곳으로 걸어갔다.

간신히 단차 곁에 머물게 되었다.

우선은 그를 도와준다. 그리고 천천히 자신들이 원하는 방향으로 인도해 나간다.

모든 게 순풍에 돛 단 듯 척척 이루어졌다.

한데 때 아니게 폭풍이 불어온다.

그들이 간신히 이룩한 모든 것이 한순간에 날아갈 판이다.

개방을 벗어나 신분을 노출시켰다. 그러면서 단차와 손을 잡고 종남파 무인들과 싸웠다.

그들이 개방으로 되돌아갈 길은 완전히 끊어졌다.

마인들을 치는 데는 아무런 거리낌도 없다. 솔직히 요 근래 며칠 동안 쌓이고 쌓인 울분을 마음껏 풀어봤다.

그때, 무총주가 나타났다.

둘 사이에 어떤 대화가 오고 갔는지 모르지만 각기 흩어져서 살길을 찾으라는 명이 떨어졌다.

이건 아니다!

이제 와서 꼬리에 불붙은 망아지처럼 길길이 날뛰려고 개방을 벗어난 게 아니다.

어떻게든 단차를 물고 늘어져야 한다.

살길을 찾으려고 애쓸 것이 아니라 단차를 죽자 사자 따라

다녀야 한다.

"미치겠군!"

"미치지는 마라. 거둬줄 사람도 없다."

"농이 나오냐?"

"농, 아닌데? 진담인데?"

"어휴! 저걸 그냥!"

그들에게는 대안이 없었다.

무총주와 직접 마주쳐 봤다. 그가 걸어 들어가는 것을 보면서도 아무런 제지를 하지 못했다. 그저 멀거니 쳐다보는 게, 아니, 사시나무 떨듯이 떨어대면서 지켜보는 게 고작이었다.

단차가 그와 함께 간다는데 뭘 더 어떻게 하랴.

"힘들지만 다방선(多方線)을 쓰면 돼."

"무총주는 다방선도 빠져나갈걸?"

"휴우! 그래도 우리가 할 수 있는 건 그것밖에 없잖아."

말을 잇다 보니 한숨만 쏟아진다.

종남산 절곡에 들어온 이후 개방도와 연락이 끊겼다. 세상 돌아가는 일에서 눈과 귀를 떼어낸 것이나 다름없다. 요 며칠간 그들이 들은 것은 서로 간에 주고받은 잡담밖에 없다.

종남산을 벗어나면 한결 숨통이 트인다.

그때는 많은 것을 전해 들을 수 있다.

용두방주가 건네준 용두를 이용하면 개방의 모든 눈과 귀와 다리를 종 부리듯 쓸 수 있다.

북무림 걸개들이 거의 동원되다시피 하는 다방선도 말만 하면 운용할 수 있다.

신법이 너무 빨라서 도저히 추적할 수 없는 자, 그런 자를 추적하기 위해 고안된 것이 다방선이다.

한 사내가 일점(一點)에서 이점(二點)으로 이동한다고 하자.

그는 너무 빨라서 뒤쫓을 수 없다. 말을 타거나 하늘에서 내려다봐도 쫓을 수 없다.

그럼 그는 추적할 수 없는 것인가? 맞다. 추적할 수 없다.

그렇다면 추적은 포기한다. 대신 그가 최종적으로 어디에 안착하는지는 알아낸다.

그를 최초로 발견해 낸 곳은 일점이다.

개방도는 일점을 중심으로 아주 넓은 방원진(方圓陣)을 편다.

걸개들이 바둑판처럼 일정한 간격에 한 명씩 배치된다고 생각하면 된다.

사내는 많은 점을 지나쳐 이점으로 간다.

그동안 걸개들은 지나쳐 가는 그를 담담히 지켜보기만 한다.

그렇다. 방원진을 펼친 걸개들은 아무런 행동도 취하지 않는다. 보고도 못 본 척 딴 곳만 쳐다본다.

도망자의 방심을 유도해 내기 위해서다.

그러나 속으로는 매우 분주하다.

방원진은 계속 움직인다. 사내가 발견된 곳을 정중앙 천원(天元)으로 삼고 바둑판을 다시 짠다. 가로, 세로의 선을 다시 그린다.

사내가 움직일 때마다, 사내가 발견된 곳을 중심으로 늘 새 판이 형성된다.

사내는 결국 이점에 도착한다.

그때가 방원진이 마지막으로 새판을 짜는 시기다.

그는 여전히 천원에 위치한다.

이러한 다방선을 쓰면 아무리 빠른 자라도 잡아낸다. 숨기를 귀신같이 잘하는 자일지라도 잡힐 수밖에 없다.

무총주가 다방선에 잡힐까?

그것은 확신할 수 없다. 천하제일인을 뒤쫓는 일인데 무엇을 장담하랴.

아니…… 용두방주가 허락이나 할까?

개방이 다방선을 썼다는 사실이 무총주의 귀에라도 들어가는 날에는 그야말로 큰 곤욕을 치를 수도 있다.

그걸 알면서도 써야 하나? 허락할까?

방법은 다방선밖에 없다.

그때, 홍의여인이 그들에게 걸어왔다.

"밖에 나가면 소식 좀 전해 들을 수 있죠?"

"야, 약간은……."

걸왕이 떨떠름한 표정으로 말했다.

홍의여인이 다가온 이유를 짐작할 수 있었기 때문이다.

'제길! 귀찮은 혹 하나 달게 생겼네.'

홍의여인이 말했다.

“다방선을 쓸 수 있어요?”

“훅!”

걸왕들 중 서너 명이 급하게 호흡을 들이켰다.

“소, 소저가 그, 그걸 어떻게?”

“개방에 다방선이 있다는 걸 모르는 사람도 있나요? 쓸 수 있어요, 없어요?”

“제길!”

걸왕이 무너지듯 두 다리를 쭉 펴고 나무에 등을 기댔다.

홍의여인이 아는 것을 무총주가 모르랴.

다방선을 쓰기는 텄다. 그걸 쓰는 즉시 개방은 걷잡을 수 없는 회오리에 휘말린다.

홍의여인이 강압적으로 말했다.

“다방선을 써요.”

“소저, 그게 말은 쉽지만…….”

“다방선을 쓰지 않으면…… 살림은 단차 대신 용두방주를 노릴 거예요.”

“뭐, 뭣!”

홍의여인은 놀람과 분노를 뒤로하고 등을 돌렸다. 그러면서도 한마디는 놓치지 않았다.

“절대 농담 아녜요.”

2

그는 산정에 올라 아래를 굽어보았다.

황궁 못지않은 대저택이 화려하게 펼쳐져 있다.

황궁? 황궁 맞다. 무림의 황제가 거주하는 곳이니 황궁이라고 해도 틀린 말은 아니다.

무총!

무인들에게는 선망의 대상인 무총이, 잠자는 거대한 호랑이가 발아래서 숨을 죽이고 있다.

"후후!"

그는 가는 웃음을 토해냈다.

저곳에 오고 싶어 하는 사람이 얼마나 많은가.

젊은 무인이라면 저곳에서 주는 검을 차고 저곳의 무복을 입고 무림을 활보하는 꿈을 한 번쯤은 꾸어봤을 것이다.

무총…… 꿈과 야망을 펼칠 수 있는 곳이다.

그 안에서 벌어지는 온갖 추악한 음모나 암계는 생각하지 않아도 좋다. 젊었을 때는 오직 한 가지 열망만 가지고 무총 문을 두들기는 것도 해봄 직하다.

실망을 하고 돌아갈지라도, 황량한 곳에서 검은 하늘을 올려다보며 눈을 감을지라도.

"후후후!"

무총을 보다 보면 웃음부터 새어나온다.

그는 무총에서 눈을 거두고 정상 한가운데를 향해 걸었다.

그곳에 길이 있다.

여우는 조심성이 많아서 늘 만일의 경우를 대비한다. 그래

서 굴을 만들 때도 입구를 두세 개 정도는 뚫어놓는다. 그러고
도 불안해서 몸을 움츠린다.

호랑이 굴에는 입구가 하나뿐이다.

호랑이는 많은 굴이 필요없다. 크고 넓고 아늑한 굴에서 편
히 지낸다.

약자는 입구를 많이 만든다. 강자는 하나밖에 만들지 않는
다.

끼이익!

힘을 주어 바닥을 밀자 흙뿐이던 바닥이 스르륵 밀려났다.

총주의 연공실로 들어가는 입구는 오직 한 군데밖에 없다.
그리고 그곳은 총주만이 발길을 들여놓을 수 있다.

진입자사(進入者死)!

입구는 딱 네 자로 설명할 수 있는 절진이 깔려 있다.

총주이거나 총주에게서 상세한 정보를 전해 들은 자가 아니
면 감히 시험할 생각조차 못하게 만든다.

하지만 출구는 두 군데다.

입구로 빠져나가는 길이 있고, 수로(水路)로 연결된 길이 또
있다.

그런 것을 보면 무총주도 호랑이는 아닌 것 같다.

먼 훗날, 수로를 떠올렸을 때 물길이 있다면 다른 입구가 또
있을 수도 있겠다는 생각을 했다.

물이란 흐르는 것이다.

들어오는 곳이 있으니 나가는 곳도 있다.

가산에는 물줄기가 없으니 분명히 지하 수맥을 통해서 쏟아져 들어온 물길일 게다.

그때부터 가산을 뒤지기 시작했다.

토끼 굴만 한 구멍만 보여도 입구가 아닌가 싶어서 끝이 닿을 때까지 세밀하게 살폈다.

다행히도 총주는 무총 본단에 거주하지 않았다.

사람들은 본단에서 머무는 것으로 알고 있었지만, 일 년 중 거의 대부분을 외지에서 보낸다.

가산을 뒤질 시간은 충분했다.

그러나 또 다른 입구는 발견되지 않았다.

하기는 누가 만든 연공실인데 그런 허점이 있겠는가.

천 년, 만 년이 지나도 무너지지 않고 영구히 버텨낼 수 있도록 만들지 않았겠는가.

입구 찾기를 포기하고 물러서려고 할 때, 동나가 기적을 일으켰다.

아직도 그때 나눈 대화가 귀에 쟁쟁하다.

"이곳은 무른 땅이군요. 상당히 물러요. 바위산인 줄 알았더니…… 밑으로 파 내려갈 수 있겠어요."

"파 내려가? 그건 구멍을 뚫는다는 소린데, 안 돼. 당장 발각돼."

"구멍을 뚫는 건 맞고, 발각되는 건 틀린 말씀."

"방법이 있다는 투로 들리는군."

“구멍을 뚫고 입구와 출구를 막아놓으면 쥐도 새도 모를 일. 물론 구멍을 막는 데는 약간의 기술이 필요하겠지만 그 정도 기관토목쯤이야. 맡겨보시겠습니까?”

그 후, 산정 입구가 생겼다.

산정 입구를 아는 사람은 몇 명 되지 않는다. 당시 굴착에 참가했던 사람은 모두 사망했고, 동나를 비롯해서 몇 명만 아는 비밀이 되었다.

그가 내려다보는 수직 동굴은 그렇게 뚫렸다.

그는 수직 동굴을 향해 망설임없이 신형을 날렸다.

꾸르르릉! 꾸르르르룽……!

화로 속에서 불길이 이글거린다. 뜨거운 쇳물이 용암처럼 부글부글 끓어오른다.

살이든 뼈든 닿는 대로 녹여 버릴 화염이다.

“후후! 여긴 좀처럼 적응할 수 없단 말이야.”

그는 고개를 살래살래 흔들며 조심스럽게 나아갔다.

너무 어렸을 적에 들어왔던 곳이라 기억이 가물거리지만, 대충 연공실을 찾을 수는 있을 것 같다.

꾸르르룽!

갑자기 요란한 소리와 함께 붉은 쇳물이 계류(溪流)처럼 흘러내려 왔다.

그는 재빨리 천장으로 뛰어올라 쇠고리를 잡았다.

이곳은 늘 이렇다. 한시도 방심해서는 안 된다. 연공실이라고 마음을 턱 놨다가는 순식간에 녹아버린다.

쉬익! 쉬이익!

그는 천장에 매달린 쇠고리를 낚아채며 이동했다.

쇳물이 지나간 곳은 두 번 다시 발을 딛지 못한다.

붉은 쇳물이 시커멓게 변한 후에도 한참 동안은 살을 익혀버릴 듯한 열기가 지속된다.

"흠! 여긴가……."

그의 눈썹이 꿈틀거렸다.

눈앞에 육중한 철문이 나타났다.

태양을 상징하는 듯 붉은색의 원이 그려져 있는 철문!

이십여 년 전, 이곳에서 무림사를 바꿔놓은 사건이 벌어졌다.

"소허태기!"

그는 자신도 모르게 중얼거렸다.

그렇다. 소허태기…… 그는 소허태기를 전수받는 행운아였다.

이 세상 모든 사람이 갈망하는 천하제일신공을 아무런 노력도 없이 받을 수 있는 위치에 섰다.

그런데 그 일이 벌어졌다, 그 일이!

꾸루루루룽!

영원히 열릴 것 같지 않던 철문이 너무도 쉽게 열렸다.

이곳이 총주의 연공실이다.

철문 밖은 불구덩이이지만 이곳만은 평온하다.

사약란은 벌써 삼단계에 이르렀다.

암동을 뚫고 들어서면 홍기암(紅氣巖)을 만나게 된다.

그곳에서 소허태기의 일단계 과정을 수련한다.

단순히 양기를 북돋는다는 식의 운공이 아니다. 홍기암의 도움을 받으면 들끓는 용암의 정기를 후루룩 빨아들일 수 있다. 이때, 몸이 받아들이면 일단계 기본공을 수련하게 되는 것이고, 받아들이지 못하면 타 죽는다.

소허태기는 위력이 뛰어난 만큼 수련 과정에도 죽음이 도사리는 지옥의 신공이다.

일단계를 넘으면 휴정(休靜)의 기간을 갖는다.

들끓는 기운을 가라앉히고 소멸되어 가는 음기의 생명을 이어놓는 과정이다.

소허태기는 항상 이렇게 양성과 휴정의 단계를 반복한다.

휴정 기간이 끝나면 그때서야 비로소 철문이 모습을 드러낸다.

철문이 나타났다는 것은 그녀가 최소한 삼단계에 진입했다는 뜻이 되는 것이다.

여기까지는 그도 겪어봤기 때문에 안다.

철없는 어린 나이에 지옥 같은 수련을 거쳤다.

그래도 그때는 이를 악물고 참았다. 천하제일가의 후손이라는 자부심도 있었고, 천하제일신공을 수련한다는 들뜬 마음도

굳건한 버팀목이 되어주었다.

아니다. 사실은 조부가 복용시킨 열양단(熱陽丹)의 도움이 컸다.

아무리 의지가 강인하다고 해도 열양단의 도움이 없었다면 일각도 버티지 못했을 게다.

사약란은 자신보다도 더 수월하게 통과했을 게다.

화화구중과 열양단은 비교가 되지 않는다. 화화구중이 태양이라면 열양단은 반딧불에 불과하다.

문제는 사약란이 빙정도 함께 지니고 있다는 점이다.

빙정은 소허태기의 극성이다.

그녀는 화화구중과 빙정을 한데 버무려서 무극(無極)을 이루었다.

음양이 팽팽하게 힘을 겨루고 있던 상황에서 서로 뒤섞여 음도 양도 없는 상태가 되었다.

그런 상태가 소허태기를 수련하는 데 득이 될지 장애가 될지는 직접 시험해 보지 않고는 알 수가 없다.

어쨌든 가능하니까 연공을 시켰을 게다.

'약란……'

그는 철문 안으로 들었다.

상하좌우가 쇠로 된 철의 통로가 나타났다.

이곳은 소허태기에 반응하도록 설계된 죽음의 길이다.

소허태기를 수련하지 않은 자가 철문 안으로 걸어 들어가면 쇠도 단번에 녹일 수 있는 화염이 사방에서 동시에 쏟아진다.

선 채로 화염 덩어리가 되는 것이다.

스으웃!

그는 소허태기를 끌어올린 후 첫발을 내딛었다.

스릉! 철컥! 철컥! 철커덕!

쇠 통로 안쪽에서 기관 돌아가는 소리가 울렸다.

그때는 무서웠는데, 지금은 기분 나쁘다.

쇠 통로에 동그란 구멍이 수십, 수백 개…… 헤아릴 수 없을 만큼 많은 구멍이 열렸다.

소허태기를 인지하지 못하면 화염을 쏟아낼 구멍이다.

그때는 소허태기를 수련했는데도 부들부들 떨면서 이 길을 걸었다.

사람이 아니라 기관이지 않은가. 소허태기를 인지하지 못할 수도 있다. 기관이 만들어진 지 오래되었으니 오작동이 없을 리 없다. 자칫 인지한 후에도 화염을 쏟아낼 수 있다.

온갖 걱정이 머릿속을 가득 채웠었다.

뚜벅! 뚜벅! 뚜벅!

그는 안으로 걸어 들어갔다.

츠웃! 츠으웃! 츠웃……!

철옥(鐵獄) 정중앙에 홍옥대(紅玉臺)가 놓여 있다. 그리고 그 위에 눈부시게 아름다운 나신(裸身)이 결가부좌를 튼 채 앉아 있다.

여인의 몸에서 금룡(金龍)이 꿈틀거린다. 금색의 기류가 나

신을 휘감는다. 백회혈(百會穴)에서 분수처럼 터진 금색 기류
는 하늘하늘 떨어져 온몸을 감싼다.

"아!"

그는 탄성을 토해냈다.

온갖 아름다움을 봤다. 잔인한 것도 많이 봤다. 그래서 마음
이 무덤덤해졌다고 생각했다. 어떤 일을 봐도 놀랄 일은 없을
것이라고 자신했다.

여인이 기척을 감지했음인가?

스륵! 스르륵!

금색 기류가 빠르게 흡수되었다.

"누구냐!"

그녀는 금색 기류가 완전히 흡수되기도 전에 말부터 건네왔
다.

'이미 오성을 넘어섰다!'

그는 미간을 찌푸렸다.

사약란의 음성에 탁기(濁氣)가 배었다.

원래 그녀의 음성은 천상에서 노니는 꾀꼬리처럼 아름다웠
다. 소곤대는 음성을 듣고 있자면 잘 조율된 악기가 아름다운
곡조를 흘려낸다는 생각이 들곤 했다.

한데 탁하다. 쇳소리처럼 날카롭고, 묵직하고, 두어 사람이
한꺼번에 말할 때처럼 불분명하고…… 청음(淸音)을 잃었다.

스릉!

그는 검을 뽑았다.

십 년 내 최고라고 할 만큼 긴장했다. 곧이어 전개될 불벼락을 예감했다. 그러나 검음은 분명히 들리게끔 일부러 검집을 쓸어내면서 뽑아 들었다.

공격할 의사는 없다. 다만 검음을 듣고 어떤 반응을 보이는지 보고 싶을 뿐이다.

나신의 여인은 뒤돌아보지 않았다.

스르륵!

금색 기류가 완전히 사라졌다.

그녀는 결가부좌를 풀고 일어섰다.

그는 차마 쳐다보지 못하고 두 눈을 찔끔 감았다.

눈을 감았는데도 언뜻 본 여인의 나신이 떠오른다.

빙기옥골(氷肌玉骨)이 이렇던가! 날씬한 허리, 도톰한 엉덩이, 그리고 쭉 뻗어 내린 옥주(玉柱)…….

'이 무슨!'

그는 급히 생각을 지웠다.

그녀는 동생이다. 친동생이다. 친동생의 나신을 머릿속에 그린다는 게 될 법이나 한 소린가!

스륵!

일 장쯤 떨어진 곳에서 옷자락 끌리는 소리가 들렸다.

사약란이 일어서서 옥대를 내려갔다. 그리고 벗어놓은 옷을 입었다. 하나 그가 느낀 것은 옷자락 끌리는 기척뿐이다. 그녀가 움직이는 과정은 일체 생략되었다. 정말로 움직이고 있다는 느낌을 전혀 감지하지 못했다.

'아! 벌써 늦었는지도……'

그는 어금니를 꾹 깨물며 눈을 떴다. 순간,

"훗!"

그는 너무 놀라서 짧은 단말마를 토해내고 말았다.

사약란이 어느새 코앞에 다가와 있다.

서로 숨소리가 들릴 정도로 가까운 거리에서 생글생글 웃고 있다.

"오라버니?"

"약…… 란아."

"왜 검을 들고 계세요?"

"아니, 난 다른 사람인 줄 알고……."

사일도, 그는 검을 거뒀다. 동시에 눈도 감았다.

사약란의 몸에서 짙은 체향(體香)이 풍긴다.

이주 강렬한, 너무 강렬해서 도저히 거부할 수 없는…… 그녀를 안고 싶은 충동에 머릿속이 하얗게 탈색되는 지극(至極) 지음(至淫)한 음기(淫氣)가 뻗쳐 나온다.

"후욱!"

그는 깊은 숨을 들이켰다.

예상은 했지만 유혹이 너무 강렬하다. 숨 쉬기도 힘들 것이라고 생각했는데, 그 정도를 훨씬 넘어선다.

영물들의 효험은 그녀의 순음지체에 영기(靈氣)를 불어넣었다.

그녀는 완벽한 여인이 되었다. 아니, 완벽한 여인의 몸을 가졌다.

　사내라면 누구나 그녀를 쳐다본다. 한 여인으로서 그녀를 보는 것이 아니라 종족 보존의 대상으로서 보게 된다.

　그녀처럼 완벽한 여인은 없다.

　그녀가 낳은 아기는 자신이 만들어낼 수 있는 최상의 아기가 될 것이다. 자신의 유전자를 받은 아이 중에서는 최고의 아이가 생산될 것이다.

　그녀를 보면 아름답다는 생각이 먼저 자리하지만 곧 소유하고 싶다는 욕구를 느끼게 된다.

　사약란은 사이(邪異)로운 요물이 되어가고 있다.

　"오라버니, 왜 그래요? 제가 보기 싫어요?"

　"아니다. 너무 눈부셔서……."

　"호호호! 농담? 놀랍네요, 오라버니께서 농담을 다 하시고."

　음성은 탁하게 갈라져 나오는데, 내용은 뚜렷하다.

　아직 오성에 이르지는 못했다. 사성에서 오성으로 넘어가는 과정일 게다.

　"그런데 여긴 어떻게 들어왔어요?"

　"잊었구나, 나 역시 소허태기를 익힌 몸이라는 걸."

　"아!"

　"그래, 좀 어떠냐?"

　그는 검을 거두며 다가섰다.

　검음에 대한 반응으로 동생의 성취도를 측정해 보고자 했다. 하나 그럴 필요가 없었다. 동생의 음성과 체향만으로도 성취도를 파악하는 데는 충분했다.

무당파(武當派)의 심공인 소청심법(小淸心法)을 이끌어 마음을 청명하게 유지시켰다.

"전 아주 좋아요."

동생의 음성이 칼칼해졌다.

방금 전까지만 해도 자신을 보고 웃었는데, 지금은 마치 누구냐는 듯이 무심한 표정이다.

감정의 기복이 심하다.

여인의 몸으로 소허태기를 받아들이자니 아무래도 부작용이 심할 것이다.

이런 것은 영약으로도 해결할 수 없다. 오직 자신의 의지로 이겨 나가야 한다. 한데 그것이 말처럼 쉬운 게 아니다. 순음의 몸에 순양의 기운이 실리는 과정이다. 어찌 쉽겠나.

"좀 도와줄 게 있나 싶어서 왔다."

"오라버니가요? 호호호!"

사약란은 대뜸 조소를 토해냈다.

그녀는 오라버니를 자랑스러워했다. 지금은 진흙 속에 묻혀 있지만 곧 세상에 광휘를 드러낼 것이라고 생각했다. 누군가가 사일도의 무공을 폄훼하면 오히려 그를 타일렀다.

그런 그녀가 자신을 조롱하고 있다.

인간적인 조롱은 아니다. 아직 그 선까지 침범하지는 않았다. 지금은 무공에 대한 조롱뿐이다. 너의 그 알량한 무공으로 무엇을 할 수 있겠느냐는 투다.

그녀의 무공이 육성을 넘어서면 조롱도 한층 심각해진다.

그때는 사람을 사람으로 보지 않는다.

오라버니는 물론이고, 친부모조차도 발톱에 끼인 때만큼도 여기지 않을 게다.

그렇게 무너진 인성은 팔성을 넘기면서 되돌아온다.

그때에서야 비로소 마음이 차분해지고, 사람이 사람으로 보이며, 강력함 속에서 겸손함을 갖추게 된다.

소허태기가 워낙 강력하다 보니 자연스럽게 마가 끼인 것이다.

사일도는 그녀의 말을 귓가로 흘리며 품에서 작은 단환을 꺼냈다.

새똥처럼 작고 검은 단환이다.

"그게 뭐죠?"

사약란의 눈가에 다시금 조소가 피어났다.

"열양단이다."

"열양단?"

"너는 느끼지 못하겠지만 난 더워서 죽겠구나. 하하하!"

사일도는 단환을 복용하지 않았다. 사약란의 면전에서 탁! 소리가 나도록 부숴 버렸다.

파앗!

작은 단환은 한 줌 연기가 되어 사라졌다.

"무슨!"

"이지(理智)가 무너졌구나."

"뭐야!"

"평소의 너였다면 귀몽단(歸夢丹)을 알아봤을 텐데. 냄새가 자극적이라서 금방 알아볼 수 있었는데…… 이지도 무너지고 감각도 무너지고……."

"귀몽단? 무슨 짓을 하려고……."

"잠시…… 잠시만 잠들어다오."

"호호호!"

사약란은 깔깔대고 웃었다.

파아아앗!

그녀의 전신에서 금색 기류가 피어났다.

소허태기를 운용하여 체내에 침습한 귀몽단의 약기를 태우려는 것이다.

무모한 행동은 아니다.

소허태기를 운용하면 자신의 심장조차도 태워 버릴 수 있다. 혈관에 낀 불순물이나 비정상적인 약기(藥氣), 독기(毒氣)를 태우는 것은 식은 죽 먹기다.

하지만 여기서 사약란은 또 한 번 실수를 저질렀다.

귀몽단은 독이 아니다. 뇌를 안정시켜서 수면을 유도하는 수면제의 일종이다.

진기를 운용하면 약기가 더욱 빨리 퍼진다.

사약란이 이런 점을 모를 리 없다. 다만 지금은 소허태기의 부작용으로 인해서 잠시 망각하고 있을 뿐이다.

지금 그녀의 머릿속은 세 살배기 어린아이만도 못하다.

"너 이 자식! 무슨 짓을!"

그녀는 눈앞에 서 있는 사람이 오라버니라는 사실도 잊은 것 같다.

주먹을 들어 올렸다. 일 권에 때려죽이겠다는 듯 불끈 힘을 주어 권법을 전개했다.

쉬익! 쉬익! 쉭!

술 취한 듯 타격이 제대로 이루어지지 않는다.

속도가 죽었다. 소허태기는 전혀 실리지 못했고, 보법은 갓 태어난 망아지처럼 뒤엉켰다.

역시 귀몽단의 효과는 뛰어나다.

소허태기를 누르기 위해 특별히 제조된 것이라서 약성이 제대로 먹혔다.

"조금만 정신이 맑았어도 귀몽단 같은 것에는 당할 리가 없는데…… 빙정과 화화구중의 조화는 만독불침(萬毒不侵)까지 이끌거늘…… 도대체 소허태기의 마성은 얼마나 지독하단 말인가. 휴우! 잠시만 쉬어라."

"이 자…… 식……."

그는 무너지는 동생의 상체를 안아 들었다.

3

탁! 타탁! 타타탁!

손에 진기를 모아 사약란의 전신 혈도를 타격했다. 꾸준히,

한시도 쉬지 않고…… 진기 소모가 극심하다 못해서 원정지기
까지 손상되고 있어도 결코 손길을 멈추지 않았다.

단순히 때리는 타혈(打穴)이 아니다. 매 타에 진기가 쏟아져
들어간다. 강력한 힘으로 혈을 감싸고 있는 막을 깨뜨리고, 강
막(剛幕) 안에 숨어 있는 혈도를 어루만진다.

손끝에서 바위를 두들길 때처럼 묵직한 통증이 일어난다.

치고 있는 곳은 혈도인데 뜨겁게 달구어진 철판을 두들기는
느낌이 든다.

'후우!'

가쁜 숨을 몰아쉬어 진기를 다시 모았다.

시간이 얼마나 지났을까?

두어 시진은 훌쩍 넘긴 것 같은데…….

탁! 타탁! 타탁! 탁!

혈도를 치는 손이 점차 속도를 잃어갔다.

이마에는 송골송골 땀이 맺히고, 입에서는 단내가 쏟아져
나왔다.

그래도 손을 멈추지 않았다.

꾸욱!

어느 순간, 타혈하는 손가락에서 진흙 속에 빠진 듯 물컹한
감촉이 감지되었다.

'됐어!'

그는 마지막 힘을 내어 계속 혈도를 쳐나갔다.

탁! 타탁! 타탁! 타탁……!

소허태기로 감싸여 있던 혈도가 밖으로 드러났다.

두껍고 단단하던 강막은 사라졌다. 그와 동시에 천하제일공의 연공도 무너졌다.

탁! 타탁! 타탁!

혈도가 끊임없이 타혈된다.

혈도를 치는 손에 힘이 깃들지 않은 것을 보면 상당히 오랜 시간 동안 타혈했음을 알 수 있다.

툭!

땀 한 방울이 그녀의 팔에 떨어졌다.

'오라버니……'

그녀는 정신을 잃기 전에 벌어졌던 상황을 기억해 냈다.

귀몽단이 얼굴 앞에서 터졌다.

귀몽단의 냄새는 아주 역하다. 꼭 당나귀가 방귀를 뀐 것 같은 냄새를 풍긴다. 그래서 귀몽단을 복용할 때는 숨을 꾹 참고 물과 함께 단숨에 들이켠다.

복용한 후에도 고역스런 일은 지속된다.

뱃속에서 역한 냄새가 스멀스멀 기어오를 때는 꼭 이런 것을 먹어야 하나 하는 생각이 든다.

효과만은 아주 탁월하다.

귀몽단을 복용하고 하나에서 열까지 세다 보면 어느새 잠들어 버리곤 한다.

이런 귀몽단을 알아차리지 못했다니…… 정말 정상이 아니었긴 아니었나 보다.

그녀는 모든 게 생각났다.

연공실로 들어와서부터 이곳에 이르기까지의 모든 과정이 주마등처럼 스쳐 갔다.

뭐가 뭔지 분간할 틈도 없었다.

홍기암에 가부좌를 틀고 앉은 순간부터 귀신에 홀린 듯 내처 달려왔다.

멈출 수가 없었다. 아니, 멈추겠다는 생각조차 들지 않았다.

육신이 무너지고 있다는 느낌은 진작부터 들었다.

근육에 힘이 붙기 시작했다. 반면에 가슴은 점점 줄어들었고, 무엇보다 음기가 메말라갔다.

달거리는 진작 끊겼다.

몸의 균형이 무너지고 있다.

생각이 제대로 정립되지 않고, 기억력이 사라진 것 같고…… 정신적인 면에서도 문제가 많았다.

타악…… 탁…… 타악…….

혈도를 치는 손길이 눈에 띄게 느려졌다.

탈진 상태를 벗어나 소기(燒氣) 상태에 이르고 있다.

이런 상태에서 소진되는 진기는 영구히 복구할 수 없으니, 무인에게는 아주 치명적인 상태다.

'오라버니!'

그녀는 사일도의 의도를 읽었다.

소허태기는 여인이 수련해서는 안 되는 무공이다.

음양의 뒤바뀜은 여인의 성정(性情)이 사라지는 정도에서
그치지 않는다.

사내도 여인도 아닌 괴물이 된다.

여인의 몸으로 사내의 음성을 토해내고, 사내처럼 질주한
다.

단순히 그것뿐이라면 기꺼이 성정을 포기할 수도 있다. 모
르긴 해도 성정을 포기하는 조건으로 천하제일공을 제공받는
다면 지원자가 장사진을 이룰 것이다.

소허태기를 운용하면 할수록 음기는 매달라간다.

몸 전체가 불 지피기 딱 좋은 상태로 변해가는 것이다. 낙엽
이 떨어져서 바싹 말라간다고 보면 되려나? 더군다나 단전에
는 용암이 들끓고 있다.

소허태기가 자신을 태워 버릴 수도 있다.

아니, 그런 일은 반드시 일어난다. 언젠가는 타인을 핍박하
던 소허태기가 자신을 삼켜 버리는 날이 온다.

사일도는 자신에 앞서서 먼저 소허태기를 접했다.

어떤 사유로 해서 연공을 중단했는지 모르지만 소허태기의
장단점을 환히 꿰고 있다.

오라버니가 연공을 방해하고, 뭉쳐진 진기를 풀어헤치는 모
습…… 이해할 수 있다.

소허태기는 무너졌다.

오라버니가 혈도를 타격할 때마다 한 줌, 두 줌씩 쌓아놨던
양기가 빠져나간다.

홍기암의 정기, 화화구중의 열양지기가 허공에 흩어진다.

'아까워.'

그녀는 문득 그런 생각을 했다.

자신에게는 맞지 않지만 화화구중이나 홍기암이나 천하에 다시없는 영물들인데…… 그런 영물들의 기운이 한낱 공기가 되어 흩어진다는 게 참을 수 없이 아까웠다.

스으웃!

그녀는 손을 움직였다.

"훗!"

예상한 대로 오라버니는 즉각 반응했다. 하나 그녀의 손길을 뿌리치지는 못했다.

오라버니는 강하다. 소허태기가 아니더라도 세상을 오시하기에 충분한 무학을 수련했다. 구파일방의 무학을 거쳤고, 은 거기인들을 찾아다녔고, 홀로 십수 년간 수련에 매진했다.

천재의 일 년은 범인에게는 십 년에 해당한다.

백만 명 중에 한 명 태어날까 말까 한 천재가 피땀까지 쏟아내며 무공에 매진했다면, 그의 성취도는 굳이 시험할 필요가 없다.

하지만 지금은 기력이 너무 쇠잔하다.

그가 한 일이 무엇인가? 천하제일공의 기반을 뜯어내는 작업이다. 바위보다도 무겁고 철판보다도 단단한 소허태기의 기운을 오직 손가락만으로 뜯어냈다.

그러고도 멀쩡할 수 있다면 신이라 불릴 것이다.

그나마도 그녀의 성취도가 오성을 넘지 않았기에 가능했다.

만약 육성에만 이르렀어도 이런 일은 꿈도 꾸지 못한다. 그때는 사일도가 아니라 총주가 직접 손을 쓴다고 해도 소허태기를 풀어낼 수는 없다.

꾸욱!

그녀의 손에 오라버니의 완맥이 잡혔다.

이제 상황은 역전되었다. 오라버니가 그녀에게 제압되었다.

기력이 쇠잔하여 타혈조차 제대로 하지 못하는 몸으로는 그녀의 쾌속한 수법을 받아낼 수 없었다.

"안 돼!"

사일도의 표정이 크게 일그러졌다.

사약란이 일어나 앉았다.

사일도의 완맥을 꼭 틀어쥔 채 정면에서 얼굴을 마주 봤다.

"오라버니……."

"안 돼! 제발!"

사일도는 그녀의 의도를 읽었다.

사약란은 자신의 진기를 주고자 한다. 그녀에게는 독이 되는 진기이지만 사일도에게는 천하에 다시없는 영약이 되리라.

이것이 순리다.

원래 소허태기는 오라버니가 가졌어야 한다.

"안 돼!"

사일도가 고개를 저었다.

"어차피 버리는 진기예요. 제게는 필요없어졌어요. 오히려

한 방울이라도 더 쥐어짜서 버려야 해요. 호호호! 저도 이제 그 정도는 알게 되었답니다."

"약란아, 안 돼!"

"소허태기만 드릴 거예요. 그래도 전 손해 보는 게 없어요. 이곳에 들어오기 전으로 돌아가는 것일 뿐."

"아니다! 소허태기는……."

그녀는 사일도의 등 뒤로 돌아가 앉았다.

"말은 그만하세요. 오라버니, 너무 약해지셔서…… 이 상태로는 무림에 나갈 수 없어요. 아시죠? 예전 상태로 돌아가시려면 적어도 십 년은 적공(積功)하셔야 할 거예요."

"약란아!"

그의 말이 뚝 그쳤다.

척! 츠으으웃!

그녀의 손이 사일도의 명문혈에 얹혀졌다. 그리고 뜨거운 양강지기가 지체없이 밀려들어 갔다.

"끄으으윽!"

"받아들이세요. 안 그러면 오장육부가 녹아요."

"안 돼! 그만! 그만!"

"오라버니가 죽으면 저도 죽어요. 그냥 받으세요. 제게는 필요없는 것…… 어차피 허공에 날려 버려야 할 진기예요."

"끄으으윽!"

"받으세요."

"끄으으윽! 끄윽!"

"전 멈추지 않아요. 받던가, 같이 죽어요."

명문혈로 들어간 소허태기가 포화 상태에 이르렀다.

고통이 뼛속을 울릴 것이다. 빨갛게 달아오른 숯덩이를 삼킨 기분일 게다.

지금은 약과다. 조금 더 지나면 오장육부가 녹아들기 시작한다. 그때는 늦는다. 주는 사람도 받는 사람도 할 수 있는 게 없다. 단전이 녹아버려서 진기라는 것이 존재할 수 없는 몸이 되니 죽는 길밖에 남지 않는다.

지금 받아들이지 않으면 죽는다.

사약란도 알고 사일도도 안다.

'손을 떼라!'

사일도가 고집을 피웠다.

'받아들여요!'

사약란도 고집이 셌다.

두 사람은 서로를 잘 안다.

너무 잘 알기 때문에 결국은 자신이 이길 것이라고 생각한다.

'끝까지 버티면 양보할 수밖에 없을 가야.'

두 사람은 같은 생각을 하고 있다.

츠으으읏!

사약란이 소허태기를 더욱 강력하게 밀어 넣었다.

물밀 듯이, 그야말로 폭풍처럼 밀려들어 갔다.

"크윽! 끄으으윽!"

고통은 절정을 향해 치닫는다. 그러다가 어느 한순간, 푹!
하고 꺼질 것이다.

“멍청이! 받앗!”

츠으으읏!

“끄윽! 끄윽!”

상황이 급박해졌다.

받지 않으면 같이 죽자는 심산이 확실히 읽혔다.

사일도는 마지못해 진기를 이끌었다.

스으웃!

전신을 뜨겁게 질주하던 화염 덩어리가 진기와 합일되어 단
전으로 스며들었다.

이글거리던 기운은 온데간데없다.

‘따뜻하고 포근해.’

사약란의 몸을 통해 일차로 정화된 기운이기 때문에 한결
부드럽고 강건하다. 탁기는 모두 빠지고 정제된 기운만 흘러
든다. 소허태기의 운공 경락을 따라서 휘돌다가 단전으로 스
며들기 때문에 따로 심공을 연마할 필요도 없다.

그녀의 소허태기만 받아들이면 단숨에 오성에 가까운 신공
을 쓸 수 있다.

백면서생이 일약 무림고수가 된다는 설정이 가능해지는 것
이다.

그러나 이런 일이 벌어지기 위해서는 사일도의 육신이 소허
태기를 받아들일 수 있어야 한다.

뜨거운 불덩이를 던졌는데, 타기 좋은 종이 그릇이나 풀 그 릇으로 받으면 큰일 난다.

사일도는 소허태기를 수련한 경험이 있다.

지금은 잊었다지만 그의 전신에는 아직도 소허태기의 흔적 이 남아 있다.

사약란은 소허태기의 흔적을 찾아냈고, 망설임없이 그곳으 로 진기를 밀어 넣었다.

'응?

뜻밖에도 길이 넓다.

사일도가 소허태기를 수련한 것은 아주 어렸을 때다. 지금 으로부터 이십이, 삼 년 전의 일이다.

수련은 실패했다.

이유는 모르지만 그 후 사일도는 두 번 다시 소허태기를 수 련하지 않았다. 할아버지도 마찬가지다. 그 후 다시는 소허태 기를 언급하지 않았다.

소허태기가 운용되는 경락은 폐허가 되어 있어야 한다.

물론 다른 심공을 운용하니 상당 부분은 발달되어 있는 게 맞지만, 처음부터 끝까지 운공 경락이 연결되어 있다는 것 은…… 그럼 혹시 남들 모르게 연마를 시도한 적이 있었나?

그렇다면 더욱 좋다. 길이 넓게 펼쳐져 있으니 더욱 빠르고 쉽게 전해줄 수 있다.

츠으으읏!

진기가 물밀 듯이 밀려들어 갔다.

‘어헛!’

소허태기를 거의 밀어 넣었을 무렵, 상황이 이상하게 돌아 가기 시작했다.

본신진기가 소허태기를 따라 나갔다.

‘아!’

사약란은 그제야 오라버니가 왜 그토록 소허태기를 받지 않 으려고 했는지 이유를 알았다.

진기는 칼로 두부를 자르듯 명확하게 잘라지는 것이 아니 다.

빙정과 화화구중이 뭉쳐 하나가 되었다. 그것들이 소허태기 와 뭉쳐서 또 하나가 되었다. 모두가 하나로 뭉쳐져서 단전 깊 숙이 휘돌고 있다.

소허태기를 밀어 넣는다는 것은 본신진기를 통째로 넘겨준 다는 것과 같은 의미였다.

중간에서 손을 멈춰야 하는데…… 이쯤에서 멈추면 딱 좋은 데…… 하지만 이미 안으로 들어간 자신의 기운이 남은 기운 마저 빨아들이고 있다.

밖에서는 빨아내고, 안에서는 달려 나간다.

도무지 막을 방도가 없다.

‘훗! 그래…… 처음부터 내 진기가 아니었어.’

그녀는 마음을 편히 가졌다.

진기가 달려 나간다. 달려 나가게 내버려 두었다. 조금도 방해하지 않았다. 중간에 거두려고도 하지 않았다. 그저 달려 나가는 모습을 지켜보기만 했다.

스웃! 스웃! 스으웃!

진기는 쑥쑥 빨려 나갔다.

진기 주입을 시작할 때는 안개를 뿌려내는 것 같았는데, 지금은 폭포가 떨어져 내리는 것 같다.

'허억!'

급기야 본신진기가 바닥을 드러냈다.

명문혈에 찰싹 달라붙은 손바닥이 덜덜 떨렸다.

'이제 그만!'

본능적인 외침이 새어나왔다.

더 이상 진기를 빼앗기면 목숨이 위태로워진다.

지금도 무인 행세를 하기는 틀렸다. 하지만 여기서 그쳐야 한다. 진기를 더 빼앗기면 평생 남의 손을 빌려야만 목숨을 연명하는 처지가 된다.

'그…… 만!'

츠으으웃! 츠으웃! 츠…… 웃!

진기를 빨아들이는 속도가 한결 둔화되었다.

더 이상 빨아먹을 것이 없다고 판단했는지 서서히 명문혈이 닫히기 시작했다.

사약란은 그 틈을 놓치지 않고 손을 뗐다.

"후욱!"

거친 숨부터 토해진다.

　모두, 모두 사라졌다. 빙정도 화화구중도…… 그것들로 이루어진 이원무극공도 없어졌다. 소허태기를 두 번 다시 연마할 수 없는 처지가 되었다.

　'뜨거워.'

　살갗이 이글이글 타들어간다.

　얼마 전까지만 해도 포근하게 느껴졌던 주위의 열기가 이제는 견딜 수 없을 정도로 뜨겁다.

　그녀는 고개를 들어 오라버니를 봤다.

　얼굴이 참 평온하다. 부처님의 표정처럼 만천하를 보듬는 듯한 미소를 짓고 있다.

　'됐어. 오라버니가 가졌으니…… 된 거야.'

　털썩!

　그녀는 무너지듯 연공실 바닥에 드러누웠다.

　진기를 너무 많이 빼앗긴 탓에 탈진 상태에 이르렀다. 세상이 빙글빙글 돌고 눈에서는 샛노란 불똥이 튀긴다. 머리가 너무 어지러워서 도저히 앉아 있을 수가 없었다.

第百四十章
이산(離山)

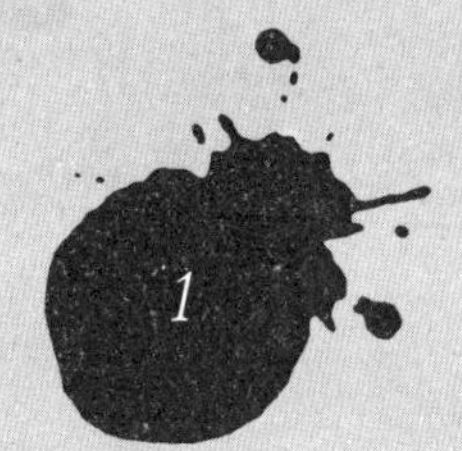

순양의 진기는 지극히 위험하다.

얻는 게 무궁무진할 것 같지만 사실 그렇게 많지 않다. 어쨌거나 조화를 이루지 못한 진기는 반편에 그칠 수박에 없다.

진정한 의미에서 무극(無極)이 아니다.

소허태기도 마찬가지다.

양강지공 중에서는 극점에 있는 것이 사실이지만 온 세상의 극점은 아니다.

이와 비슷한 무공이 북해빙궁에도 있다.

빙화참과 빙극검형으로 이루어낸 빙마지체는 음의 정화다.

음유지공 중에 빙마지체를 능가할 무학은 없다.

그런 뜻에서 살피면 소허태기와 빙마지체는 동수를 이루어야 한다.

맞다. 동수다.

진정한 빙마지체가 출현했다면 그는 능히 소허태기에 맞설 수 있는 최강자가 되었을 게다.

안선의 일교사는 그래서 뛰어나다.

그는 무림을 한눈에 간파했고, 무총주와 맞설 수 있는 절학을 찾아냈다.

그는 실천력도 갖췄다.

빙마지체를 알아내자 만사 제쳐 놓고 북해빙궁으로 달려갔다.

그 후에 일어나는 모든 일들은 오직 빙마지체를 얻는 과정에 지나지 않는다.

다만 그는 머리를 너무 많이 썼다.

지독히 뛰어난 자가 종종 저지르는 실수인데…… 그들은 먹이를 보면 곧바로 잡아먹지 않는다. 배가 고픈데도 불구하고 조금 더 맛있게 먹는 방법이 없을까 고민한다.

일교사는 그러지 말았어야 한다.

너무 머리를 많이 쓰다 보니 화화구중이라는 존재를 놓쳐 버렸다.

아니, 인세에 화화구중이 있으리라고는 생각하지 못했을 게다. 대부분의 사람들이 빙정이란 영물이 있다는 사실을 모르고 사는 것처럼 말이다.

소허태기, 빙마지체…… 모두 반편이다.

그는 반편에서 완전한 무공을 얻는 방법을 찾아냈다.

빙마지체와 소허태기가 뒤엉킨다면 서로 상잔하여 무(無)로 돌아갈까? 아니면 서로 융합하여 극(極)으로 치달릴까?

실험해 보지 않고는 알 수 없다.

실험하는 방법이 전혀 없지는 않다. 약간 위태롭고, 까다롭고, 마음이 아프지만…… 천하를 얻는 일이라면 기꺼이 감수할 수 있는 일들이다.

그는 실험에 돌입했다.

그 결과, 융합을 얻어냈다.

파파파파팟!

소허태기가 도도하게 흐른다.

저변에 깔려 있는 진기, 소허태기 속에 완전히 녹아 있는 진기는 빙마지체를 이룰 수 있다는 빙정의 기운이다.

그의 진기는 부드럽다.

소허태기의 운용 구결에 따라 진기를 휘돌려도 포근하고 아늑한 진기만 흘러나온다.

위력은 소허태기를 능가한다.

강맹한 면에서는 소허태기가 으뜸이고, 음유로운 면에서는 빙마지체가 으뜸이다.

그는 평범한 기운밖에 돌출시키지 않는다.

소허태기와 빙마지체를 한꺼번에 아우르면서 능히 제압할 수 있는 절대 무공임에도 부드럽기가 봄바람 같다.

열양지기 속에 음유지기가 가세된다.

쒜엑! 파앗!

손바닥으로 홍옥대를 찍어 누르듯이 후려쳤다.

홍옥대에는 뺨이라도 맞은 것처럼 손바닥 자국이 뚜렷하게 각인되었다.

'후후후! 후후후후!'

그는 새어나오려는 웃음을 간신히 참았다.

"성공했군요."

사약란이 힘없는 음성으로 말해왔다.

"네 덕분이다."

"호호! 그런 말씀 마세요. 전부 오라버니가 탁월해서 그런 거죠."

"내가 밉지 않니?"

"미워요."

"미안하구나."

"제게 화화구중을 심고 낭군을 불러들이고…… 아! 무림은 너무 복잡해요."

사약란의 음성에 회의가 묻어 나왔다.

"이제 어쩔 셈이냐?"

"우선 만날 사람이 있어요. 제 곁에 있던 사람들…… 그 사람들을 만나서……."

만나서 뭘 어떻게 할까?

예전처럼 무공을 잃은 몸이 되었다.

전혀 무공을 쓰지 못하는 것은 아니지만 진기를 급하게 사용하면 혈맥이 터지는 변고를 당할 수 있다.

그녀의 경맥은 너무 많이 손상되었다.

당분간은 혼자 움직이기도 곤란하다. 누군가의 보살핌을 받아야만 할 처지다.

이런 몸으로는 그들을 만난다고 해도 아무것도 할 수 없다.

할 수 없으면 없는 대로…… 그래도 만나서 재화(財貨)라도 넉넉히 건네줘야 하지 않을까 싶다.

그녀가 해줄 수 있는 것은 그것뿐이다.

사일도는 심정을 이해한다는 듯 고개를 끄덕였다.

"내 힘껏 도와주마."

"그래요. 도와주세요."

사약란의 눈빛이 반짝였다.

처음에는 당연했다.

'오라버니가 옆에 있어서 다행이야.'

시간이 흐르고 정신이 맑아지자 의문이 생겼다.

'오라버니가 어떻게 여기를?'

입구는 철저히 봉쇄했다.

연공실은 한 번 밖에서 열리면 그다음은 안에서 열어야 하는 구조다. 안에서 연 후에는 밖에서 열어야 하고, 밖에서 열면 그 후에는 안에서 열어야 한다.

여러 사람이 손을 맞잡고 같이 들어설 수는 있어도 시간 차를 두고 들어설 수는 없게 설계되었다.

자신이 연공실에 들어온 후 나간 적이 없다.

누군가가 안에서 문을 열어주어야 출입할 수 있는데…… 어떻게 들어왔을까?

매우 큰 의문이다.

또한 오라버니의 경락은 매우 잘 닦여져 있었다.

오라버니는 어렸을 적에 소허태기를 연마한 적이 있다.

일단계, 이단계를 넘어 삼단계까지 진입했던 것으로 안다.

오라버니의 연공은 삼단계에서 좌초되었다. 그리고 그 후두 번 다시 소허태기에 대해서 언급한 적이 없다.

이미 잊힌 무공이 되어버린 것이다.

이럴 경우, 소허태기의 운용 경락은 사람 발길이 끊긴 산길처럼 잡초가 무성히 자란다. 사두마차가 힘주어 달릴 수 있을 정도로 넓은 관도가 되어 있어서는 안 된다.

한마디로 오라버니는 소허태기의 연성을 중단하지 않았다!

본신진기가 통째로 빠져나갔다.

물길을 트면서 받을 사람이 제대로 받지 못하면 어쩌나 하고 걱정했는데, 저쪽은 이미 넓은 호수를 만들어놓고 받을 준비를 끝낸 상태였다.

오라버니는 어디서 소허태기를 연마한 것일까?

연공실에 준비된 것과 같은 혹은 비슷한 환경을 발견하기란 하늘의 별 따기인데, 이 세상 어디에 또 이런 곳이 있을까?

아니다. 오라버니는 삼단계 이상으로 나아가지 못한 상태였다.

그저 꾸준하게 기본공만 수련하고 또 수련했다.

진전이 없는 무공, 쓸모없는 무공을 무려 이십여 년이나 꾸준히 수련해 왔다.

말도 안 되는 이야기다.

의문은 또 있다.

오라버니는 딱 절묘한 시기에 나타났다.

연공 상태가 사성에서 오성으로 넘어가는 시기였다. 거기서 조금만 더 지나면 평생을 타혈해도 소허태기는 풀리지 않는다.

막 그런 상태, 영원히 풀리지 않는 상태와 최대한 노력을 기울이면 풀어낼 수 있는 상태의 갈림길에서 오라버니가 나타났다.

오라버니는 사력을 다해서 소허태기를 풀어냈다.

원앙진기가 손실되는 것도 아랑곳하지 않고 온 힘을 기울였다.

그런 오라버니를 의심하는 것은 못된 짓일까?

오라버니는 서인을 심어놨다.

빙정을 받아들일 수 있는 길목을 열어놨다.

자신이 어떤 상태인지, 자신의 몸속에 무엇이 들어 있는지, 무엇 때문에 무공을 수련할 수 없는지…… 아무것도 알지 못하는 상태에서 십수 년을 살아왔다.

오라버니는 무서운 분이다.

동정호 비궁에서 오라버니를 위해 검산과 부딪쳤다.

그것이 마지막…… 오라버니를 위해 행하는 마지막 행동이라고 생각했다.

자신에게서 본신진기를 받은 오라버니는 단숨에 칠성을 넘어서는 경이로운 성과를 보였다.

전에도 강한 분이셨지만 지금은 훨씬 강해졌다.

이런 상태라면 할아버지와도 손속을 마주칠 수 있을 것 같다. 더군다나 오라버니의 진기 속에는 소허태기만 들어 있는 게 아니다. 적이 되어야 할 빙정이 음양의 조화를 이루어주고 있다. 활활 타오르는 불길을 자극하여 더욱 강하게 만들어준다.

할아버지와는 다른 종류의 소허태기이며, 더욱 강력하다.

'오라버니, 정말 오누이의 정마저 잊으신 건 아니죠? 뭔가 사연이 있는 거죠? 오라버니를 미워하게 만들지 마세요. 제발…… 설혹 그랬더라도 여기서 멈춰주시면 돼요. 그러면 모두 잊을게요. 정말이에요. 다 잊고 살 거예요.'

사일도를 바라보는 그녀의 눈길이 착잡했다.

*　　*　　*

쒜엑! 서걱!

"크윽!"

검광이 번뜩이면 비명이 토해진다.

무전각주의 무공은 무총 본단에서도 단연 으뜸이다.

각 지단을 맡고 있는 지단주에 비해서도 결코 떨어지지 않는다는 평가를 받는다.

그를 상대하려면 지단주 정도는 되어야 한다.

무총 본단에서 검을 닦았다지만 단주(團主)나 각주(閣主), 대주(隊主)조차 되지 못한 몸으로는 그를 상대할 수 없다.

무전각주의 피 묻은 검이 한 사내를 가리켰다.

"너도냐?"

"각주, 용서를."

"됐다!"

쒜에엑! 서걱!

"끄으윽!"

검광이 번뜩이고 검에 검은 수실을 매단 검수가 쓰러졌다.

흑살군은 무전각주의 상대가 되지 못했다. 하나 그들은 무전각의 발목을 이틀이나 잡아두었다.

지난 이틀 동안 무전각에서는 피 냄새가 물씬 풍기는 술래잡기가 진행되었다.

검에 검은 수실을 매단 자들과 무전각 무인들의 싸움이다.

처음에는 흑살군이 일방적으로 우세했다.

일단 무전각은 그들이 누구인지 모른다. 누가 검을 쓰는지 전혀 알지 못한다. 적이 침입한 것이 아니라 내부자가 변심한 것이기에 더욱 알지 못한다.

당하고, 당하고, 또 당했다.

그러다가 검을 쓰는 자들의 공통점을 찾아냈다.

검에 매달린 검은 수실!

그 후, 일방적인 싸움은 끝났다.

검은 수실을 매단 무인들이 합공을 받아 협살당하는 광경이 여기저기서 펼쳐졌다.

이유 불문, 검은 수실을 매달고 있으면 죽는다.

상황이 이쯤 되면 검은 수실을 매달았다고 하더라도 즉시 떼어낼 판이다. 또 그래야 정상이다.

흑살군은 그런 행동을 취하지 않았다.

무전각이 검에 달린 수실만 쳐다보고 다닌다. 그런데도 검은 수실을 풀지 않는다.

죽음을 자초하는 행동이지 않은가?

아니다. 흑살군은 자중지란(自中之亂)을 노리고 있다.

무전각주의 검이 한 사내에게 겨눠졌다.

“너도냐?”

“각주, 절 못 믿으십니까? 전 아닙니다.”

“그건?”

“저도 모릅니다.”

검은 수실을 매단 무인이 어리둥절해하며 말했다.

“일단 취조할 것이다. 응하겠느냐?”

“알겠습니다. 따르겠습니다.”

“검을 버려라!”

“천만에!”

쒜웨에엑! 쒜엑! 써걱!

검과 검이 어긋났고, 검은 수실을 매단 무인이 절명했다.

무전각주의 검은 한 치의 용서도 없었다.

“이래서야······.”

무전각주는 탄식했다.

검은 수실을 매단 무인들은 세 가지 반응을 보인다.

흑살군임을 인정하고 검을 쳐든다. 물론 그들은 목숨을 잃지만 웃으면서 죽는다.

흑살군임을 인정하지 않는다. 하지만 검을 버리고 포박을 받으라고 하면 여지없이 본색을 드러낸다. 앞의 흑살군처럼 상대가 안 되는 줄 알면서도 공격을 시도하다가 죽는다.

마지막 부류는 검을 버리고 얌전히 포박을 받는다.

그들이 한결같이 주장하는 것은 어째서 자신의 검에 검은 수실이 매달려 있는지 모른다는 것이다.

이들 세 부류가 모두 흑살군이다.

첫 번째 부류는 흑살군임을 당당하게 알린다.

현재 싸움이 벌어지고 있으며, 검에 검은 수실을 매단 자들이 적도라는 사실을 명확하게 알려준다.

두 번째 부류도 목적이 있다.

“검을 버리고 포박을 받아라.”

“네놈들이 감히!”

일이 이렇게 진행되면 적도(敵徒)가 되어버린다.

무인은 자신의 검이 있다. 자신의 목숨만큼이나 소중히 여긴다. 검을 버리는 것은 목숨을 잃는 것이라고 생각하는 진정한 무골(武骨)들이 있다.

무전각 무인들은 그들을 처단하고 있는 것이다.

세 번째 부류는 정말 난감하다.

적도라고 검을 든 자들이 낯선 자들이 아니다. 어제까지만 해도 한솥밥을 먹으며 웃고 떠들던 동료 무인들이다.

그들이 다른 속셈으로 검을 들었다.

또 다른 사람들은 검을 들었다가 어찌 된 영문인지 모른다며 검을 내려놓는다. 포박을 받고 뇌옥으로 압송되면서도 자신들은 상관없다고 항변한다.

그들을 구분해 낼 방법이 없다.

일단 검을 버린 자들은 뇌옥으로 압송했지만 결국은 모두 제거하거나 모두 풀어주는 방법밖에는 없다.

이게 어떻게 무공으로 해결될 성질인가.

무전각주는 골머리를 썩혔다.

"이놈들, 아주 제대로 발목을 붙들었군."

"냄새는 일단 없고…… 흠! 아직 해독제 맛이 조금 남았는데…… 음용해도 되겠어."

"하루쯤 더 기다리는 게 안전하지 않을까요?"

"이곳에 거주하는 사람이 몇 명인 줄 아나? 방문객이 절반을 차지한다지만 거의 만여 명에 육박할 거야. 여긴 하나의 성(城)이지. 하루라도 식수가 없으면 곤란해."

"하지만 아직은 불안한데요."

"속병이 있는 사람들과 물갈이에 맥을 못 추는 사람들만 추리면 될 거야. 나머지는 음용해도 상관없어."

"알겠습니다. 그리 전하죠."

"아! 앞으로 한 이틀 정도는 반드시 끓여서 먹으라고 해. 엄동설한이라 찬물을 들이켤 놈도 없겠지만……."

우물에 독이 풀린 지 이틀, 무총의 모든 식수는 음용 가능한 상태로 해독되었다.

이틀 동안 무총은 내부 정리에 분주했다.

폭발로 전각이 부서지고, 우물에 독이 풀리고, 어제까지만 해도 동료였던 무인이 살검을 떨쳐 낸다.

그야말로 대소란이 일어나도 부족한 판이다.

무총은 이번 사단을 지극히 조용하게 처리했다.

폭발로 전각이 무너진 것은 어쩔 수 없지만 다른 부분은 아무런 일도 없다는 듯 조용히 진행되었다.

흑살군 검수들이 푹푹 쓰러졌지만 시신은 곧 치워졌다. 흑살군이 흘린 피는 반 각도 되지 않아서 지워졌다. 비명이 담장을 넘었지만 함구령을 어긴 사람은 없었다.

이틀이 경과했을 때는 무너진 전각들의 잔해도 말끔히 치워진 상태였다.

무슨 일이 벌어진 것은 사실이지만 외인이 내막을 파악하기란 불가능할 정도로 보안이 철저했다.

비목대주는 가산을 쳐다보았다.

사단이 일어날 때, 제자리를 지키지 않고 가산 쪽으로 움직인 사람들이 있다.

일부는 먼저 들어갔고, 우물에 독을 푼 자들은 나중에 들어갔다.

그 인원은 정확히 일흔 명이다.

"무총사군. 청살군. 백살군. 후후! 이렇게 죽으려고 그 오랜 시간을 기다린 것은 아닐 테고…… 너희 목적이 뭐야?"

그는 혼잣말로 중얼거렸다.

무인을 가산으로 보내 잔당을 소탕해야 한다. 이것이 당연한 수순이다. 한데 그러기 싫다. 그렇게 하면 꼭 놈들이 원하는 대로 행동해 주는 것 같아서 께름칙하다.

가산은 암기 천지다.

모르는 사람이 발길을 들여놓았다가는 십 장도 가지 못해서 고슴도치가 되고 만다.

들어가라고 등을 떠밀어도 들어가지 않는 금지 중의 금지.

'저곳을 제 발로 들어갈 때는 반드시 목적이 있는 건데……'

그는 좀처럼 결단을 내리지 못했다.

2

동나는 할 일 없는 사람처럼 건들거리며 홍의여인에게 걸어

갔다.

"여기서 나가면 어디로 갈 생각이오?"

"꺼져."

"허어! 생각해서 묻는 말인데."

"생각할 것 없어."

"살림 근거지가 어디요?"

홍의여인이 독 오른 독사의 눈빛으로 동나를 쏘아보았다.

"아! 살림으로 돌아갈 생각은 아니군."

"죽고 싶은가 보군."

"됐소, 됐어. 이런 일에 목숨을 걸기는 싫소."

동나는 손을 휘휘 내저으며 물러났다.

이미 알고 싶은 것은 알아냈다.

살림은 떨어져 나갈 생각이 없다. 목적이 무엇이든 단차를 악착같이 뒤쫓을 심산이다.

'걸개들과 연수했군.'

그는 걸왕들을 쳐다봤다.

걸왕들의 움직임은 불 보듯 뻔하다.

그들은 단차를 따라간다. 그를 따라가지 않으면 신분을 노출시킨 의미가 없다.

'이렇게 되면 저들만 남은 것인가?'

시각랑과 금룡대…… 금룡대주까지 모두 열일곱 명.

인원은 비록 열일곱에 불과하지만 저들은 능히 십일영자의 몫을 해줄 자들이다.

저들이야말로 단차의 심복이다.

저들은 단차의 명령을 생명처럼 받든다.

단차는 자신에게 활로가 있을 것이라고 생각한다. 그래서 저들을 맡긴 것이다.

그는 선택의 기로에 섰다.

저들을 어떻게 할 것인가. 지옥 문턱으로 들이밀 것인가, 아니면 단차가 말한 대로 이 세상에서 완전히 잠적시킬 것인가.

이런 경우에는 모두들 자신의 목적대로 휘두르려고 한다.

물론 그도 마찬가지다. 시각랑과 금룡대를 이용해서 주공의 뜻을 돌봐야 한다.

이 목적에는 변함이 없다.

하나! 그전에 단차의 능력을 살펴둘 필요가 있다.

그가 무총주의 손아귀에서 벗어날 수 있을까?

이런 질문을 던지면 백이면 백, 미쳤냐는 소리를 할 게다.

무총주 앞에서는 어떤 말이나 행동이 필요없다. 죽으라면 죽는 것이고, 살려준다고 하면 사는 것이다. 그 외에는 털끝만한 변화도 있을 수 없다.

무총주의 손아귀에서 벗어나? 어림 반 푼어치도 없는 소리다.

동나는 이토록 완벽하게 불가능한 상황 속에서 가능을 보는 게 길들여졌다.

사일도는 상대적 약자다.

무총주 같은 사람에 비하면 한없이 초라한 존재다. 막말로 친손자가 아니고 피 한 방울 섞이지 않은 외인이 그처럼 행동했다면 목숨을 부지하기 힘들었을 게다.

그런 와중에 사일도의 목숨을 구명해 내려니 그야말로 하루하루가 손에 땀을 쥐게 하는 나날이었다.

그런 눈으로 단차를 본다.

그는 살아남을 수 있을까?

단차의 음성이 아직도 귀에 쟁쟁하다.

그는 무총주와 겨뤘고 '내가 졌다' 는 표현을 썼다.

무총주 앞에서 그렇게 말하는 사람은 없다. 모두가 지는 것이 당연하기 때문에 손속을 맞출 생각도 하지 않는다. 설혹 그렇게 하고도 목숨을 부지했다면 가슴을 쓸어내리는 한편 무용담을 자랑해도 좋으리라.

단차는 시큰둥한 표정으로 내가 졌다고 말했다.

동나의 귀에는 그 말이 '다음에 다시 싸우면 이번처럼 쉽게 지지는 않을 거야' 하는 말로 들렸다.

무총주를 절대 신이 아닌 자기와 똑같은 인간으로 보고 있다.

그러니 고민한다. 무총주의 손아귀에서 빠져나올 수 있을까?

그는 부사영에게 갔다.

"단차가 무총주를 따라간다는데 불안하지 않소?"

"뭐가?"

'역시!'

자신의 생각이 맞았다. 이들은 단차에 대한 믿음이 확실하다. 너무 확고해서 뚫고 들어갈 틈이 없다.

"혹시 단차가 무총주 손을 벗어나지 못할 수도 있는데……그땐 어찌하시려고?"

"벗어난다."

동나는 더 이상 말을 잇지 못했다.

너무 단정적이다. 무총주라는 이 시대 최강의 무인을 앞에 놓고도 전혀 기죽는 게 없다.

'이렇게 되면 생각을 달리 해야 하는가?

그는 씁쓸한 미소를 배어 물었다.

단차가 무총주의 손을 벗어난다는 것은 그가 곧 무총주와 버금가는 절대고수가 되었다는 뜻이기도 하다.

주공이 적으로 삼기에는 너무 거대해진다.

쉽게 말해서 무총주가 원한을 품고 달려든다면 어찌하겠는가? 생각해 보나 마나 상당히 골치 아플 게 뻔하다. 아니, 어쩌면 그동안 쌓았던 기반이 송두리째 무너질 수도 있다.

그런 위험까지 감수할 필요는 없다.

지금, 이들을 사용하는 이 순간에 약간만 조심하면 그런 위험은 피하게 된다.

중간 선상에서 싸우게 한다.

무총의 시선을 시각랑에게 집중시키되, 무림으로부터는 벗어난 곳이어야 한다.

동정호 비궁처럼 외딴 곳이면 딱 알맞다.

자신은 시각랑을 은신시킨 것이 되고, 무총이 그들을 찾아 내어 싸운 것이니 누이 좋고 매부 좋다.

'머리를 한 번 더 써야겠군.'

동나가 말했다.

"오늘 자정에 뜹시다. 그리 알고 준비하는 게 좋겠소."

대답은 들려오지 않았다.

보름이 가까워지면서 마인들의 내공은 극을 향해 치닫고 있다.

세공단의 약기(藥氣)는 보름날 절정에 이른다. 인간이 내뿜을 수 있는 모든 잠력을 일시에 사용해 버린다.

그 결과, 정혈이 고갈되는 현상이 생긴다.

세공단은 내공을 강하게 해주는 영약이 아니다. 본래 자신이 가지고 있던 잠력을 일시에 몰아서 작용시킬 수 있도록 자극을 가하는 역할을 한다.

내공이 강해진다는 것은 그만큼 죽을 날이 가까워졌다고 해석하면 된다.

"자식들! 십 장 밖에서 떨어지는 낙엽 소리도 들을 수 있을 거야!"

"그걸 알고 있는 사람이 떠듭니까?"

"허! 많이 컸네."

"그러지 맙시다. 무림에 나와서 산전수전 다 겪은 몸인데 이 정도 대꾸도 못합니까?"

“허어!”

“그만 놀라고 빨리 가기나 합시다.”

추위걸이 서악정을 제치고 앞으로 나섰다.

“허어!”

서악정은 벌어진 입을 다물지 못했다.

그가 잠시 멈칫거린 사이 다른 사람들은 벌써 오 장 밖을 나아가고 있다. 귀신처럼…… 움직이는 소리를 일절 흘리지 않으면서 스르륵 미끄러져 나간다.

마인들의 예민해진 청력도 이 순간만큼은 무용지물이다.

‘어! 나만 떼어놓고 가는 거야? 이럴 때 보면 정말 무정하다니까. 이런 사람들을 뭘 믿고…… 어휴! 내 팔자야.’

서악정은 속으로 투덜거리면서 재빨리 신법을 펼쳤다.

일목!

정신을 가장 평안한 상태에 둔다.

세상이 고요하다. 티끌 한 점 없이 맑다. 하늘은 푸르고 초원에는 풀이 우거져 있다. 산들바람이 분다. 기분 좋게 불어온 바람이 머리칼을 스치며 지나간다.

맑고 깨끗하고 아름다운 상태를 그렸다.

마인들의 마음에서 투지를 빼앗는 데는 공포심을 조장하는 것이 제일이다.

마인들은 공포심에 익숙하다.

뇌옥에 있으면서 제일 가까이에 두고 산 것이 언제 죽을지 모른다는 공포감이다.

마인들은 공포에 길들여졌다.

그것은 지금도 마찬가지다. 인간에게는 수십, 수백, 수천 가지의 감정이 있다. 그중에서 마인들이 가장 빨리 반응하는 것이 바로 공포감이다.

공포감을 건드리면 마인들은 움직일 생각을 하지 못한다.

사실 이런 방법은 이미 증명되었다.

마인들이 절곡으로 짓쳐들어 왔을 때 건드렸던 것이 바로 그 부분이다.

이번에도 공포심을 건드리면 무탈하게 벗어날 수 있다.

계야부는 그러지 않았다.

저번과는 전혀 다른 평화를 선물했다. 고향같이 아늑하고 평온한 세상을 보여주었다.

좋지 않은 의살은 자신을 타락시킨다.

지금 당장은 마인들을 쉽게 굴복시킬 수 있겠지만 결국은 자신의 마음에도 생채기를 낸다.

마음에 깃든 악기를 모두 쓸어내야 한다.

아니, 악기는 버리고 싶다고 해서 버려지는 것이 아니다. 일단 마음에 뿜었으면 절대로, 영원히 떨어지지 않는다. 죽는 순간까지 어느 구석엔가는 찰싹 달라붙어 있다.

악기를 쓸어내 버리듯이 지워 버리는 방법은 오직 잊는 것뿐이다.

무의식중에도 생각나지 않도록 완전히 잊어버린다.

그러려면 평소에도 악기를 떠올리지 말아야 한다. 모든 일을 행함에 있어서 습관처럼 좋은 생각과 좋은 마음과 좋은 행동만 드러내야 한다.

살인을 할 경우에도 열락정토(悅樂淨土)를 떠올린다.

어쩔 수 없이 목숨을 빼앗지만 좋은 곳으로 가서 편히 쉴 것이라며 영혼을 위로해 준다.

항시 생명을 존중한다.

인간의 생명뿐만이 아니라 자연의 신성함에도 귀를 기울인다. 자연을 지배하는 것이 아니라 그 속에서 일부가 되어야 한다.

평화롭다. 온 세상이 깊은 적막에 싸여 있다. 질식할 듯한 적막이 아니라 아기가 새근새근 잠이 드는 한여름의 고요함이다.

'됐어!'

계야부는 눈을 뜨고 일어섰다.

머릿속에 그려놓은 광경이 세상으로 번져 갔다.

그의 영향력 아래 놓인 사람들은 평온한 마음으로 깊은 하룻밤을 보내고 있다.

그들은 병기를 내려놓는다.

공포에 질려서 싸우지 못하는 것이 아니라 평화를 깨기 싫어서 싸우지 않는 것이다.

투지를 잃었다는 점에서는 똑같으나 마음의 변화는 천양지차(天壤之差)로 갈라진다.

계야부는 자리에서 일어났다.

예전에는 마인들의 투지를 공포로 짓눌렀다.

그때, 마인들은 투지를 잃었다. 그가 걸어오는 것을 보면서도 막아서지 못하고 슬금슬금 물러섰다. 한데 반대로 자신의 마음속에서는 투지가 무럭무럭 자라났다.

마인들을 짓누르면서 자신의 투지는 성장한 것이다.

이번에는 다르다. 마인들에게도 자신에게도 영원히 놓치기 싫을 정도로 평온함이 찾아왔다.

돌담집을 나와 걸었다.

깊은 밤이지만 달이 밝아서인지 산길을 걷기에는 더없이 좋았다.

"알았는가……."

염라왕야가 어두운 얼굴로 중얼거렸다.

하위미도 착잡한 표정이었다. 그녀는 마인들이 득실거리는 절곡을 내려다보며 한숨만 내쉬었다.

"후우!"

절곡이 너무 평화로워서 자신도 모르게 뿜어져 나오는 한숨이다.

원래 마인들은 이토록 평화스럽지 않다.

그들은 술로 하루를 시작하고 술로 마무리한다. 낮과 밤을 가리지도 않는다. 고기 굽는 냄새가 천지를 진동하고, 토악질하는 소리가 절곡을 울린다.

그들은 죽음을 코앞에 둔 시한부 인생이다.

시한부 인생이 모두 다 그렇다는 건 아니지만 마인들은 요즘 들어서 술판을 부쩍 늘렸다.

성질도 광폭해졌다. 서로 치고받고 싸움질하는 것은 예사고, 칼부림도 심심찮게 저질렀다.

누구도 그들을 말리지 않았다.

절곡은 당하는 놈이 바보인 세상이다.

그런데 고기 굽는 냄새가 사라졌다. 왁자지껄 떠들지도 않는다. 횃불은 사방을 밝히고 있지만 오가는 사람은 눈에 띄게 줄었다.

절곡에 평화가 찾아왔다.

지금까지 마인들이 행한 행태로 보면 무엇인가 큰 변화가 있었다는 걸 어렵지 않게 느낄 수 있다. 그것도 눈을 부릅뜰 만큼 아주 큰 변화다.

절곡에 모인 사람들은 거의 대부분 이러한 변화가 어떻게 해서 발생했는지 안다.

무총주가 단차를 만난 게 이틀 전이다.

이틀 전, 단차는 마인들을 물리쳤다. 마인들 가슴에 묵직한 통증을 안기면서 물러서라고 경고했다. 싸워서는 안 된다. 병기를 겨눌 수 없다는 마음이 너무 강했다.

지금은 아무런 느낌도 들지 않는다. 한순간의 평화, 잠깐의 고요를 즐긴다.

전쟁과 평화처럼 너무도 극단적인 대비다.

하위미가 힘 빠진 음성으로 말했다.

“그럼 이제 어떻게 되는 거예요?”

“살 수 없겠지. 몰랐다면 모르겠는데 이렇게 알아낸 이상…… 누구나 마찬가지이겠지만 자기를 상대할 방법을 깨달았는데 무총주인들 가만히 있을 수 없지.”

“방법이 없나요? 전에 방법이 있다고 했잖아요.”

“이제는 모든 방법이 없어졌다. 설마 이렇게까지 빨리 깨우치리라곤 생각지 못했구나. 허허! 아무리 패배 속에서 길을 찾는다지만 충격이 심했을 텐데, 그 속에서 길을 찾다니. 허허!”

“할아버지! 지금 그런 소리나 할 때예요!”

“허허! 그럼 어쩌냐. 상대가 무총주인걸.”

“할아버지가 나서지 않으면 제가 나설 거예요.”

“참자.”

“또요!”

“허허! 당장 죽이는 것도 아닌데 뭘 그래.”

“무총주도 의살을 아는 것 같은데 왜 저 사람이 필요하죠?”

“의살을 모르니까 필요한 게지.”

“……?”

“허허허! 무총주가 사용한 것은 의살이 아니라 신공, 마공일 뿐이야. 왜 여우도 꼬리가 아홉 개 달리면 호랑이도 이긴다는 말이 있잖니. 너무 강하니 방법이 생긴 게지. 걱정 말고 가자. 의살을 파악하는 게 목적이니 쉬 죽이지는 않을 게야.”

“할아버지!”

“정작 위험한 쪽은 할위막사야. 그놈들…… 허허! 일을 저지를 게야. 이제 의살을 봤으니 더욱 확신을 가지고 덤벼들겠지. 허허허! 할위막사는 그렇다 치고 천중일기까지 동조하는 꼴이라니. 쯧! 내가 너무 오래 살았나 보다."

하위미는 선뜻 발을 떼지 못했다.

단차는 이 세상에서 가장 강한 무인이 되어가고 있다.

무총주와 비무를 할 정도로 강하면서 독특한 무공, 모두가 탐내는 무공인 의살을 사용한다.

그런데 그녀의 눈에는 마치 단차의 목에 올가미가 씌워져 있는 것처럼 보인다. 손에 수갑이 채이고, 발에 족쇄가 채인 채 질질 끌려가는 형상이 그려진다.

그를 구하려면 지금 구해야 한다.

무총주가 감시하고 있을 테니 지금 나선다고 해도 무사하리라는 보장은 없지만…… 그래도 하려면 지금 해야 한다.

그녀 혼자서는 어림도 없다. 하지만 할아버지가 도와준다면 승산이 대폭 불어난다.

"할아버지!"

그녀는 마지막으로 할아버지를 쳐다봤다.

"가자꾸나. 저놈이 죽을 날은 아직 멀었어."

염라왕야는 들은 척도 하지 않고 발길을 옮겼다.

"이 정도인 줄은 몰랐지?"

동정목부가 팔짱을 낀 채 말했다.

십도구패는 한 손으로 입술만 만지작거릴 뿐 말을 아꼈다.

“확실히 의살이 맞아. 하하! 내 눈을 감기 전에 의살을 보니 기분이 좋군.”

동정목부가 기분 좋은 듯 활짝 웃으며 말했다.

“그 말이 진심인가?”

“뭐가?”

“기분 좋다는 말.”

“진심이지. 하하! 자넨 기분이 별로인가 보지?”

“옛말에 이르기를 보물에는 임자가 있다고 했네. 욕심도 정도껏 부려야지 분수에 넘치면 화가 되는 법이야.”

“나에게 하는 말인가?”

“그럼 여기 누가 있다고.”

“하하하! 도대체 무슨 말인지 모르겠군.”

“할위막사를 따라가야지?”

“글쎄……..”

“의뭉스럽기는…… 가보게. 난 저놈에게 볼일이 있어.”

“저놈에게?”

동정목부의 눈빛이 반짝였다.

십도구패는 피식 웃으며 말했다.

“별건 아니고…… 우리가 무총주에게 어떤 식으로 패했는지 말해줄 생각이네. 그걸 참조하면 승률이 일 푼은 높아지겠지.”

“그러려나?”

“가보게.”

십도구패는 동정목부를 뒤에 남기고 휘적휘적 걸어갔다.

동정목부의 눈가에 기광이 감돌았다. 하나 그는 곧 신형을
날려 멀리 사라져 갔다.

"쯧! 가만히 있으면 고이 죽기라도 하련만…… 쯧쯧!"

십도구패는 연신 헛바람을 찼다.

3

저벅! 저벅!

계야부는 어둠이 깔린 산길을 포근한 마음으로 걸었다.

찬바람이 기승을 부리는 한겨울이다. 특히 산바람은 매섭기
로 유명하다.

이 모든 게 상쾌했다.

'일목의 용처를 이제야 깨달았는가. 후후! 무총주에게 감사
를 해야 할 처지이군.'

무총주와 동행하는 것은 죽음을 담보로 한다.

그가 건네준 암흑마기의 잔재를 털어버리지 않는 이상은 언
제든 죽을 수 있다는 점을 염두에 두어야 한다.

그런데…… 그런데 말이다. 그게 이상한데…… 정말 마음이
편하다. 어떤 절대자에게 끌려간다는 심정이 아니라 누군가
친한 사람과 먼 여행을 간다는 느낌이다.

일목으로 잠깐의 평화를 끌어낸 게 이 정도로 영향을 준다.

밝음은 그렇다.

자신이 할 일은 지금의 기분을 잊지 않는 것이다. 밝음이 안

겨주는 따스한 빛을 목표로 해서 꾸준히 나아가야 한다.

스스스스슷!

나무들이 바람에 흔들린다.

사실은 바람만 있는 게 아니다. 종남은형대로 추정되는 자들이 그를 따라서 이동한다.

그가 걷는 길은 절곡을 빠져나가는 길이 아니다. 산을 넘어야 하는 긴 길을 택했다.

늑대가 무리에서 떨어져 나왔다.

종남파에서 보기에는 기습을 가할 수 있는 절호의 기회가 생긴 셈이다.

계야부는 상관하지 않았다.

파앗! 파파팟!

날카로운 예기가 사방에서 피어난다.

종남은형대는 이런 예기를 만들 무공이 없다. 하면 종남십로다. 싸움이 벌어지면 항상 가장 앞에서 검을 휘두른다는 종남십로가 길을 차단하고 있다.

역시 신경 쓰지 않는다.

뚜벅! 뚜벅!

발걸음이 일정하다. 긴장? 그런 건 없다.

그는 계속 걸으면서 혼잣말처럼 중얼거렸다.

"지금 기분이 좋습니다. 이 기분…… 계속 즐겼으면 좋겠군요."

"노부더러 치워달라는 말이냐?"

"최소한 그 정도는 해주셔야 하지 않겠습니까?"

"충분히 헤쳐 나갈 수 있으리라 본다."

"후후!"

"모르겠느냐. 내가 필요한 건 너의 의살이다. 앞으로는 본격적으로 의살을 사용해야 할 게야."

"그렇습니까?"

계야부는 웃었다.

희한하게도 그가 뭐라고 하건 화가 치밀지 않는다.

다정한 사람? 친근한 관계? 예전부터 잘 알던 사람? 그런 느낌으로 다가온다.

"그래서 저보고 이 길로 가라 하신 거군요?"

"종남산에 왔으니 종남파와 견주어봐야지."

"의살을 보고자 하십니까?"

"평화를 보고자 한다."

"지금 상태로 만족합니다."

"동나를 너무 믿지 마라."

"……!"

무총주가 느닷없이 다른 말을 해왔다. 계야부는 언뜻 그 뜻을 이해하지 못하고 고개를 갸웃거렸다.

동나에게 다른 마음이 있다는 건가? 그 정도는 안다. 목적이 있어서 찾아왔다는 것도 안다. 하지만 시각랑이나 금룡대는 만만치 않다. 충분히 제 앞가림은 할 것이다.

특히 그들에게는 금룡대주가 있다.

금룡대주에게서는 무공만 보면 안 된다. 그가 평생을 살아오면서 보고 듣고 행한 것들…… 그의 경륜은 그가 지닌 어떤 절초보다도 뛰어나다.

그가 있는 한 시각랑이나 금룡대는 안전하다.

"그들을 놓아준 것은 그들이 살아 있어야 너를 통제할 수 있기 때문이다. 널 옭아놓는 데는 인질이 최고지. 허허허! 그 정도도 모를 줄 알았더냐."

계야부는 그런 뜻이었냐는 듯 고개를 끄덕였다.

"무총주 정도 되시면 대범한 줄 알았습니다."

"의살을 얻기 위해서라면 무릎이라도 꿇을 수 있는데, 그만하면 대범할까?"

"무엇 때문에 의살을 원하십니까?"

"네가 지금 누리고 있는 평화를 갖기 위해서다."

"후후후!"

계야부는 웃었다.

무총주는 절대로 평화를 원하지 않는다. 그는 인간으로서는 넘볼 수 없는 거대한 힘을 원한다.

이해할 수 없지 않은가?

그는 무총주다. 천하제일인이다. 만인들 위에 군림하며, 섬기거나 존중해야 할 사람이 없다.

그는 인간 세상에서는 이미 신이다.

그런 사람이 더 큰 힘을 원한다는 게 이상하지 않나?

다툼을 단번에 불식시킬 수 있는 절대 무학을 지녔으면서 그보다 더 큰 무학을 원하는 것과 다를 바 없다.

계야부는 그 점이 이해되지 않았다.

만일 자신에게 진기가 소멸되는 일만 없었다면 그때도 의살을 깨우쳤을까? 아니라고 본다. 아직도 귀영십삼식과 금강반야선공에 치중하고 있을 것이다.

쒜엑! 쒜엑! 쒜엑……!

앞쪽에서 움직임이 빨라졌다.

종남파 무인들은 무총주의 존재를 찾아내지 못했다.

계야부와 밀착하다시피 따라오고 있건만 종남십로라는 사람들이 흔적조차 감지하지 못하고 있다.

이것이 진정한 무총주의 무학이다.

일목!

계야부는 걸으면서 고양된 정신 속으로 몰입해 들어갔다.

이럴 때, 그는 태아(胎兒)가 된다.

어미 뱃속에서 눈도 없고, 귀도 없고, 감각도 없는…… 생각 자체를 일으키지 못한다.

자신의 얼굴을 모른다. 형체도 모른다. 살이 쪘는지 말랐는지, 근육이 우람한지…… 자신에 대한 모든 것을 잊는다.

그 속에서 아무 느낌도 없는 눈으로 세상을 본다.

종남십로가 튀어나온다.

메뚜기!

가을 들판을 뛰어다니는 메뚜기 같다.

이리저리 나무 사이를 오가면서 무서운 속도로 달려오고 있

지만 그의 눈에는 고개 숙인 벼 속 사이를 뛰어다니는 메뚜기
와 다름없어 보인다.

'생동감 있구나.'

그들의 움직임이 좋아 보인다.

그들을 잡아보자거나 치워 버리고 싶은 생각은 들지 않는
다. 그저 움직이는 모습이 좋다.

쒜엑!

메뚜기가 검을 날려왔다.

'하하하!'

계야부는 웃었다.

목구멍을 통해서 쏟아져 나온 웃음이 아니다. 정신 속에서,
일목 상태에서 기분 좋게 웃었다.

태양은 쨍쨍 내리쬔다. 가을바람이 시원하게 불어오고, 누
렇게 익은 논에서는 벼 냄새가 상큼하게 코를 간질인다.

이렇게 좋은 날 메뚜기가 자신의 품 안으로 날아든다.

그는 슬쩍 몸을 돌려 피했다.

'하하! 그러다가 잡히면 어쩌려고? 다음부터는 조심해라.
하하하!'

쒜엑! 쒜에엑!

두 명의 검수가 좌우에서 협공을 가해온다.

'쯧! 이놈들은 왜 이렇게 급해?'

계야부는 메뚜기 두 마리를 슬쩍 피해냈다.

메뚜기가 좌우로 날아간다. 강인해 보이는 두 다리는 물론

이고 더듬이까지 생생하게 보인다.

'하하하! 좋은 계절이구나. 오곡이 무르익었어. 굉장한 풍년이야. 안 그러냐?

그는 지나가는 메뚜기들에게 말을 걸었다.

스으읏!

메뚜기들이 움직임을 멈췄다.

계야부는 그 사이로 걸어 들어갔고, 그들은 길을 열었다.

"검을…… 검을 쓸 수가 없다니!"

"우리가 속임수에 걸려든 건가? 이게 정말 의살이라는 거야?"

종남십로는 계야부의 뒷모습만 멍하니 쳐다보았다.

종남십로라고 하면 종남파를 지탱하는 큰 기둥들이다.

그들이 문파 내에서 차지하는 비중은 무척 크다. 그들이 무너지면 종남파의 절반이 무너졌다고 해도 과언이 아닐 정도다.

지금 그런 일이 벌어졌다.

만일 계야부가 피하지 않고 검을 썼다면 종남십로 중 세 명은 피를 흘리며 쓰러졌으리라.

그는 자신들을 타격할 수 있었다.

좌우에서 합공을 하던 두 사람이 등을 환히 내비치고 말았다. 양쪽 다리도 드러냈다. 아니, 얼굴도 허점투성이다. 그야말로 온몸이 허점이었다.

종남십로는 자신들에게서 그렇게 많은 허점이 드러날 줄은 미처 몰랐다.

먼저 공격했던 사람은 더 심하다.

계야부가 칼을 들었다면 일도양단(一刀兩斷)이 가능했다.

그를 스쳐 지나가면서 '아! 잡혔구나!' 하는 생각을 떨치지 못했다.

순간적이지만 그런 느낌이 팍 들었다.

계야부가 기회를 못 살린 게 아니다. 그는 여유있게 허점들을 쳐다보았다. 눈앞에 지나가는 허점들을 똑똑히 보면서 빙긋 웃는 여유까지 보였다.

열 명 중 세 명이 순식간에 당했다.

다른 일곱 명이 당하는 것도 시간문제다. 공격을 시도하는 순간, 그들은 죽는다.

구파일방 중 하나인 종남파의 장로들이 단 일 초도 섞어보지 못하고 무너진 것이다.

"이건…… 말도 안 돼!"

누군가 중얼거렸지만 현실은 현실이다.

"호각을 불어라, 길을 막지 말라고. 우리가 당했다면…… 종남파에서는 그를 막을 사람이 없다."

그의 말이 떨어지기 무섭게 호각 소리가 날카롭게 울려 퍼졌다.

삐익! 삐이익! 삐익!

한참을 울리던 호각 소리가 멈췄다.

이제 종남파는 아무도 그의 길을 막지 않을 것이다.

종남십로가 당했다는 사실을 알고도 그의 앞길을 막아설 사람은 없다.

"화산은 어떨까? 저리 가면 화산으로 가는 거잖아."

종남십로 중 한 명이 문득 말했다.

그들은 서로를 쳐다봤다.

'아! 화산!'

갑자기 화산파 도인들이 뇌리를 스쳐 갔다.

왜 그들을 생각하지 못했을까?

그들은 계야부의 앞길을 막아설 것이다. 그리고 싸움이 벌어진다.

계야부가 화산파 도인들과 싸우는 모습을 보면 자신들이 어떻게 당했는지 파악할 수 있다.

정말 무공에 당한 것일까? 아니면 절묘한 눈속임에 끌려들어 간 것일까?

그들은 잠시 서로를 쳐다보는 듯하더니 누가 먼저랄 것도 없이 신형을 끌어올렸다.

쉬익! 쉬이익!

메뚜기들이 분분히 날아올랐다.

『패군』 21권에 계속…

저작권 보호!!
장르문학의 성장에 힘이 되어주십시오.

저작물의 무단 전재와 복제, 불법 다운로드!
이것은 관심이 아니라 무관심입니다!

작가님들은 창의적 열정과 시간을 투자해 자신의 꿈과 생계를 유지합니다.
한 권의 책을 만들어 많은 사람들은 자신의 인생과 미래를 설계합니다.

저작물 속에는 여러 사람의 노력과 희망이
담겨 있습니다!

저작물의 무단 전재와 복제, 불법 다운로드는 여러 사람들의 꿈과 생계를
위협함으로써 장르문학을 심각한 상황에 빠뜨리고 있습니다.

이제는 무관심이 아니라 관심으로 장르문학의
성장에 힘이 되어주세요.

[도서출판 **청어람**은 항시적인 저작권 보호를 통해 장르문학과
여러분의 희망을 지키겠습니다.]

저작물의 무단 전재와 복제, 불법 다운로드는 법률에 의해 처벌받을 수 있습니다.
저작권법 제97조의5 (권리의 침해죄)
저작재산권 그 밖의 이 법에 의하여 보호되는 재산적 권리(제73조의 4의 규정에 의한 권리를
제외한다)를 복제·공연·방송·전시·전송·배포·2차적 저작물 작성의 방법으로 침해한
자는 5년 이하의 징역 또는 5천만 원 이하의 벌금에 처하거나 이를 병과(동시에 두 가지 이상의
형벌을 지우는 일)할 수 있다.

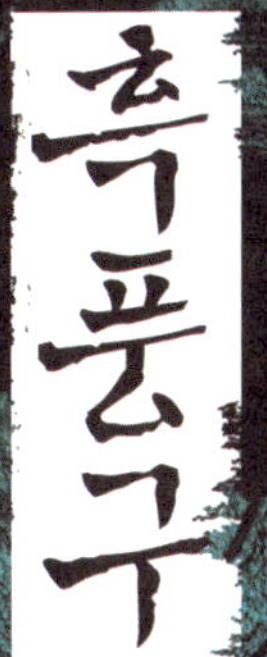

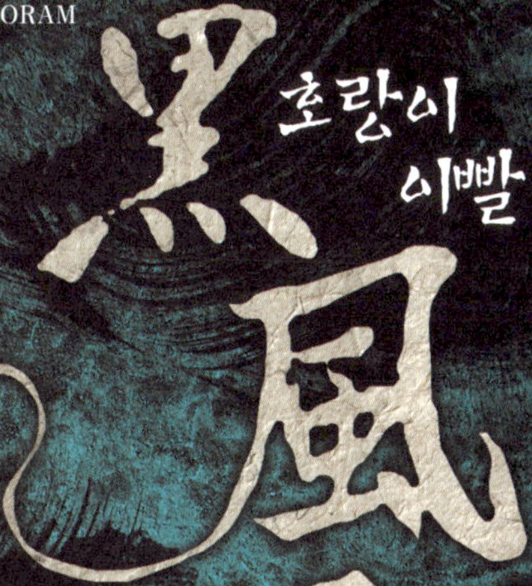

새로운 대륙, 새로운 강호에서
새로운 이야기가 시작된다.
검은 하늘에 빛나는 별처럼 찬란한 영웅들이 있고, 그들의 영혼을 탐내는 어둠이 있다.
그 혼돈의 시대에 태어나 불굴의 기백을 지니고 전장을 치달리던 장수 황보강.
그를 쫓는 〈악몽〉들. 그리고 운명이라는 이름으로 결정지어진 고난.
그것들은 결코 떼어놓을 수 없는 그의 분신이기도 하다.
어느 날 황보강은 선택의 기로에 선다.
운명에 굴복하고 나 또한 〈악몽〉이 될 것이냐 아니면 내 손으로 내 운명을 만들어 나가는
자가 될 것이냐…….
전자의 길은 편하고 달콤할 것이며, 후자의 길은 가시밭길이 될 것이다.

〈악몽〉은 언제나 우리 곁에 있는 어둠이다. 우리들의 또 다른 모습이기도 한 것이다.
그래서 우리는 매 순간 황보강과 같은 선택의 기로에 서지 않던가.
그리고 무엇을 택하든 모든 운명은 〈무정하(無情河)〉에서 비로소 끝나리라.

RELOAD

리로드   Book Publishing CHUNGEORAM
이수영 판타지 장편 소설

'Fly me to the moon' 의 작가 이수영!
'리로드Reload' 로 귀환하다!

—빈약한 운명 하나를 쥐어 그 자리에 넣었구려. 허나 그대가 되돌린 인간은 인간이라기엔 너무도 강한 운명을 가진 자요. 그자로 인하여 뒤틀릴 운명들은 어찌하려오?

운명의 여신이 준엄하게 물었다.

—나는 대가를 치렀소. 운명의 여신 베기르 라라여, 동의하시오?

전신(戰神) 카자르 엔더는 하나 남은 혈손을 위해 신력의 반을 희생했지만 그의 투기는 흔들리지 않았다. 그는 현존하는 전쟁의 신이고 대륙에서 가장 크게 숭앙받는 신이었다. 하위 신들과 비슷할 정도로 신력이 감소했어도 그의 영향력은 줄어들지 않았다.

—오만하구려, 카자르 엔더여.

베기르 라라가 냉소했다. 운명의 여신은 평소에는 조용했지만 뒤틀린 시간과 인과에 대해서는 엄격하였다. 그녀가 다스리는 운명의 굴레는 신들조차 벗어날 수 없는 것. 장대를 휘두르는 눈먼 여신을 신들도 두려워했다. 그러나 오만하고 교활한 전신(戰神)은 그녀를 외면하고 항의하는 다른 신들을 향해 미소 지었다.

—누누이 말하지만, 말로만 떠들지 말고 덤벼.

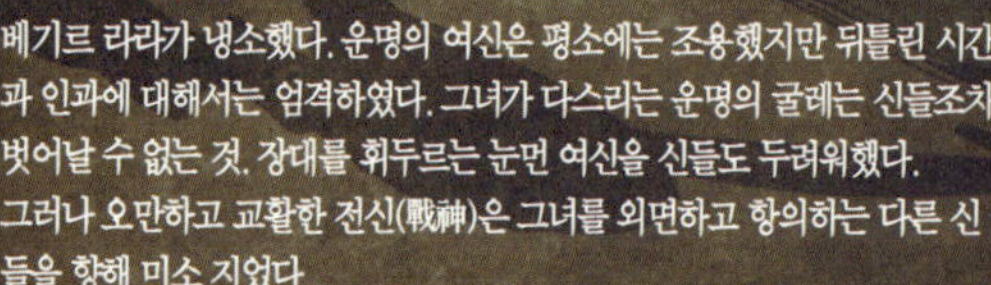

● '낙월소검(落月笑劍) - 달빛은 흐르고 검은 웃는다'
BOOKCUBE에서 절찬 연재 중.

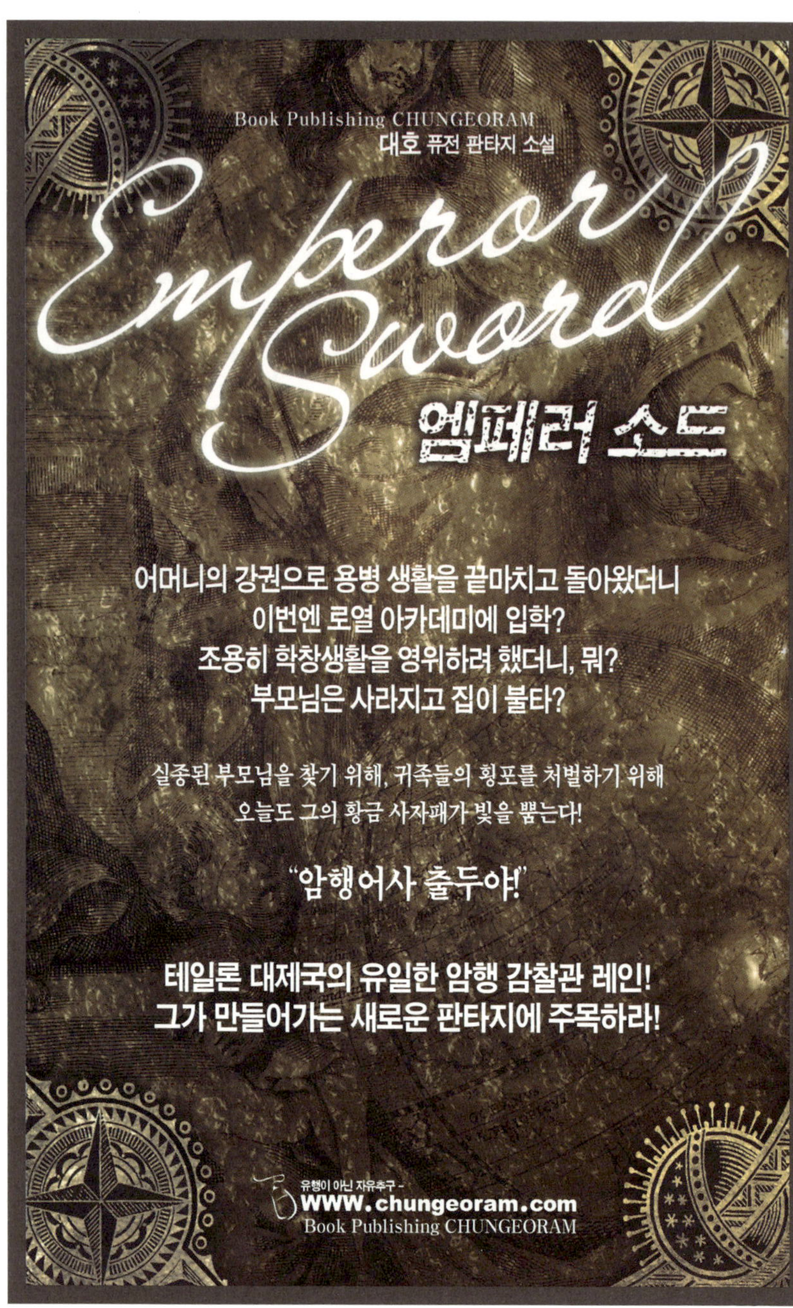
Book Publishing CHUNGEORAM
대호 퓨전 판타지 소설

Emperor Sword
엠페러 소드

어머니의 강권으로 용병 생활을 끝마치고 돌아왔더니
이번엔 로열 아카데미에 입학?
조용히 학창생활을 영위하려 했더니, 뭐?
부모님은 사라지고 집이 불타?

실종된 부모님을 찾기 위해, 귀족들의 횡포를 처벌하기 위해
오늘도 그의 황금 사자패가 빛을 뿜는다!

"암행어사 출두야!"

테일론 대제국의 유일한 암행 감찰관 레인!
그가 만들어가는 새로운 판타지에 주목하라!

유행이 아닌 자유추구 -
WWW. chungeoram.com
Book Publishing CHUNGEORAM